# Racines de faubourg

## Chez le même éditeur :

SOPHIE-JULIE PAINCHAUD

# Racines de faubourg

## Tome 2

## Le désordre

Guy Saint-Jean
ÉDITEUR

Catalogage avant publication de Bibliothèque et Archives nationales du Québec et Bibliothèque et Archives Canada

Painchaud, Sophie-Julie, 1973-
Racines de faubourg
Sommaire: t. 1. L'envol — t. 2. Le désordre.
ISBN 978-2-89455-320-6 (v. 1)
ISBN 978-2-89455-361-9 (v. 2)
I. Titre. II. Titre: L'envol. III. Titre: Le désordre.
PS8631.A36R32 2010      C843'.6      C2010-940707-5
PS9631.A36R32 2010

Nous reconnaissons l'aide financière du gouvernement du Canada par l'entremise du Programme d'aide au développement de l'industrie de l'édition (PADIÉ) ainsi que celle de la SODEC pour nos activités d'édition. Nous remercions le Conseil des Arts du Canada de l'aide accordée à notre programme de publication.

Gouvernement du Québec — Programme de crédit d'impôt pour l'édition de livres — Gestion SODEC

© Guy Saint-Jean Éditeur inc. 2010
Conception graphique: Christiane Séguin
Révision: Nadine Elsliger

Dépôt légal — Bibliothèque et Archives nationales du Québec, Bibliothèque et Archives Canada, 2010
ISBN: 978-2-89455-358-361-9
ISBN ePub: 978-2-89455-374-9

**Distribution et diffusion**
Amérique: Prologue
France: De Borée/Distribution du Nouveau Monde (pour la littérature)
Belgique: La Caravelle S.A.
Suisse: Transat S.A.

**Guy Saint-Jean Éditeur inc.**
3154, boul. Industriel, Laval (Québec) Canada. H7L 4P7. 450 663-1777
Courriel: info@saint-jeanediteur.com • Web: www.saint-jeanediteur.com

**Guy Saint-Jean Éditeur France**
30-32, rue de Lappe, 75011, Paris, France. (1) 43.38.46.42
Courriel: gsj.editeur@free.fr

Imprimé et relié au Canada

## Remerciements

*Merci à Jean-René d'être en mesure de voir au-delà du solde bancaire et de m'accepter comme je suis. J'ai vraiment frappé le* jackpot *matrimonial.*

*Merci à Guillaume et Dominic. Je vous aime très fort. J'espère que vous le savez.*

*Merci à ma famille, par voie biologique ou par alliance, pour votre soutien constant.*

*Merci à toute l'équipe chez Guy Saint-Jean, pour cette liberté dont j'ai tant besoin et qui m'est toujours accordée.*

*À mes grands-mères Marie-Louise Painchaud et Simonne Noël. Pour le macaroni au fromage, les beignes, la douceur infinie et les rires qui résonnent encore aujourd'hui. Je m'ennuie.*

# Arbres généalogiques des personnages

## FAMILLE MOUSSEAU

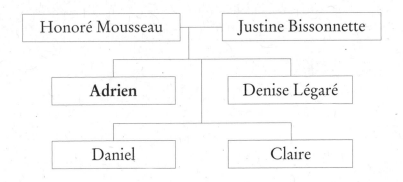

Honoré Mousseau — Justine Bissonnette

**Adrien** — Denise Légaré

Daniel — Claire

## FAMILLE MARCHAND

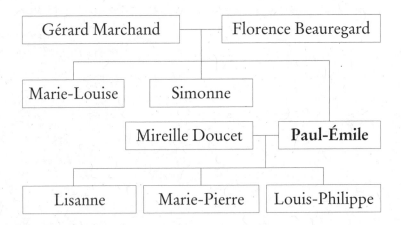

Gérard Marchand — Florence Beauregard

Marie-Louise — Simonne

Mireille Doucet — **Paul-Émile**

Lisanne — Marie-Pierre — Louis-Philippe

# FAMILLE TAILLON

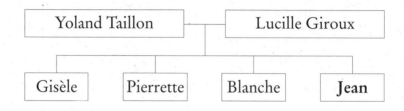

| Yoland Taillon | Lucille Giroux |

| Gisèle | Pierrette | Blanche | **Jean** |

# FAMILLE FLYNN

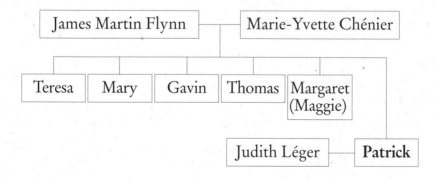

| James Martin Flynn | Marie-Yvette Chénier |

| Teresa | Mary | Gavin | Thomas | Margaret (Maggie) |

| Judith Léger | **Patrick** |

*La nostalgie n'est plus ce qu'elle était.*

Stan Kenton

# Chapitre 1
## *1968-1969*

## 1
### Adrien... à propos des quatre

Jean et Lili étendus sur le sol...
Jean et Lili atteints par un projectile d'arme à feu...
Jean et Lili inconscients...
Qu'est-il arrivé exactement ?
Qui a tiré ?
Pourquoi ?
Qui était visé ? Jean ?... Lili ?... Les deux ?...
Est-ce que quelqu'un a entendu les coups de feu ?
Est-ce que quelqu'un a vu quoi que ce soit ?
Qui leur a porté secours ?

Dans des moments comme celui-là, il est curieux de constater que le temps semble s'arrêter et fuir à la fois. Plus rien n'existe et tout semble figé, comme si n'importe quel mouvement devenait théoriquement impossible en dehors de ceux que nous faisons pour arriver à nous soustraire de l'horreur que nous vivons. Mais au même moment, la survie, l'infime possibilité que l'horreur devienne encore plus intenable, devient affaire de décompte, de sablier, de rythme effréné et de sensation terrifiante que le temps s'écoule à une vitesse encore plus pressante qu'à l'habitude. Comme s'il était incapable, bien lâchement, de nous assister dans la douleur.

Nous étions quatre à l'hôpital, ne sachant pas trop si nous voulions vraiment savoir dans quel état Jean se trouvait. La possibilité de le savoir mort nous empêchait de parler, d'avancer, de cligner des yeux... Bref, de faire le moindre geste qui nous aurait propulsés à un endroit où tout retour en arrière aurait été impossible. Patrick, Muriel, ma mère et moi avions tous des airs d'enfants de cinq ans aux prises avec un besoin maladif de se faire rassurer ; de savoir, au-delà des coups de feu et des deux corps étendus sur un trottoir de la rue Sainte-Catherine, que rien n'avait changé. Personne d'entre nous ne voulait voir Jean si cela signifiait que nous aurions à vivre avec le souvenir de ce qu'il ne serait, peut-être, jamais plus. Est-ce que Jean serait en mesure d'ouvrir les yeux ? Est-ce qu'il serait en mesure de parler ? De rire avec nous comme il l'avait toujours fait ? Nous ne le savions pas et cela nous terrifiait.

Pourtant, nous n'avions pas le choix de l'apprendre. Notre entêtement à faire comme si rien ne s'était passé ne changeait rien à la réalité. Et cette réalité, la nôtre, comportait peut-être la perte de mon presque frère. Heureusement, miraculeusement, ce ne fut pas le cas.

« Monsieur Taillon a été atteint par un projectile à l'abdomen, annonça l'urgentologue assigné à Jean. Son état est toujours critique, mais stable. »

À ce stade-ci de l'histoire, je sais que l'on s'attend de moi à ce que je mette nos souvenirs en commun pour raconter ce qui s'est passé. Et je sais aussi que l'on n'aurait pas fait appel à mes services si l'on n'avait pas voulu une version, disons, détaillée des faits, enrichie de petits détails, racontée par quelqu'un ayant l'habitude d'en donner plus que ce que le client en demande, même si j'ai été très clair en affirmant dès le départ que je ne tenais pas du tout à revivre cette partie de notre existence. Qui fut aussi celle de Muriel, la secrétaire de Jean. Dieu, qu'elle faisait peine à voir lorsqu'elle demanda au médecin quelles étaient les chances, pour Jean, de s'en sortir.

« Il y a eu des dommages internes, mais je serais très surpris s'il n'arrivait pas à se remettre complètement de ses blessures. Les organes ont été touchés seulement de manière superficielle. Votre fils a été très chanceux, Madame. »

En écoutant l'urgentologue parler de Jean comme s'il était son fils, la pauvre Muriel s'était mise à pleurer telle une mère pleurant les malheurs de son enfant. Avec les années, Muriel était véritablement devenue la mère de Jean. Tout, en elle, témoignait de l'amour maternel qu'elle lui vouait, et si Patrick et moi souhaitions ardemment que notre copain ait la vie sauve afin de ne pas perdre cette partie de nous-mêmes, soudée à lui depuis si longtemps, une petite partie de moi souhaitait également que Jean s'en sorte pour ne plus avoir à supporter l'immense chagrin qui affligeait Muriel. À ce moment très précis, pour Patrick comme pour moi, elle fut davantage la mère de Jean que madame Taillon ne le fut jamais.

Je sais parfaitement devoir raconter des souvenirs communs ayant soudé, volontairement ou non, les liens unissant quatre copains d'enfance. Pourtant, avec le recul, notre réaction à la tentative de meurtre dont Jean fut victime me révèle plutôt l'égoïsme épouvantable dont nous avons tous fait preuve. Loin de moi l'idée de tomber dans les pires clichés en affirmant que ce qui arriva à Jean nous renvoya à notre propre mortalité. Dieu sait qu'à travers les Flynn, les Taillon ainsi que mon propre père, nous avions appris assez rapidement qu'une vie misérable peut très bien faire mourir quelqu'un sans qu'il cesse de respirer. Pour moi, pour Patrick, pour Jean, et aussi pour

Paul-Émile, j'en suis convaincu, ce qui venait de se passer nous jeta au visage que, comme le veut l'expression anglophone, *you can never really go home again*. Tout, absolument tout dans ce que nous vivions nous changeait, nous transformait, mais chacun d'entre nous se raccrochait à cette conviction que peu importe ce que nous vivions, la magie de notre passé saurait toujours nous réconforter dans nos malheurs. Alors, qu'allions-nous devenir si l'un des visages de ce passé disparaissait ? Qu'allions-nous faire si l'une des portes qui nous offraient une vue sur ce que nous avions été se refermait ? Ce qui venait de se passer ne venait pas seulement nous rappeler la fragilité de la vie ; cela nous rappelait aussi la vulnérabilité des racines ayant fait de cette même vie ce qu'elle était maintenant.

Ce que nous n'avions cependant pas encore compris, c'est que les portes, une à une, se refermaient déjà parce qu'aucun d'entre nous ne savait interpréter nos propres souvenirs de façon à ce qu'ils concordent avec ceux des autres. Nous tirions chacun la couverte de notre côté, espérant rehausser les aspects d'un passé plus ou moins réel, afin d'embellir un présent souvent difficile à supporter. De quelle manière allions-nous interpréter à notre avantage ce qui venait de se passer ? Comment allions-nous arriver à nous faire croire qu'une tentative de meurtre était ce qui avait pu arriver de mieux à Jean ? Et à nous, par ricochet ? À mon très grand chagrin, je ne voyais aucune façon d'y parvenir. Et alors que j'observais Patrick, tendu, faisant tout afin d'éviter les regards de pur désespoir que je lui lançais, je comprenais qu'il n'y arrivait pas plus que moi. Il n'y arrivait plus depuis bien longtemps, d'ailleurs. Jean et moi l'avions compris dès son retour du Cameroun et, je me trompe peut-être, mais j'eus longtemps le sentiment que son incapacité à me regarder dans les yeux à l'hôpital, ce jour-là, traduisait une certaine satisfaction à voir enfin quelqu'un près de lui ressentir cette même impuissance, cuisante, qu'il vivait depuis la mort d'Agnès. J'espère avoir eu tort.

« Excusez-moi, docteur… demanda Muriel. La femme hospitalisée en même temps que Jean… »

Lili… Mon Dieu, Lili! Était-elle vivante? Nous n'avions même pas cherché à le savoir. Quand je dis que cet événement avait fait de nous des monstres d'égoïsme… Heureusement, Muriel était là pour nous rappeler qu'il y avait un autre monde en dehors de nous.

« Madame Saint-Martin…

— Lili, c'est ça. Comment elle va?

— Écoutez… Je ne devrais pas…

— S'il vous plaît, docteur… Lili fait quasiment partie de la famille. Les journalistes sont déjà dehors, de toute façon. La rumeur court qu'elle est morte. Je vous en supplie, docteur. Je vous le demande poliment. Comment va Lili? Est-ce que… Est-ce qu'elle est?… »

Je suis conscient que cela peut paraître incroyable, mais le besoin de savoir ce qui s'était passé et, surtout, de savoir qui avait tiré sur Jean et Lili ne nous effleurait pas l'esprit le moins du monde. Celui de Patrick et le mien, en tout cas. Pour ma mère et Muriel, je l'ignorais. Au moment où je fus mis au courant de la situation, je me trouvais chez moi, en compagnie de ma mère et, bien naturellement, elle m'avait suivi à l'hôpital. Sa présence, à ce moment précis, relevait presque de l'irréel pour moi. Je n'arrivais qu'à me concentrer — tout comme Patrick — sur ce qu'allait devenir mon presque frère. Ce qui vient expliquer — et non justifier, je tiens à le préciser — notre apparente insensibilité à l'égard de Lili. Et je tiens à souligner le mot « apparente ». Insensibles, Patrick et moi ne l'étions absolument pas. Lorsque Muriel avait demandé à l'urgentologue dans quel état Lili se trouvait, nous étions tous impatients de connaître la réponse.

« Madame Saint-Martin n'est pas morte. Mais les projectiles ont touché sa colonne vertébrale. Elle ne marchera probablement plus jamais. »

Instantanément, Muriel et ma mère s'étaient mises à pleurer, tandis que Patrick, stoïque, figé, semblait attendre les réponses qui lui permettraient de comprendre l'absurdité de la situation. Évidemment, ces réponses ne sont jamais venues. L'atrocité de ce qui venait de se passer nous renvoya tout de suite à Jean et à notre incapacité chronique à nous concentrer sur autre chose que lui. Jean n'était pas mort, allait survivre à ce qui venait de se passer, mais il nous apparaissait maintenant évident, en écoutant le médecin parler de Lili, que nous l'avions tout de même perdu. Les liens entre les deux étaient trop forts pour que Jean se permette, comme il l'avait si souvent fait dans le passé, d'ignorer la réalité. Cette fois-ci, il n'allait pas pouvoir se nourrir de nos erreurs pour savoir ce qu'il ne devait pas faire ; il n'allait pas pouvoir profiter de notre passé pour l'aider à avancer. Nous qui le connaissions de A à Z savions que rien ne l'outillerait suffisamment pour lui permettre de faire face à cette culpabilité qui allait le déchirer, simplement parce que Lili avait eu le malheur de se trouver avec lui ce soir-là. Pour la toute première fois depuis que nous étions amis, nous étions incapables de lui venir en aide, de réécrire son histoire, comme sa famille l'avait fait avec Jean I<sup>er</sup> pendant si longtemps. Nous ne savions pas comment faire et chacun d'entre nous détournait les yeux pour ne pas voir le reflet de son propre désespoir, de sa propre impuissance, dans le regard de tous les autres.

Jamais ne nous sommes-nous sentis aussi indignes de l'amitié de Jean qu'à ce moment-là.

Et lorsque je dis « nous », en passant, ça inclut également Paul-Émile. Jamais il ne l'a admis, jamais il n'en a parlé, mais je sais de source sûre qu'il soudoyait deux infirmières, la nuit, afin de pouvoir venir jeter un coup d'œil sur Jean pendant que celui-ci dormait. La scène s'est répétée à deux ou trois reprises. Et il finissait toujours par sortir les yeux rougis de la chambre d'hôpital de Jean.

Comment Paul-Émile a-t-il pu faire, après ça, pour se mettre en marge de nous comme il l'a fait ? Et, surtout, comment avons-nous tous fait pour être en marge de la souffrance de Jean en détournant les yeux d'une misère que nous n'avons pas su comprendre ?

Je ne ferai certainement pas un fou de moi en essayant de répondre à cette question. Et pour être honnête, ça ferait bien mon affaire de changer de sujet. Étonnamment, je n'ai aucune envie de raconter ce qui s'est passé ; de m'étendre sur des détails insignifiants et de revivre des souvenirs que je n'aurais même jamais voulu vivre au départ. Je sais que je babille sans arrêt ; que j'ai la manie — fâcheuse, pour la majorité des gens que je connais — de raconter n'importe quoi afin de meubler ma peur du vide. Je sais, je sais... Mais bavard, je ne l'étais pas à cette époque. Et surtout pas à ce moment-là. La tentative d'assassinat de Jean fait partie de ce genre de souvenir qui ne s'embellit jamais avec le temps, avec le recul que nous procurent les années à mesure qu'elles s'égrènent.

Bien franchement, j'aurais préféré raconter nos autres souvenirs collectifs. Comme le soir de l'émeute… Ou lorsque Patrick est parti pour le Cameroun. Ou encore ne rien dire du tout et me contenter de raconter l'histoire de Paul-Émile, ce qui m'aurait permis de demeurer muet sur cette partie de notre vie. Sur cet aspect-là, le silence ne me fait pas peur. Quand les paroles n'arrivent pas à meubler un vide, quand elles n'arrivent pas à embellir un passé figé dans le temps, quand elles n'arrivent pas à forcer le temps à tout réinventer, quand même les regrets ne nous donnent aucune envie de retourner en arrière, c'est qu'il n'y a rien à dire. Même moi, je suis capable de comprendre ça.

## 2
## Patrick... à propos de Jean

Dans ma grande ineptie judéo-chrétienne — et je dis cela sans sarcasme aucun —, j'ai longtemps cru que l'alcoolisme était l'un des sept péchés capitaux. Pour tenter d'empêcher que l'un de ses enfants ne se retrouve avec le même penchant pour la bouteille que son époux, ma mère nous avait tous fait croire que quiconque se trouvant en état d'ivresse avancée, comme mon père l'était de l'aube au crépuscule, allait, selon la Bible, brûler en enfer pour l'éternité. Cette stupidité, ma mère la répéta pendant des années, même lorsqu'il était devenu clair que mes deux frères et ma sœur Maggie avaient choisi de ne pas se soumettre aux diktats de l'évangile selon mère Flynn. Ce qui faisait bien rire Jean, d'ailleurs.

« Savez-vous ce que ça veut dire, ça, Marie-Yvette ? Ça veut dire que la moitié de vos enfants aiment mieux boire comme des trous que de passer le reste de l'éternité au Paradis, à jeun, avec vous. Ça vous fait quoi, de savoir ça ? »

Ma mère, qui ne donna jamais dans la dentelle, devenait évidemment furieuse et se mettait à courir après Jean, essayant de le frapper avec le manche de sa vadrouille.

« Mon maudit sniffeux de mop ! Envoye icitte, que je t'en sacre un coup sur le nez ! Je vais finir la job, moi, si tes parents ont pas été capables de t'élever comme du monde ! »

Jean courait dans tous les sens, souriant, lui qui adorait provoquer ma mère de la même manière qu'il l'avait si souvent fait avec monsieur Mousseau. Et moi, j'angoissais. J'étais nerveux parce que mon copain, à l'époque, semblait déjà avoir tous les symptômes d'un alcoolique en puissance et parce que j'étais persuadé qu'il allait se retrouver prisonnier en enfer. Ma mère, d'ailleurs, répétait souvent que Jean ne pouvait rien être d'autre que l'enfant du diable parce qu'il avait commencé à boire alors qu'il n'était même pas un adolescent. Ah!... Les années cinquante au Québec... Je n'ai pas envie d'élaborer.

Avec le temps, la consommation d'alcool de Jean ne fit qu'augmenter et l'attentat dont il fut victime ne fit rien, bien au contraire, pour calmer ses envies de gin et de vodka. En l'espace de seulement vingt-quatre heures après l'attentat, sa chevelure avait considérablement grisonné, vieillissement venant aussi se traduire dans sa façon de marcher. Son dos s'était courbé, le pas avait ralenti et, sur le coup, j'avais cru qu'il positionnait son corps de cette manière parce que c'était moins douloureux. Ou encore, parce qu'il avait peur que ses plaies ne rouvrent, ou quelque chose comme ça. J'avais tort, évidemment. Mais je n'en étais pas préoccupé le moins du monde. Au-delà du fait qu'il n'avait jamais cessé d'être mon frère, je cherchais à me détacher de Jean à cette époque. D'Adrien, aussi. Je n'avais la force de voir que ce que je voulais pour mener à bien cette mission de changer le monde que je m'étais donnée et la souffrance de Jean m'aurait bloqué la vue. Alors, je regardais ailleurs pour m'empêcher de bien voir la loque humaine qu'il était devenu en l'espace de seulement quelques jours. Pourtant... L'odeur épouvantable de vodka qui se dégageait de sa chambre d'hôpital aurait dû me forcer à regarder, et ce, même si c'était bien la dernière chose que je voulais faire.

«Je peux savoir où tu prends ta vodka? lui avait d'ailleurs demandé Adrien, adoptant cet air à la fois dégoûté et découragé de ma mère lorsqu'elle regardait mon père.

— Ne jamais sous-estimer la camaraderie qui existe entre deux amateurs de boisson, Adrien. Le concierge du matin est un fan de bière. Je le paie pour qu'il me ramène du fort, pis je le récompense en lui payant une caisse de 24.

— Il pourrait perdre sa job si ça se savait !

— C'est pas mon problème. À l'âge qu'il a l'air d'avoir, y'est assez grand pour faire ses choix tout seul. Pis de toute façon, personne va le savoir. Han, Adrien ?... »

Il serait facile de supposer que Jean buvait ainsi pour engourdir le choc de l'accident. Pour ma part, je crois plutôt qu'il s'enivrait pour ne pas avoir à se rappeler qu'il n'avait pas encore vu Lili et qu'il se sentait comme le dernier des sans-cœur à vouloir repousser ce moment inévitable où tous les deux auraient à se parler.

Je crois avoir été clair sur mes sentiments concernant l'insensibilité dont Jean pouvait parfois faire preuve. La grossesse de mademoiselle Robert et le rejet sans appel de l'enfant qu'elle attendait[1] furent, pour moi, les exemples le plus probants. Mais s'il fut relativement facile, pour lui, d'ignorer un bébé qui n'aurait aucun souvenir de son père, la présence d'une amie ayant besoin du seul être au monde pouvant comprendre sa hantise de se retrouver, une fois de plus, au coin de Sainte-Catherine et Lambert-Closse le jetait au-devant de sa propre lâcheté. Et au lieu d'en être honteux, il la prétexta, sans orgueil, pour justifier son absence aux côtés de Lili. Il n'en eut même pas honte.

« Comment veux-tu que je lui en veuille ? m'avait dit Lili de sa chambre d'hôpital, alors qu'Adrien et moi

---

1  Voir *Racines de Faubourg*, Tome 1, p. 239.

étions allés la visiter. J'ai pus cinq ans. Je suis capable de comprendre. C'est pas moi que Jean veut pas voir. C'est ce qui s'est passé. Comment veux-tu que je prenne ça personnel ? »

Lorsqu'Adrien et moi étions allés visiter Lili à l'hôpital, ce fut Agathe — son prénom véritable —, à mon grand ravissement, qui nous avait reçus. Les cheveux attachés, le visage sans maquillage — bien plus beau ainsi, à mon avis, que lorsqu'elle se le peinturait au rouleau —, elle nous avait raconté avec retenue et sobriété le peu dont elle se souvenait de l'attentat, rejetant les airs de carnaval de Rio habituels à son personnage de reine du show-biz québécois. Comme si elle avait voulu se faire toute petite, et laisser à Jean l'espace nécessaire pour se remettre de son choc; pour le vivre à sa façon sans avoir, en plus, à gérer ses bouleversements à elle. Mais lorsqu'Adrien finit par lui dire dans quel état psychologique lamentable Jean se trouvait, Lili comprit que le temps et l'espace dont elle lui faisait cadeau n'aidaient en rien sa guérison et que si Jean refusait d'aller vers elle, alors ce serait elle qui irait vers lui. Même si aucun de nous trois n'était entièrement convaincu que d'imposer à Jean la présence de Lili était la chose à faire. Pour ma part, j'étais trop pressé de retourner au souvenir de ma belle Agnès pour réfléchir davantage à cette action, faisant à mon tour preuve d'une incroyable lâcheté en choisissant de détourner les yeux lorsque j'aperçus le visage de Jean devenir blanc comme de la craie à la vue de Lili en fauteuil roulant. Choisissant, également, d'ignorer que Lili s'était mise à pleurer en voyant que Jean semblait avoir pris vingt ans depuis la dernière fois qu'elle l'avait vu.

J'ai honte de le dire, mais je me dois d'être honnête et

de l'admettre : je voulais partir, couper les liens, oublier ce fardeau que je savais que Jean allait devenir et qui allait me tomber dessus parce que j'avais eu la malchance d'emménager chez lui quelque temps avant l'attentat. J'ignore pour Adrien. J'ose croire qu'il avait accepté d'emmener Lili à la chambre de Jean parce qu'il croyait sincèrement que cela allait améliorer les choses. Pour ma part, je ne voulais que passer le relais et m'éclipser discrètement. Mon égoïsme et moi échouâmes lamentablement.

« Si tu veux pas me voir, c'est correct, dit Lili à Jean. T'as juste à me le dire, pis je vais retourner dans ma chambre.

— Pourquoi je te dirais de partir ? »

Ces mots furent les seuls que tous deux échangèrent lors de cette rencontre. Lili cherchait le regard de Jean, essayant de lui faire comprendre en des mots qui ne venaient pas qu'il n'avait pas à se blâmer, tandis que les yeux de Jean faisaient constamment l'aller-retour entre la vodka déguisée en verre d'eau qu'il tenait entre ses mains et les jambes paralysées de Lili.

L'attentat ne fit pas de la vie de Jean un roman policier. Aucun d'entre nous n'a dépensé des sommes considérables de temps et d'énergie à se ronger les ongles pour connaître l'identité de la personne lui ayant tiré dessus. Nous voulions tous savoir, bien évidemment. Des années plus tard, nous avons d'ailleurs appris que Paul-Émile utilisa discrètement certains de ses contacts pour éviter que l'enquête soit suspendue. Mais Jean se trouvait dans un état si pitoyable que de lui garder la tête hors de l'eau exigeait de nous toute la force que nous avions à lui consacrer. Tâche colossale, soit dit en passant, qui ne se résumait pas seulement au choc causé par les balles de fusil ayant sifflé autour de lui. Et Adrien fut le premier à comprendre que la loque humaine se tenant devant nous, au-delà de ce qui venait de se passer, prenait surtout racine là où Jean Iᵉʳ était enterré, et dans tous les gestes que son petit-fils avait été prêt à faire pour ne pas s'y retrouver côte à côte. J'avais tendance à être d'accord avec Adrien. Tout comme madame Bouchard, d'ailleurs. Mais, contrairement à eux, je ne voulais pas hypothéquer mes plans, endosser le mal de vivre de Jean, alors que j'allais me permettre de vivre le mien pour la première fois. Je refusais de donner à mon copain le monopole de l'égoïsme.

Cinq minutes à peine après que Lili soit entrée dans sa chambre, Jean nous supplia du regard, Adrien et moi, de l'emmener ailleurs. Immobile, je le regardais en ne voyant rien d'autre que cet enfant de la rue de la Visitation qu'il était toujours, se rebellant systématiquement contre ses parents, alors que j'avais fait le choix de constamment me soumettre à ma mère. Nous avions emprunté deux chemins tout à fait différents et, pourtant, nous nous retrouvions néanmoins brisés, traumatisés. C'est dommage. Au fond, quand on y pense, ça aurait été tellement plus simple si l'un de nous deux, n'importe lequel, avait été heureux et l'autre pas. De cette façon, nous aurions été en mesure de savoir qui de nous deux avait fait le bon choix. Et, surtout, de savoir ce qui avait été mal fait.

# 3
## Adrien... à propos de Paul-Émile

Je suis soulagé. Me revoilà en pays de connaissance, à mon très grand bonheur. Ce n'est pas que je refuse de parler de Jean. Bien au contraire! Jean eut une vie riche, pleine et je suis extrêmement fier de pouvoir me compter parmi son groupe très restreint d'amis. Seulement, j'aurais aimé pouvoir parler d'autre chose que de cette cochonnerie que fût pour lui la tentative d'assassinat. Comme Paul-Émile l'a probablement déjà dit, je me sens à l'aise dans l'anecdote, dans les discussions qui ne semblent que raconter des petites choses mais qui en cachent pourtant des grandes. Et il n'y avait absolument rien d'anecdotique dans ce que vivaient Jean et Lili depuis cette sortie au cinéma ayant assez mal tourné, merci.

Au fond, rien de ce que nous vivons ne relève de l'anecdote et moi qui suis chargé de raconter la vie de Paul-Émile, je tiens à m'excuser si je donne l'impression de prendre à la légère quelqu'un qui, lui, s'est peut-être un peu trop pris au sérieux. Et souvent aux dépens de ceux qui l'entouraient. Ce qui me ramène à Mireille, son épouse, partie quelques jours à New York pour se changer les idées. J'aurais bien voulu, moi, avoir les moyens de déguerpir à New York lorsque l'envie me prenait d'aller me voir ailleurs. Mais devant y aller avec les moyens du bord, je devais plutôt me résigner à jouer aux cartes ou à prendre une marche si je voulais être en mesure de ne plus penser à rien. Quoique le New York de Mireille, constitué presque exclusivement de comédies musicales de Broadway, n'était pas forcément celui dont j'étais tombé amoureux lors de mon voyage de noces. Et comme la perspective d'aller voir une bande de hippies poilus chanter *The Age of Aquarius* ne m'enchantait pas telle-ment… Denise, mon ex-femme, avait beau dire que le PQ n'était rien d'autre qu'une gang de poteux de la gauche, je n'étais absolument pas un adepte de la contre-culture, et il m'arrivait souvent de soupirer d'impatience en écou-tant des hippies radoter sur les joies de l'amour libre et sur l'ignorance crasse des générations précédentes. Étant né en 1935, dois-je préciser que je faisais moi-même partie de ce qu'eux qualifiaient de vieux croûtons inca-pables de comprendre les vraies affaires ? Dois-je aussi préciser que ça m'insultait au plus haut point ?

Enfin…

Pour en revenir à Mireille, il est à préciser qu'elle avait aussi choisi New York parce qu'elle était certaine de ne pas y croiser Paul-Émile, qui détestait la Grosse Pomme avec vigueur, comme il l'a déjà raconté. Quelques jours avant son départ, Mireille, qui avait fini par comprendre que son mari ne l'aimait plus — pas, en fait, mais qui étais-je pour lui préciser la nuance ? —, avait découvert qu'il y avait quelqu'un d'autre dans la vie de Paul-Émile. Je ne sais pas si elle s'en doutait. J'ignore même si elle savait que son propre père était l'un des coureurs de jupons les plus prolifiques de son époque. Probablement, quand j'y repense. Ç'aurait expliqué cette tristesse entremêlée de résignation ressentie au moment où elle prit connaissance que son mari forniquait avec quelqu'un d'autre. Ce jour-là, Mireille s'était rendue au bureau de Paul-Émile, à Montréal, avant de passer prendre Lisanne à la sortie de l'école. En ouvrant la porte du bureau, elle entendit madame Lelièvre, la secrétaire de Paul-Émile, dicter par téléphone un message à un fleuriste pour deux douzaines de roses à livrer le lendemain. «Pas besoin d'une raison pour envoyer des fleurs à la femme de ma vie. Paul-Émile.»

Là-dessus, je dois dire que les minutes suivantes furent loin de faire honneur à Mireille. Un message comme celui-ci, jumelé à leur vie matrimoniale qui relevait davantage de la cohabitation, aurait dû lui faire comprendre de manière tout à fait claire que les roses étaient destinées à n'importe qui sauf à elle. De ce que j'en savais, à cette époque, Paul-Émile semblait avoir plus d'affection pour son facteur qu'il n'en avait pour sa femme et si Mireille était véritablement la femme de sa vie, comme il était écrit dans le message, alors Paul-Émile avait des manières franchement bizarres de le démontrer. Son intérêt pour Mireille paraissait aussi ardent que le mien pour Denise. Ai-je besoin d'en rajouter?

Mais Mireille, et c'est ce qui me dépassa complètement, trouva le tour de croire que les fleurs étaient pour elle et, ne voulant pas que madame Lelièvre croie qu'elle avait tout entendu de la commande passée au fleuriste, retourna dehors et fit trois fois le tour du bloc pour ne pas donner l'impression qu'elle se doutait de quelque chose! TROIS FOIS! À la troisième, Mireille se fit interpeller par un petit vieux en mal de sexe, croyant qu'elle faisait le trottoir.

J'ai beaucoup ri. Même si je sais que je n'aurais pas dû.

Bien évidemment, les roses attendues n'arrivèrent jamais. Pas sur la rue Pratt, en tout cas. Et après avoir perdu son temps à attendre des fleurs qui n'étaient pas pour elle, Mireille eut l'idée d'appeler le fleuriste et de se faire passer pour la secrétaire de Paul-Émile afin de demander, bien innocemment, si les roses s'étaient rendues à destination.

«Les fleurs ont été livrées au début de la journée, Madame. Comme prévu.»

Dès ce moment, il n'y avait plus rien à faire. Continuer de se mettre la tête dans le sable aurait servi à quoi, au juste? Mireille était tout sauf stupide et si elle se doutait depuis longtemps que Paul-Émile ne respectait plus sa part du marché en ce qui la concernait, elle en avait maintenant une preuve flagrante, lui revenant d'ailleurs sans cesse en mémoire chaque fois qu'elle avait le malheur de passer devant un fleuriste.

N'étant pas une femme, je ne peux que supposer de ce qui se passait dans la tête de Mireille. Et il me semble que j'aurais voulu savoir avec qui mon mari me cocufiait. C'était bien la moindre des choses! J'aurais voulu savoir à quoi ressemblait la compétition. Mais, voilà. Mireille, bien plus sensible que moi à ce niveau, avait compris que, pour avoir compétition, il fallait être deux. Il fallait que toutes les deux se tiennent debout et soient directement opposées. Et tout dans l'attitude de Paul-Émile à son endroit — l'indifférence, l'apathie… — lui laissait deviner qu'elle était disqualifiée dès le départ. Cela étant dit, Mireille devait maintenant savoir si son besoin de Paul-Émile allait outrepasser cette petite voix — l'orgueil, sans doute — lui disant de sacrer son camp au plus vite. Personnellement, c'est bien ce que j'aurais fait. Je persiste et je signe: je n'ai jamais pu être en mesure de comprendre ce que les femmes pouvaient trouver d'attirant chez Paul-Émile. Je radote peut-être, mais Mireille elle-même devait aussi se poser la question puisque, lorsqu'elle revint de New York, son attitude envers lui se transforma peu à peu.

Mireille revint à Montréal le 25 septembre, ne sachant toujours pas quoi faire de son mariage. Le 26, on annonça le décès du premier ministre Johnson. Le lendemain, la mère de Mireille appela sa fille pour l'informer que la famille allait prendre le chemin de Québec pour les funérailles. Mireille décida de ne pas y aller, la perspective de se retrouver seule en voiture avec Paul-Émile étant plus que ce qu'elle pouvait supporter.

« Qu'est-ce que tu fais en pyjama ? demanda Albert Doucet à sa fille, le matin des funérailles, en se pointant sur la rue Pratt.

— Elle veut pas venir », répondit Paul-Émile, ajustant sa cravate et haussant les épaules, l'air de s'en foutre complètement.

L'air indifférent qu'affichait Paul-Émile lorsqu'il parlait de Mireille ne datait pas d'hier. Loin de là. Déjà, au début de leurs fréquentations, il n'avait jamais semblé des plus avenants à son égard. Mais il y avait tout de même une bonne marge entre s'imaginer avoir épousé une émule de Robert Mitchum[2], qui adoptait un air de bœuf avec tout le monde, et prendre conscience que ce même air de bœuf nous était spécialement réservé. L'orgueil de Mireille, sans encore en mener très large, commençait toutefois à vouloir répliquer.

« Je veux pas y aller parce que j'ai pas d'affaires là. Vous autres non plus, soit dit en passant.

— Franchement, Mireille… répliqua Paul-Émile, le ton paternaliste. J'ai pas à t'expliquer comment fonctionne la politique.

— Non, Paul-Émile. Ça, c'est déjà fait depuis longtemps. Merci. Mais tu trouves pas qu'il y a quand même des limites à l'hypocrisie ? Un homme vient de mourir.

---

2 Acteur américain décédé en 1997.

Pis dans mon livre à moi, monsieur Johnson méritait sûrement autre chose que de voir s'agenouiller devant sa tombe un clown comme toi qui passait son temps à dire qu'il devrait retourner roter sa bière à Saint-Pie-de-Bagot! »

Furieuse, Mireille disparut en coup de vent, laissant derrière elle ses parents et Paul-Émile complètement bouche bée, ahuris devant cet accès de colère d'une femme pourtant réputée pour sa douceur.

« Elle est folle, ta femme!... » s'exclama Albert Doucet à Paul-Émile qui, lui, ne sut rien répliquer d'intelligent.

Quelques instants plus tard, tout juste avant de partir pour Québec, Paul-Émile, dans un rare élan de considération envers sa femme, était allé voir Mireille, assise sur une chaise en rotin dans le jardin. Il s'arrêta tout juste avant qu'elle ne s'aperçoive de sa présence. Que lui aurait-il dit, de toute façon? Tristement, Paul-Émile prenait conscience pour la première fois que Mireille jouait un rôle tout à fait secondaire dans la vie des gens qu'elle aimait: ses enfants, qui allaient grandir et qui, inévitablement, la réclameraient de moins en moins; ses parents, qui ne furent jamais très portés sur la vie de famille; et Paul-Émile, surtout, qui vivait facilement sans elle alors que, de toute évidence, tout le contraire s'appliquait à elle.

Choisissant de tourner les talons avant que Mireille ne se retourne, Paul-Émile grimaçait en prenant conscience que sa propre femme ne lui avait jamais inspiré autre chose que de la pitié. Et n'ayant jamais su — ou voulu — apprendre à s'intéresser aux gens qu'il regardait de haut, mon copain choisit de garder le silence; de déprécier la douleur évidente de sa femme. Paul-Émile et Mireille avaient ceci en commun qu'ils carburaient tous les deux à l'admiration; qu'ils étaient incapables d'aimer sans respecter. Autre aspect où la réciprocité ne définissait pas leur mariage. Cruellement.

Au bout du compte, son besoin de Paul-Émile prima l'orgueil de Mireille. Quelque part, cependant, j'ai toujours cru que son refus de partir prenait plutôt racine dans une grande peur de se retrouver toute seule. Paul-Émile, bien évidemment, n'était jamais là mais l'idée de lui était suffisante pour calmer cette peur du silence éprouvée par Mireille. Peur que j'étais à même de comprendre. Et il faut avoir tapé le fond pour réaliser que le vide n'est qu'un pur produit de notre imagination. Ce que Mireille n'avait pas encore fait, de toute évidence.

Ce que je m'apprête à dire peut paraître sévère, et elle ne serait probablement pas d'accord avec moi, mais j'ai toujours eu l'intime conviction que Mireille ne fut jamais réellement amoureuse de Paul-Émile. L'obsession et la dépendance affective sont bien des choses — une source de revenus sans fin, entre autres, pour les psychologues de la province de Québec —, mais elles ne sont certainement pas de l'amour.

# 4
## Paul-Émile... à propos d'Adrien

Adrien n'aimait plus autant le hockey depuis l'expansion de 1967. Moi non plus, d'ailleurs. En fait, je ne connais pas beaucoup de gens de notre génération qui étaient capables de regarder un match assis sur le bout de leur siège, comme nous l'avions fait pendant si longtemps, après que les dirigeants de la ligue eurent pris la décision de choisir l'argent aux dépens du talent. Pourtant, je n'en connaissais pas beaucoup, non plus, qui auraient craché sur une paire de billets pour assister à un match au Forum. Les parties étaient moins excitantes, d'accord, mais ce n'était tout de même pas comme d'assister à une joute de hockey en marchette de la ligue gériatrique de Montréal-Nord.

Daniel Mousseau, par contre, peinait à faire la différence entre les deux. Le fils d'Adrien, âgé de huit ans, s'emmerdait joyeusement lorsque quiconque le mettait en présence d'un bâton et d'une rondelle, trouvant le tour de s'endormir pendant un match contre les Bruins de Boston, alors que le père et le fils étaient assis tout juste derrière Gerry Cheevers! Même mon plus jeune, qui avait deux ans à l'époque, était plus intéressé par le hockey que ne l'était Daniel.

«Je le savais, avait constaté Denise, sourire en coin, lorsqu'elle vit Adrien revenir avec Daniel, endormi, dans ses bras. T'aurais dû y apporter un livre. Y aurait probablement trouvé ça pas mal plus intéressant.

— Tu peux pas blâmer un père d'essayer de faire de son gars le prochain Boom Boom Geoffrion.

— Je pense que t'aurais plus de chance d'y faire lire un livre sur Boom Boom Geoffrion.

— Peut-être… »

Cette discussion, quelques mois auparavant, aurait tourné à coup sûr en tournoi d'insultes, agrémenté d'un concours du lancer de la chaise de cuisine où le tout Saint-Léonard se serait réuni sur la pelouse des Mousseau pour connaître le résultat du combat. Un peu comme le faisaient les Américains, assis en marge des champs de bataille avec leurs paniers à pique-nique lors des premiers jours de la guerre de Sécession, alors qu'ils croyaient que tout serait réglé en l'espace de quelques heures. Mais les relations entre Denise et Adrien avaient radicalement changé depuis ce jour où, une semaine après la mort de monsieur Mousseau à l'automne 1968, Adrien se décida enfin à mettre un terme à son union avec Denise. Il était plus que temps ! Leurs enfants, ça sautait aux yeux, en faisaient presque des attaques de panique lorsqu'ils revenaient de l'école et qu'ils savaient que les deux parents étaient à la maison. Pas normal, comme situation.

Une fois de plus, Adrien aura réagi aux événements, plutôt que d'en être l'instigateur. C'est vrai. Quand on examine la situation de près, il est facile de se rendre compte qu'Adrien ne bouge jamais sans être provoqué. Façon de parler, évidemment, mais qui décrit bien comment il vit sa vie. Indépendantiste, Adrien l'est devenu à la suite des émeutes du Forum. Il a choisi de se marier après avoir appris que Denise était enceinte. Et il a décidé de quitter sa femme après avoir encaissé le choc du décès de son père. Je ne dis pas que c'est bon ou mauvais. Je dis seulement qu'il est comme il est. Et que sur ce point, j'étais très différent.

La séparation avec Denise se passa remarquablement bien. Et sans que celle-ci réagisse à l'annonce du départ d'Adrien en organisant une parade, elle avait tout de même poussé un gros soupir de soulagement, tout en disant à Adrien qu'elle comprenait, et qu'elle s'en voulait de ne pas avoir eu le courage de partir la première.

« Ç'aurait dû être fait depuis longtemps, avoua-t-elle.

— Mieux vaut tard que jamais. Ça fait cliché de dire ça, mais c'est vrai. Pis pour ce qui est des finances, je veux pas que tu t'inquiètes. Je vais faire ma part. J'ai aucune intention d'abandonner mes enfants.

— J'en doute pas, Adrien. T'es un bon père. Je serais menteuse de dire le contraire. »

Après s'être serré la main comme s'ils venaient de conclure un marché, les Mousseau finirent enfin par partir chacun de leur côté, Adrien aboutissant dans un 4 ½ de la rue Monselet, à Montréal-Nord. Redevenu célibataire, il entreprit de rattraper le temps perdu. Il sortait beaucoup, faisait la fête, couchait à droite et à gauche… Au bout du compte, Adrien comblait toujours cette même peur du vide qu'il ressentait lorsqu'il était enfant, maintenant avec des moyens de grande personne. Et cette fois, le silence qu'il craignait ne lui était pas imposé par son père, mais plutôt par l'absence de Claire et Daniel. Dans son besoin de s'éloigner de Denise, ce fut la seule chose qu'il ne prit pas en considération : à quel point ses enfants allaient lui manquer. Et le choc fut brutal.

À cette époque, les gardes partagées n'étaient pas monnaie courante. Ce n'était pas comme aujourd'hui, où les enfants passent une semaine chez la mère, et l'autre chez leur père. Dans le temps, la mère se retrouvait avec les petits, alors que le père les voyait quand il le pouvait. Ou le voulait, selon le cas. Pour Adrien, la situation n'était pas exactement comme ça. Denise avait effectivement la garde des enfants, mais tout, absolument tout, pour Adrien, était prétexte à leur rendre visite. Un genou éraflé, un récital de ballet, Denise qui voulait aller au cinéma, madame Mousseau qui s'ennuyait de ses petits-enfants, une discussion à avoir avec le petit *bum* du quartier qui avait eu le malheur de s'en prendre à Daniel… Infiniment patiente, Denise comprenait qu'Adrien s'ennuyait de ses enfants. Alors elle ne disait rien, allant même jusqu'à profiter de la situation, une fois de temps en temps, pour se sauver seule au cinéma ou au centre commercial.

Malgré la bienveillance de Denise, malgré les prétextes bidon pour se retrouver en compagnie de ses enfants, il y avait tout de même des moments où Adrien n'avait pas le choix de vivre sa solitude. Le matin, en se réveillant. Le soir, au coucher. Et dans des instants comme ceux-là, c'était plus lui-même que monsieur Mousseau qu'Adrien cherchait à oublier, assis dans le salon de ses parents sur la rue Montcalm, paniqué à l'idée que ses enfants en arrivent à le voir un jour comme l'homme au cœur sec que son propre père fut pour lui toute sa vie. C'est une réaction que, personnellement, je n'ai jamais pu comprendre. Si Adrien avait examiné la question logiquement — ce qui ne fut jamais l'un de tes grands talents, Adrien; tu en conviendras —, il aurait pu comprendre que ses peurs n'étaient pas fondées. Oui, à cette époque, Adrien monologuait de moins en moins — était-ce vraiment une mauvaise chose? —, mais il s'acharnait tellement à ne pas être pour ses enfants l'homme détaché que son père avait été pour lui qu'il en était épuisant! Mais, bon…

Comprenant rapidement qu'il n'avait plus l'âge de traîner dans les bars jusqu'à trois heures du matin,

Adrien, pour combler le manque de ses enfants, opta pour une technique différente mais beaucoup moins dommageable pour la santé et nettement plus efficace : le travail.

À l'hiver 1969, le PQ n'était encore, pour moi, qu'une bonne blague et je ne cacherai pas que j'éprouvais un certain mépris à voir Adrien y perdre son temps.

La souveraineté m'apparaissait à l'époque — et c'est encore le cas aujourd'hui, après deux référendums — comme un rêve d'enfants, un songe faisant perdre un temps monumental à un gouvernement qui, en plus d'avoir à ramer comme un fou pour ne pas se faire bouffer tout rond par les Américains, devait également se battre contre une bande de bozos n'ayant jamais digéré la défaite des Plaines d'Abraham ! La seule mention du mouvement indépendantiste me donnait des boutons et j'en avais presque vomi mon déjeuner lorsque j'appris qu'Adrien avait renoncé à son travail de professeur — et à la sécurité d'emploi qui venait avec — pour conseiller une poignée de poètes voulant se faire un peu d'argent de poche en devenant députés. À la place de Denise, j'en aurais profité pour demander une annulation de mariage au Vatican basée sur l'instabilité émotive d'Adrien. Quoi d'autre pouvait bien expliquer cette réorientation professionnelle ?

Mais ce fut dans les locaux de la permanence du PQ, alors qu'il travaillait comme un défoncé pour engourdir son manque des enfants, qu'Adrien rencontra celle qui allait devenir le grand amour de sa vie.

Petit rappel à tous ceux qui espéraient une fin heureuse pour Denise et Adrien : ils n'en connaîtront pas. Je l'ai dit plus d'une fois. Cependant, Adrien finira par le vivre, le grand amour, et les amatrices de livres Harlequin pourront avoir leur roman à l'eau de rose. Seulement, avec Adrien, rien n'était jamais simple.

Je ne peux en dire plus pour le moment.

# 5
## Jean... à propos de Patrick

Un peu plus tôt, dans le récit, Adrien a un peu parlé, à sa manière, de ce que c'était que de vivre dans les années soixante. Je ne rajouterai rien d'autre, si ce n'est que pour vous conseiller d'ouvrir des livres d'histoire et de regarder des documentaires célébrant le dixième, vingtième, trentième ou quarantième anniversaire de cette époque-là. Vous comprendrez alors pourquoi *the whole world was watching*, comme ils le disaient dans le temps.

Si on fait évidemment exception de la tentative d'assassinat dont j'ai été victime, je garde un souvenir plutôt flou de mes années soixante. L'âge n'aide pas, c'est bien évident, et mon statut d'homme perpétuellement paqueté ne faisait rien pour arranger les choses. J'ai levé le coude plus souvent qu'à mon tour, dans ma vie. Tout le monde sait ça et je n'apprends rien à personne. Et disons que la quantité de fort que mon foie dut supporter est trop... olympienne pour que je me fasse croire que ma mémoire n'est plus ce qu'elle était parce que je n'ai pas mangé suffisamment d'oméga-3 dans ma prime jeunesse. J'ai souvent agi comme un sans-dessein, mais je ne crois pas en être un. Il y a une différence.

Veut, veut pas, tout le monde finit par arriver à un âge où regarder en arrière devient plus facile, oui, mais surtout plus agréable. Prenez n'importe quel petit vieux — pas moi, s'il vous plaît — pris pour uriner dans sa couche parce qu'il ne peut plus courir assez vite pour se rendre aux toilettes et je vous garantis qu'il se fera un plaisir de vous raconter, en menus détails, toutes les fois où il a gagné les concours de celui qui pisse le plus loin.

Sans vouloir radoter, je tiens à répéter que je n'ai jamais été du genre à m'épancher à propos de mes souvenirs; à me lamenter comme un perdu sur le bon vieux temps. Je n'ai jamais vu la pertinence de vouloir absolument reculer quand tout le monde sait très bien que l'on n'a pas d'autre choix que celui d'avancer. Et si c'est le seul choix qui s'offre à nous, alors aussi bien avancer sur le party en riant! C'est tout ce qu'il nous reste à faire, bordel!

Au début de 1969, Patrick ne demandait rien de mieux que d'avancer, justement. Vers la porte de sortie de mon appartement, si possible. Qui aurait pu le blâmer? Je venais tout juste de me faire tirer dessus et je buvais comme un trou pour essayer de faire comme si de rien n'était. Mon attitude, évidemment, allait complètement à l'encontre de celle de Patrick, qui consistait à rappeler à la planète au complet à quel point depuis le Cameroun tout le monde le faisait suer. Malheureusement pour lui, alors qu'il passait le plus clair de son temps à me ramasser, saoul mort et bien écrasé sur le plancher de mon salon, les possibilités de faire comprendre sa frustration étaient plutôt rares.

L'attitude de Patrick envers moi devenait de plus en plus dure, alors qu'il devait vivre mes cuites par procuration. Comme toujours, Adrien essayait de tempérer ses humeurs.

«Jean traverse une mauvaise passe, affirmait-il. Mais y'est fait fort. Il va s'en sortir. Il s'en est toujours sorti. On peut pas le laisser tomber.

— S'il te plaît, Adrien… répliquait sèchement Patrick. J'ai passé les vingt premières années de ma vie à torcher le vomi de ma sœur pis de mes frères. En plus de mon père qui crachait de la bière pendant son sommeil. En ce qui concerne les ivrognes, tu trouves pas que j'ai assez donné ? »

Visiblement pas, parce que Patrick me ramassa une fois de plus, une dernière, alors que j'étais inconscient et complètement nu, la porte d'entrée de mon appartement entrouverte, mon bras droit en dépassant légèrement. Je ne sais pas si l'image est claire mais disons seulement que ce ne fut pas l'un des moments où je suis apparu sous mon meilleur jour. À bout de patience, Patrick me traîna jusque dans la douche et ouvrit le robinet d'eau froide. J'ai repris conscience en hurlant. Je m'en souviens encore, d'ailleurs. Très clairement.

« &*%@# ! Maudit pontife à marde ! C'est quoi, ton problème ? ! Veux-tu me faire crever ? ! » lui ai-je crié à la tête.

J'étais saoul, tout nu, à quatre pattes dans la douche, grelottant comme si j'attendais l'autobus sur le coin d'une rue en plein mois de février. L'alcool m'avait enlevé toute dignité. Et j'étais furieux.

« Tiens, répondit Patrick d'un ton égal en me tendant une serviette. Essuie-toi. Je vais aller faire du café.

— Y'en a pus, de café.

— Je vais aller en chercher. Pis je t'avertis, Jean : si je reviens pis que je te pogne en train de boire autre chose que de l'eau, même si c'est de l'alcool à friction ou du rince-bouche, je te sacre une volée. »

J'ai eu envie de répliquer qu'un prêtre se battant à coups de poing n'était pas ce qu'il y avait de plus beau à voir, mais qui étais-je pour commenter ? Et de toute façon, prêtre, Patrick ne l'était plus. Ce qu'il était vraiment, tout le monde l'ignorait. Lui le premier. Et c'est ce qui venait expliquer pourquoi il se trouvait encore chez moi, malgré son dégoût à me voir caler mon gin comme si c'était du jus de raisin. Il ne savait pas quoi faire, ne savait pas plus où aller et je lui offrais d'être nourri et logé en attendant de trouver des réponses à ses questions existentielles. C'était très bien payé, finalement, en échange de l'heure quotidienne où il devait me border et ramasser mes bouteilles vides.

Patrick n'est jamais revenu avec du café. Deux jours plus tard, pendant que j'étais au bureau, il est passé chercher ses effets personnels et est reparti comme le dernier des voleurs. Il s'était enfin trouvé un endroit où aller, où avancer, et cet endroit, à son très grand bonheur, n'incluait pas ce qu'il avait été avant le Cameroun. Adrien, Paul-Émile, sa famille et moi n'en faisions pas partie. Patrick nous abandonna tous sur le bord du chemin sans même y penser deux fois.

Pas extra pour l'ego, ça. Et je n'avais plus personne pour me ramasser après mes cuites.

Tout ça pour vous dire qu'au marché où il devait aller chercher le café, Patrick tomba sur un employé qui se mit à le dévisager comme s'il venait de tomber sur la réincarnation du frère André.

« Êtes-vous Patrick Flynn ?

— Heu… oui. Pourquoi ?

— J'en reviens pas ! Si vous saviez à quel point ça fait longtemps qu'on vous cherche ! »

À ce moment-là, le gérant du marché s'est approché du commis en le regardant avec des yeux de porc frais, comme mon père avait coutume de dire.

« Claude…

— …

— Les boîtes de soupe aux tomates, elles se poseront pas toutes seules sur les tablettes.

— Je le sais, Monsieur Provencher. J'y vais, là.

— C'est pas la première fois, Claude, qu'il faut que je te dise de t'enlever les deux doigts du nez pour aller faire ta job, mais fie-toi sur moi que c'est la dernière. Si dans dix minutes les boîtes de soupe sont pas à leur place, je te sacre dehors. C'est-tu assez clair ?

— Oui, Monsieur Provencher. »

Mais le Claude en question, qui avait franchement des airs de Claudette avec ses cheveux longs lui arrivant presque au milieu du dos, continua de parler à Patrick comme si de rien n'était.

« Vous pensez pas que vous devriez retourner travailler, au lieu de me parler ?

— Inquiétez-vous pas pour moi. Une job de même, avec un vieux croulant comme monsieur Provencher, je peux m'en trouver une n'importe quand. »

Contrairement à mon bon ami Adrien, j'avais un plaisir fou à regarder aller les apôtres de la contre-culture. Il m'est d'ailleurs arrivé d'en côtoyer quelques-uns et Dieu sait que j'étais un défenseur convaincu de l'amour libre et de ses bienfaits. Mais là où je tiquais, c'était lorsque je les entendais parler de la génération de leurs parents comme s'ils étaient les derniers des morons. Tout le monde pouvait bien penser ce qu'il voulait de moi, je n'en avais sincèrement rien à foutre. J'ai toujours quand même cru qu'il y avait quelque chose de profondément indécent à regarder de haut des gens ayant dû se taper successivement la Grande Dépression et la Deuxième Guerre mondiale. La vie était loin d'être parfaite à l'époque, j'en conviens. Pourrait-on cependant s'entendre sur une façon moins méprisante de dire les choses ?

« De toute façon, j'en ai plus pour ben longtemps à

placer des boîtes de soupes aux tomates. Votre lettre m'a montré qu'il y a des choses ben plus importantes que ça, dans la vie. Pis vous pouvez pas savoir ce que je serais prêt à donner pour vivre ce que vous avez vécu en Afrique, au lieu d'être pris ici à prendre des ordres d'un vieux schnock qui pense que le monde commence et finit avec son épicerie. »

Parlant de manière de dire les choses, celle de Claude était tellement racoleuse qu'à la place de Patrick, j'aurais ri. Je lui aurais donné une petite tape dans le dos et je serais parti. La tentative de flatter dans le sens du poil était trop grossière pour que Patrick ne se rende compte de rien. Mais c'est pourtant ce qui est arrivé. En écoutant Claude, Patrick revit le visage d'Agnès, tomba les yeux dans la graisse de *beans*, tandis que l'autre continuait de le farcir comme la dinde qu'il était en train de devenir.

J'exagère un peu. Patrick ne s'est peut-être pas fait emberlificoter de manière aussi expéditive que ce que je suis en train de raconter. Ou peut-être que si. Il me semble que oui. Au fond, on s'en fout comme de l'an quarante parce que ce qui s'est passé par la suite est tout à fait véridique, que l'on soit objectif ou non, et Patrick tomba de trop haut pour ne pas que je me désole de cette rencontre qu'il fit au marché, ce jour-là, même si je sais qu'il ne l'aurait probablement jamais rencontré si ce n'avait été de moi et de ma cuite. Mais, bon… À quoi ça sert de ressasser ce qu'on ne peut pas changer, de toute façon ?

« Écoutez, poursuivit Claude. J'ai lu la lettre que vous avez fait paraître dans le journal, l'année passée. On vous cherche depuis ce temps-là ! Vous êtes pas facile à trouver. Une chance qu'il y avait une photo de vous dans le journal !…

— Vous me cherchez pourquoi ?

— Parce que votre lettre a eu l'effet d'une claque en pleine face ! Pis que ça faisait tellement longtemps qu'on attendait quelque chose comme ça !

— Qui ça, "on" ?

— Je fais partie d'un groupe qui pense pareil comme vous, pis qui veut changer le monde. Qui va changer le monde. Pis vous nous feriez un immense honneur si vous acceptiez de venir nous rencontrer. Juste pour qu'on jase un peu... »

Je ne sais pas qui, de nous quatre, eut la brillante idée de tous nous faire raconter l'histoire de quelqu'un d'autre. Ce que je sais, en tout cas, c'est que ce n'était pas la mienne. À ce moment-ci de son histoire, ça devient difficile, pour moi, de raconter la vie de Patrick sans la brouiller avec des préjugés et des jugements de valeur. Patrick aurait vécu sa vie différemment s'il avait été à ma place, je sais. Mais l'inverse aussi était vrai. D'où mes difficultés à vous partager son histoire sans qu'elle devienne un peu la mienne.

Adrien — et je serais prêt à parier que Paul-Émile partageait son avis — fit part, un peu plus tôt, de sa réticence à adhérer à certaines idées de la jeunesse issue des années soixante. À l'époque, il disait souvent qu'il ne comprenait pas comment les poilus et les poteux, comme il les appelait affectueusement, pouvaient crier leur désir de changer le monde, alors qu'à les observer dans leurs communes et à travers leur mépris pour les plus vieux, il lui semblait plutôt qu'ils se repliaient sur eux-mêmes. Si le garçon que Patrick rencontra au marché semblait avoir des airs de hippie, la longueur de cheveux en était la seule et unique raison. Rien en lui, malgré le fait qu'il n'était âgé que de vingt et un ans, ne transpirait la paix, l'amour, et peut-être même aussi l'insouciance si caractéristique aux jeunes de son âge. Ce fut peut-être pour ça, quand j'y repense, que Patrick n'a pas ri comme je l'aurais fait en se faisant flatter dans le sens du poil de manière aussi flagrante; parce qu'il se reconnaissait chez Claude et que tout, dans les gestes autant que dans la voix, semblait transpirer cette même maudite colère qu'il ressentait depuis son retour à Montréal.

Je n'ai pas été en mesure de comprendre quoi que ce soit à l'époque — j'étais toujours trop saoul, de toute façon —, tout comme je ne suis malheureusement pas plus en mesure de comprendre maintenant ce que Patrick est allé faire avec ces gens-là. Et même si Adrien et moi avions été en mesure de nous mettre dans ses souliers, je ne crois sincèrement pas que ça aurait changé quoi que ce soit. Dans sa douleur — qui ne m'atteignait pas du tout, et je le dis sans aucune méchanceté —, Patrick avait besoin de hurler, de crier, de tout casser. De la même manière que sa mère, l'exécrable Marie-Yvette, l'avait fait avant lui. Et il est parti hurler sa douleur avec des gens qui ne voulaient rien d'autre que hurler encore plus fort que lui.

Il n'y a pas si longtemps, à la télévision, je suis tombé par hasard sur un mauvais téléfilm qui racontait l'histoire d'une bande de jeunes Américains ayant vécu en fuite pendant des années après avoir posé des bombes en guise de protestation contre le racisme et la guerre au Vietnam. Après cinq minutes, j'avais déjà changé de poste. Pas parce que le film était mauvais — grand amateur de Bud Spencer et de Steven Seagal, les films cotés 6 ne m'ont jamais dérangé —, mais parce que j'avais la très désagréable impression de remonter le temps et de revoir

Patrick prendre joyeusement le chemin de ce qui allait être la pire période de sa vie.

Fiez-vous sur moi: Adrien finira par admettre qu'il y avait bien pire, dans la vie, que les poilus et les poteux.

# 6
## Patrick... à propos de Jean

Autant le dire tout de suite, histoire de ne faire perdre de temps à personne: plusieurs années s'écoulèrent avant que l'identité de la personne ayant tenté d'assassiner Jean fût connue. Personne ne savait quoi que ce soit. Des pistes étaient suivies mais rien ne menait jamais à quelque chose de concret. Disons seulement que ça n'aidait pas vraiment Jean à passer à autre chose.

Pour ma part, j'avais foutu le camp de manière assez cavalière, je sais. Jean a déjà raconté ce qui s'est passé et je n'ai rien à ajouter, à l'exception que je ne l'ai pas laissé seul. Madame Bouchard était très présente. Elle aussi eut à ramasser Jean plus souvent qu'à son tour. Et présent, Adrien l'était également, comme ce frère qu'il fut toujours et que je ne voulais plus être. Même si, parfois, sa manière d'essayer de remonter le moral de Jean pouvait relever du burlesque le plus pur.

«J'ai réussi à mettre la main sur quatre billets pour le match d'ouverture des Expos, au parc Jarry. Veux-tu venir?

— Simonac, Adrien! Je me suis quasiment cassé une jambe, à matin, en glissant sur une plaque de glace! On a encore de la neige jusqu'aux genoux! Veux-tu ben pas me parler de baseball!»

Plus que jamais, Jean ne voyait la vie qu'à travers un verre de gin, ou de vodka. Ou de brandy, dont il était en train de devenir un adepte convaincu. Les yeux vides, essayant vainement d'engourdir sa douleur dans l'alcool, il s'était remis à travailler, en faisait le minimum, enrichissait son tableau de chasse à une vitesse qui étourdissait tout le monde autour de lui, refusait — c'est bien compréhensible — de mettre les pieds au Forum et revivait constamment la tentative d'assassinat à chaque instant de la journée. Depuis toujours, Jean avait voulu faire de sa vie un éternel hommage à l'hédonisme tel que pratiqué par le lord Henry de Dorian Gray. À trente-quatre ans, force est d'admettre qu'il n'y était pas arrivé. Peut-être était-il déjà mort ? S'il respirait toujours, il était toutefois très douloureux pour Adrien, madame Bouchard et moi-même d'assister à la lente agonie d'un ami n'ayant jamais voulu autre chose que de vivre sa vie au maximum.

Lili aussi était présente dans la vie de Jean. Je ne l'ai pas oubliée. Lui non plus, d'ailleurs. Leur amitié datait de plus de dix ans et ils étaient pratiquement aussi près l'un de l'autre que s'ils avaient été frère et sœur. Mais à l'époque, Jean ne voulait plus voir Lili. Il en était incapable. Depuis leur sortie de l'hôpital, elle l'appelait régulièrement et demandait à le voir. Jean refusait invariablement, se défilait et Lili, frustrée, demandait à Adrien et à madame Bouchard d'intervenir en sa faveur. Rien n'y fit. Jean adorait toujours Lili mais ne voulait plus d'elle et celle-ci peinait énormément à comprendre pourquoi. En dix ans d'amitié, elle ne l'avait jamais abandonné. Ne le voulait pas, non plus. Alors pourquoi Jean se permettait-il de ne pas respecter sa part du marché ? Jean, en bon avocat, prétextait qu'il n'y avait rien à respecter puisque personne n'avait jamais signé le moindre document notarié. Lili, pour sa part, répliquait qu'une poignée de main était suffisante pour faire de leur amitié une question de principe. Et c'était justement ça, le problème. Jean avait vécu sa vie en fonction de ne pas avoir à enfreindre ni principes ni règles. Et ce que Lili ne comprenait pas, c'était que son fauteuil roulant venait rappeler à Jean que chacun des choix faits tout au long d'une vie entraîne forcément des conséquences. Ce principe, élémentaire, n'importe qui en arrive à le comprendre généralement à un assez jeune âge. Si un gamin fait le choix de désobéir à ses parents, il saura rapidement, après une claque sur les fesses ou vingt minutes passées dans un coin, qu'il aura à vivre en fonction de ce choix. Mais Jean, ayant grandi au sein d'une famille qui le mettait constamment sur un piédestal et qui croyait en sa divinité, n'avait toujours calculé qu'en fonction de lui-même le prix à payer pour les choix qu'il aurait à faire au cours de sa vie, se disant qu'il serait le seul à aller dans le coin si les choses se mettaient à mal tourner. Jean buvait trop? Il rationalisait le tout en se convainquant qu'il ne faisait du mal qu'à lui-même, et à son foie en particulier. Sa famille l'avait renié? Il tournait la tête en disant qu'il avait toujours su le risque qu'il prenait en acceptant de se construire une image à des années-lumière de ce que l'on attendait de lui. Mais comment s'y prendre pour rationaliser les jambes finies de Lili? Comment la regarder en fauteuil roulant tout en se disant que ses choix à lui n'avaient fait mal à personne d'autre? En danger de mort, Lili avait refusé de le quitter; elle s'était accrochée à lui plutôt que de courir en sens inverse, là où rien ne lui serait sans doute arrivé. Comment survivre au poids d'une telle loyauté?

Malgré ses airs d'une Veronica Lake attardée, Lili était une femme dotée d'une remarquable intelligence et ni Adrien ni moi n'arrivions à saisir pourquoi elle ne comprenait pas le besoin de Jean à faire comme si elle n'existait plus. Ce que je n'excuse pas. Adrien non plus, d'ailleurs. Pas plus que madame Bouchard. Mais contrairement à Lili, qui semblait presque percevoir elle et Jean comme des frères d'armes revenant des champs de bataille, nous étions trois en mesure de comprendre que Jean allait devoir réapprendre à la connaître. À remettre leur compteur à zéro. À faire comme s'il ne l'avait jamais rencontrée autrement qu'en fauteuil roulant et qu'il n'avait strictement rien à voir avec son état. À sa manière, Jean poursuivait ainsi cette tradition propre aux Taillon à réécrire l'histoire; à s'y faire une place un peu moins insupportable dans ce qu'ils considéraient comme un vulgaire brouillon.

Mais Lili, elle, s'acharnait à forcer la note.

«Salut, Jean, sourit-elle en entrant dans son bureau. Comment ça va?»

Je voudrais ici préciser que je ne cherche pas à rabaisser Lili de quelque façon que ce soit. Déjà que Jean était difficile à suivre en temps normal, l'attentat vint lui donner une couche supplémentaire de complexité qui donnait envie à tout le monde de s'arracher les cheveux sur la tête! D'autant plus que Lili avait profondément besoin de lui, de son rire et d'être rassurée par lui avec cette presque arrogance lui étant propre, en lui disant que tout allait rentrer dans l'ordre. Mais Jean n'était plus lui-même. Ne le serait pas avant encore longtemps. Ce que Lili finit par comprendre ce jour-là, je crois. Comme je l'ai déjà dit, elle avait peut-être des allures de poupée gonflable, tout en étant, par contre, loin d'être stupide.

«Pourrais-tu me regarder dans les yeux, s'il te plaît?»

Ce jour-là, Lili s'était pointée au bureau sans s'annoncer. Madame Bouchard, paniquée, la supplia de rentrer chez elle, sachant que Jean allait ressortir de cette visite avec une soif renouvelée que seul un verre de brandy allait être en mesure de calmer. Mais son besoin de Jean était trop pressant pour que Lili veuille faire demi-tour.

« J'aimerais ça, te parler. »

Jean ne dit rien, assis à son bureau comme à une table de taverne, fixant la pauvre madame Bouchard avec tout le reproche dont il était capable. Il ne voulait pas voir Lili et elle le savait.

Certains m'ont souvent reproché d'être parti au moment où Jean avait le plus besoin de soutien. Ils ont raison et je n'ai aucune excuse. Mais au-delà de ma désertion, il faut surtout admirer le dévouement de Lili, d'Adrien et de madame Bouchard à être restés à ses côtés. Jean n'était vraiment pas facile à vivre.

« J'ai sous-loué mon appartement, Jean, annonça Lili. Je m'en vais chez ma mère pendant un bout de temps. À Saint-Germain… »

Lui qui l'évitait comme la peste depuis leur sortie de l'hôpital, Jean aurait dû vouloir célébrer le départ de Lili en avalant d'un trait le flacon de brandy qu'il gardait caché sous sa chaise. La nouvelle vint plutôt lui donner un solide coup au cœur qu'il chercha à engourdir, évidemment, en calant ledit flacon. Quand je dis que Jean était compliqué…

« Tu dis rien ?

— Qu'est-ce que tu vas aller faire là ?

— Penser à mon avenir. Réfléchir à ce que je vais faire. Qui va vouloir d'une actrice en chaise roulante ? Ma carrière est finie, faut pas se le cacher. »

Connaissant Lili, je suis convaincu que ces derniers mots furent dits sans arrière-pensée, sans aucune trace de méchanceté. Mais en l'entendant parler ainsi, madame

Bouchard ne put s'empêcher de fermer les yeux. Le besoin de gin, de brandy et de vodka, pour Jean, venait tout à coup de se faire encore plus grand.

« As-tu absolument besoin de penser à ce que tu vas faire de ta vie entre deux bottes de foin ?

— Je le fais un peu pour faire plaisir à ma mère. Elle m'a beaucoup aidée, pis la moindre des choses que je peux faire, c'est de lui renvoyer l'ascenseur. »

Adrien et moi nous sommes quelquefois demandé, sans le dire trop fort, si la mort de Lili n'aurait pas aidé Jean à se remettre de l'attentat. Elle n'aurait pas été là pour lui rappeler ce qu'elle avait déjà été mais qu'elle n'était plus, et il aurait pu être en mesure de se refaire une mémoire en y excluant tous les souvenirs de Lili. Trop scandalisés par notre propre question, nous n'avons jamais pu y répondre.

« Tu sais, Jean, c'est pas loin d'ici, Saint-Germain. Tu peux venir me voir quand tu veux.

— Bof… Tu sais, moi… La campagne… Je vois une vache pis j'ai le vertige. »

Pas une seule fois, Jean ne regarda Lili dans les yeux.

Pendant des années, monsieur Taillon, malgré sa névrose, chercha à faire comprendre à son fils que la vie était toujours plus satisfaisante, plus belle, lorsque celle-ci était vécue la tête haute, malgré l'effort que cela pouvait parfois exiger. Pourtant, à ce moment précis, alors qu'il devait légèrement lever la tête pour regarder Lili dans les yeux, Jean fut atterré de constater qu'il n'en avait pas la force.

« Écoute-moi ben, Jean Taillon, lui assena Lili dans une ultime tentative pour arriver à l'atteindre. J'ai essayé autant comme autant de te faire comprendre que y'a rien, là-dedans, qui est de ta faute. Mais, maudit, tu veux rien savoir ! Tu veux boire comme un trou ? Parfait. Tu veux te couper du monde extérieur ? Vas-y. Mais comprends-moi bien quand je te dis que je te laisserai jamais tomber. Je vais toujours être là, dans ta face, pis je te jure que tu vas être pris pour m'endurer jusqu'à la fin de tes jours ! »

Lili aurait voulu inspirer Jean, lui donner une transfusion de cette incroyable force qui la poussait à regarder en avant, en dépit de l'accident et de la perte de ses jambes. Mais Jean était trop engourdi pour ressentir quoi que ce soit. Les mots étaient là, dits avec tout l'amour et l'amitié qu'elle éprouvait pour lui. Cependant, Jean était trop loin, trop éclaté entre Verchères et le faubourg à mélasse, entre sa réalité enivrée et celle, à froid, qu'il était incapable de supporter, pour être en mesure de ressentir le moindre frisson.

« Peut-être parce que j'ai perdu mon père quand j'étais jeune, j'ai jamais été bonne pour me lier avec les gens autour de moi. Mais avec toi, Jean, c'est pas pareil. On se comprend même quand on a rien à dire. Pendant longtemps, on a fait la gaffe de coucher ensemble en se disant qu'on serait capables de pas s'attacher l'un à l'autre. Tu sais comme moi que c'était pas vrai. Je t'aime d'amour, moi, Jean. Pis toi aussi. Pas comme un homme aime une femme, plutôt comme une âme en aime une autre. Je crois pas au grand amour, tu le sais. Mais je crois aux grandes amitiés, par exemple. Pis toi, t'es l'ami de ma vie. T'es celui qui est content quand ça va bien, pis qui me comprend quand j'ai envie d'arracher la tête à tout le monde quand ça va mal. T'es le seul qui me connaît assez pour savoir quand tu peux m'appeler Lili, pis quand tu peux m'appeler Agathe. C'est pour toutes ces raisons-là, Jean, que tu vas être pogné avec moi pour toujours. Pis pour la cinq centième fois, ce qui s'est passé, je te jure que c'est pas de ta faute. J'espère juste que tu vas finir par le comprendre avant de mourir d'une cirrhose du foie. »

Madame Bouchard, émue par cette splendide preuve d'amitié, pleurait sans retenue tandis que Jean ne bougeait pas du tout, fixant le vide, attendant que Lili quitte enfin les lieux pour soulager cette soif fulgurante s'étant emparée de lui au moment où il l'avait vue entrer dans son bureau.

Jean ne voulait pas être inspiré, ne voulait pas être remué jusqu'au fond de ses entrailles pour ensuite se lever, regarder au loin et jurer, la main sur le cœur, qu'il allait devenir un autre homme. Jean voulait sombrer. Purement et simplement. Sombrer pour souffrir encore plus que Lili, afin d'être en mesure de se débarrasser de ce sentiment de culpabilité qui l'écrasait.

Lili, pour sa part, comprit rapidement que ses paroles n'avaient rien donné. Pas ce qu'elle aurait espéré, en tout cas. Alors qu'elle avait voulu tirer Jean vers le haut, elle prenait conscience qu'elle avait plutôt empiré la situation. Jean voulait oublier. Oublier Lili, surtout, alors qu'elle s'acharnait à lui marteler qu'elle ne s'en allait nulle part. Alors, comment sauver quelqu'un qui veut couler sans sombrer à son tour ? La tâche était impossible, et si Lili n'arrivait pas à comprendre pourquoi Jean ne voulait pas la voir, sa loyauté, bien que considérable, ne se rendait pas au point où elle prendrait le risque de tomber aussi bas que lui. Alors, elle est sortie de sa vie. Comme moi. Mais contrairement à moi, elle n'est pas partie pour se sauver de Jean. Ou encore parce qu'elle ne voulait plus passer derrière les problèmes d'un alcoolique siphonnant la totalité de l'énergie des gens qui l'entouraient.

Lili laissa Jean à lui-même parce qu'elle venait enfin de comprendre qu'il avait besoin, comme le veut le cliché, de toucher le fond.

Mais alors que tous espéraient que le fond du baril était proche, Jean réussit, contre toutes attentes, à se dénicher une pelle.

# 7
## Adrien... à propos de Paul-Émile

Après la mort de mon père, en 1968, ma mère ne voulut jamais refaire sa vie avec un autre homme.

« Y'a eu assez de ton maudit père qui m'en a fait voir de toutes les couleurs, c'est pas vrai que je vais laisser un autre innocent venir me gâcher le peu de temps qu'il me reste ! » gesticulait-elle, comme si elle avait voulu donner de la force à ses chuchotements.

J'aurais bien voulu, pourtant, que ma mère rencontre quelqu'un et tombe véritablement en amour pour la première fois de sa vie ; qu'elle sache ce que c'est que de se voir dans les yeux de quelqu'un qui la considère comme le plus beau cadeau de Dieu jamais envoyé sur Terre. Tristement, le silence perpétuel de mon père lui donna toujours l'impression de n'être rien d'autre qu'une nuisance.

Remis de mes émotions concernant le divorce de ma mère, j'avais été vite à m'excuser, à elle comme à Jean, pour avoir agi avec eux comme le dernier des crétins. Ce n'est pas parce que j'étais trop lâche pour quitter une femme que je n'aimais pas que ma mère était forcément obligée de faire comme moi. J'adorais ma mère et même si je savais qu'elle le savait, je tenais à ce qu'elle le sache encore plus. Je le lui devais, et pas à peu près.

Si ma mère avait pleuré, à l'époque, parce qu'elle avait peur que mon mariage avec Denise ait des airs de reflet dans le miroir avec le sien, j'étais d'autant plus en mesure de trouver triste le fait qu'elle n'avait jamais vraiment aimé personne. Elle m'aimait, évidemment, comme j'aimais mes propres enfants, mais elle ne fut jamais en position d'aimer… comme la reine Victoria avait aimé le prince Albert, par exemple. Elle aurait bien voulu, je crois; en aurait très certainement été capable. Or, mon père ne l'a jamais laissée faire.

Mais peut-on s'ennuyer de ce que l'on n'a jamais eu? Et qu'est-ce qui fait le plus mal? Avoir vécu toute une vie sans amour, ou avoir aimé à la folie, en vain, et continuer à avancer en sachant que l'on ne vivra jamais plus un amour pareil? Autrement dit, qu'est-ce qui fait le plus mal lorsque vient le temps du bilan? N'avoir jamais connu le grand amour, comme ce fut le cas pour ma mère? Ou, au contraire, de l'avoir connu et perdu comme ce fut le cas avec les parents de Paul-Émile?

Enfin…

En 1969, monsieur et madame Marchand vivaient des vies séparées depuis déjà un bon moment. La mère de Paul-Émile passait le plus clair de son temps à jouer du piano sur la rue Pratt. Au grand désespoir de Mireille, d'ailleurs, qui avait même été, un jour, jusqu'à hurler *Lindbergh*[3] à pleins poumons devant sa belle-mère jouant du Gershwin, pour lui faire subtilement comprendre qu'elle n'en pouvait plus de l'écouter à longueur de journée.

Monsieur Marchand, pour sa part, s'accommodait plutôt bien de sa vie de célibataire et ne se permettait jamais, ou alors en de très rares occasions, de faire mention de sa femme devant qui que ce soit. Pour ma part, cet état de fait me renversa complètement. Lui et madame Marchand avaient représenté le modèle par excellence pour nous, petits morveux, qui crurent longtemps que

---

3 Chanson de Robert Charlebois popularisée en 1968.

toute vie conjugale ne ressemblait à rien d'autre qu'à celle de mes parents, ou des parents de Patrick. Je n'arrivais pas à croire que quelque chose d'aussi fort, d'aussi beau, puisse connaître une fin aussi insignifiante.

Après s'être aimés comme des fous, après avoir passé des années à vivre collés l'un sur l'autre, monsieur et madame Marchand en étaient venus non pas à s'ignorer mais à s'éviter, à se complaire dans le vide de leur vie conjugale. À soixante ans et des poussières, ils n'avaient plus rien en commun, semblant marcher sur des œufs pour s'assurer de n'être jamais ailleurs en même temps. Comme si l'un avait peur que l'autre prenne conscience de l'amour qui était en jeu et se découvre, tout à coup, des envies de le sauver.

Quel gaspillage absolument ahurissant!

J'ignore si c'était pour se garder occupé, pour s'empêcher de regretter cette femme qu'il avait déjà aimée alors que l'autre ayant pris sa place lui tombait sur les nerfs au plus haut point, mais monsieur Marchand était plus ou moins devenu le responsable officiel de la vie sociale des gens de l'âge d'or du faubourg à mélasse. Parties de bingo, soirées de danse en ligne, tournois de cartes, il avait toujours quelque chose de planifié et s'arrangeait aussi pour embarquer le plus de gens possible dans ses projets. Les Desrosiers, ses voisins, le suivaient partout. Ma propre mère, grande amatrice de jeux de cartes de toutes sortes, était toujours présente aux tournois Gérard-Marchand. Et même monsieur Flynn, lorsqu'il n'était pas trop saoul et qu'il arrivait à tenir debout, pouvait se laisser tenter par une partie de bingo.

Ce fut à l'occasion d'une des parties de bingo, justement, que monsieur Marchand rencontra la sœur cadette de madame Desrosiers. Veuve quinquagénaire de Montréal-Est faisant le voyage jusque dans le bas de la ville pour accompagner sa sœur et son beau-frère aux soirées de monsieur Marchand, madame Rudel — Monique, de son prénom — était ce genre de dame un peu corpulente, toujours souriante et ricaneuse à souhait, donnant l'impression, au premier contact, de faire une tarte aux pommes absolument extraordinaire. Son aisance à discuter avec tout le monde, du facteur au pharmacien, en passant par ses voisins et les vendeurs de porte à porte, faisait dire aux gens du voisinage qu'elle était l'anti-Florence et je suis d'avis que ce fut la principale raison expliquant pourquoi ils l'ont acceptée aussi rapidement.

Monsieur Marchand aussi l'accepta rapidement. Au début, Paul-Émile ne sembla pas se formaliser des fréquentations de son père. Peut-être parce que ça ne l'intéressait pas. Ou peut-être parce qu'il s'imaginait, comme la majorité d'entre nous, que les gens âgés étaient trop préoccupés par leurs problèmes de vessie ou de prostate pour se permettre d'avoir une vie personnelle. Bien franchement, je l'ignore. Et Paul-Émile étant rarement présent pour discuter de ses états d'âme — ce qu'il ne faisait jamais, de toute façon —, il était plutôt ardu de connaître le fond véritable de sa pensée. De toute façon, avec lui, la situation était toujours la même : il était celui qui faisait des vagues mais laissait toujours à ceux derrière lui le soin de ne pas se noyer.

Pour les avoir souvent aperçus ensemble, je savais que monsieur Marchand était heureux avec madame Rudel. Ils riaient constamment — en fait, ils étaient souvent les seuls à rire, alors que les autres se demandaient ce qu'il y avait de si comique —, partageaient le même goût pour les jeux de cartes et la danse en ligne, et refusaient catégoriquement de s'en faire à propos de quoi que ce soit. Cependant, il manquait quelque chose. Ou quelque chose clochait, peu importe, malgré les rires fusant de toute part et la complicité qui sautait aux yeux. Tous deux étaient amis, aucun doute là-dessus. Mais pas une seule fois j'ai vu monsieur Marchand regarder madame Rudel, la couver du regard, comme il l'avait si souvent fait avec la mère de Paul-Émile. L'affection était là; la passion, elle, n'y était pas. C'est pourquoi je me demandais, en les observant, s'il était difficile pour monsieur Marchand de se contenter de moins que ce qu'il avait déjà eu. Et je n'arrivais sincèrement pas à répondre à la question. Sans vouloir manquer de respect à qui que ce soit — j'aimais bien madame Rudel, qui finit, d'ailleurs, par devenir une grande amie de ma mère —, j'avais de la difficulté à comprendre comment quelqu'un pouvait se contenter d'un hamburger après avoir été nourri pendant si longtemps au filet mignon.

Parlant de respect, je tiens à dire que monsieur Marchand eut la très grande classe, lorsque les choses sont devenues sérieuses avec madame Rudel, de vouloir officialiser ce qui était un fait depuis déjà longtemps. En d'autres mots, monsieur Marchand se pointa sur la rue Pratt avec l'idée d'offrir le divorce à son épouse. Il en avait d'ailleurs sursauté un coup lorsque la porte s'ouvrit et qu'il fut accueilli par une Mireille cernée jusqu'aux genoux. Le choc de monsieur Marchand dut être visible à partir de la lune parce que Mireille se sentit obligée, comme si elle était coupable de quoi que ce soit, d'expliquer son teint malade.

«Bonjour, Monsieur Marchand. Excusez-moi… Ça fait

une semaine que Louis-Philippe dort mal. Je sais pas ce qui se passe…

— Fais-toi-z'en pas avec ça, Mireille. T'es la plus belle, comme toujours.

— …

— Pis ton mari… Comment il va ?

— Mon mari… J'ai un mari, moi ? Vous m'apprenez quelque chose ! Moi qui pensais que mes petits avaient été enfantés par le Saint-Esprit… Vous devriez me le présenter pour que je voie de quoi il a l'air. Jean-Paul Dugas ferait bien mon affaire. »

Jean-Paul Dugas, pour ceux et celles n'étant pas en âge de s'en souvenir, était un acteur très connu à l'époque, plutôt bel homme avec ses cheveux blonds et son simili accent français. Denise, qui trouvait *Moi et l'autre* quétaine pour mourir, s'était pourtant mise à regarder religieusement l'émission lorsqu'il fut engagé pour jouer le rôle du mari de Dominique Michel.

« Si vous êtes venu pour voir Paul-Émile, y'est pas là, continua Mireille, embarrassée, comme si elle s'en voulait d'avoir trop parlé.

— Je suis pas venu pour voir Paul-Émile. Si ça te dérange pas, j'aimerais ben voir les enfants. Mais je suis surtout ici pour Florence. »

Étonnée, Mireille garda le silence pendant plusieurs secondes. Monsieur Marchand ne venait que très rarement sur la rue Pratt et lorsqu'il s'y rendait, c'était pour y visiter ses petits-enfants. Ou Paul-Émile. Mais jamais sa femme.

« Heu… Elle est dans sa chambre. Elle fait du rattrapage dans sa correspondance. Vous pouvez aller la voir. »

À qui madame Marchand pouvait-elle écrire ? De

toutes ses années passées sur la rue Wolfe, personne ne lui avait jamais connu d'amies. À l'exception de madame Desrosiers, évidemment. C'était peut-être pour ça, quand j'y pense, qu'elle était toujours avec son mari comme un pansement qui ne veut plus décoller. En dehors de Paul-Émile, Simonne et Marie-Louise, elle n'avait personne.

Je sais que ça peut paraître stupide mais la séparation des Marchand fut un véritable choc pour moi. Même si tous voyaient venir le coup depuis longtemps, je me sentais un peu comme un enfant faisant semblant de ne pas voir que ses parents ne s'aiment plus et qui fait une crise le jour où son père et sa mère lui annoncent qu'il aura maintenant deux maisons. L'apparente indifférence de Paul-Émile était un mystère pour moi, alors que je me désolais de l'échec d'une union m'ayant un jour montré qu'il existait autre chose que l'aridité de cœur démontrée par mes parents.

Je suis peut-être plus sentimentaliste que je croyais.

Madame Marchand, pour sa part, demeura muette lorsqu'elle aperçut son mari sur le pas de la porte de sa chambre. D'instinct, elle savait que sa visite n'augurait rien de bon. À leur âge, habituellement, les gens ne se voyant qu'occasionnellement ne le font que lors de grandes occasions, bonnes ou mauvaises. Et comme aucun mariage ne se pointait à l'horizon…

« Est-ce que Marie-Louise et Simonne vont bien ?

— Oui, oui. Inquiète-toi pas. Elles vont bien. C'est pas pour ça que je suis venu ici, aujourd'hui. »

Cherchant les bons mots pour exprimer la raison de sa visite, monsieur Marchand se mit à faire les cent pas dans la chambre à coucher de sa femme et tomba sur une feuille de papier où il y reconnut l'écriture de celle-ci. À qui pouvait-elle écrire ? À un certain Henri Monette, apparemment, qu'elle fréquentait de manière plus ou moins officielle depuis quelque temps déjà. Paul-Émile détestait le Henri en question, que sa mère avait rencontré lors d'un voyage dans l'Ouest canadien, et croyait que monsieur Monette ressemblait à une version malade et à bout de souffle de monsieur Marchand. Et pourtant, lorsque ce dernier, d'un calme olympien, fit part à sa femme de son désir de divorcer, celle-ci avait figé pendant quelques secondes, pour ensuite s'asseoir et se mettre à trembler.

Si quelqu'un, quelque part, cherchait la raison principale expliquant l'échec de ce mariage, elle se trouvait là, évidente aux yeux de tout le monde : monsieur Marchand regardait vers l'avenir, avançait, ne sachant pas toujours vers où, à l'exception que ce n'était pas pour mieux reculer. Madame Marchand, elle, ne voulait que retourner en arrière, remonter le temps pour mieux le reconstituer dans un présent qui viendrait effacer les années passées dans le faubourg à mélasse, refusant de prendre en compte ce qu'elle-même et son mari étaient devenus. Et si certains couples choisissent de divorcer parce que l'un et l'autre n'arrivent plus à regarder dans la même direction, ce cas-ci en était un exemple plutôt spectaculaire. Il n'y avait plus rien à faire.

« À notre âge, contra madame Marchand, qu'est-ce que les gens vont dire ?

— Ils diront ce qu'ils voudront, Florence. Nous aussi, on a le droit d'être heureux.

— Après presque quarante-cinq ans de mariage...

— Notre mariage s'est terminé le jour où Paul-Émile s'est marié, chuchota monsieur Marchand. Ça fait des années qu'on vit pus ensemble. Je sais pas ce que tu fais de tes journées. Je sais même pas ce que t'as fait de tes années… »

Je ne sais pas si ce fut par galanterie ou par stratégie mais monsieur Marchand ne mentionna pas une seule fois le nom d'Henri Monette. Probablement pour ne pas avoir à parler de madame Rudel. Pas tout de suite, du moins. Il viendrait cependant un temps où il aurait à le faire, bien évidemment. Mais monsieur Marchand, peut-être en hommage à l'amour qu'il avait un jour éprouvé pour sa femme, choisit de ne consacrer qu'à eux seuls ce dernier moment passé ensemble.

Soit dit en passant, Paul-Émile n'était pas plus capable de blairer madame Rudel qu'il était en mesure de le faire avec Henri Monette. S'il voyait en celui-ci une pâle copie asthmatique de son père, madame Rudel était, pour Paul-Émile, l'équivalent d'une enfant de cinq ans ayant mangé une tonne de sucre. Chaque fois qu'il la voyait, il se plaignait de violents maux de tête et pourtant, il s'efforçait de faire comme si elle et Henri Monette n'étaient que quantité négligeable ; comme s'ils n'étaient rien de plus que des connaissances de monsieur et madame Marchand. Pourtant, il est impossible que Paul-Émile ne se soit rendu compte de rien ; qu'il n'ait pas pris conscience que le mariage de ses parents était foutu. Mais il se contentait de demeurer silencieux, satisfait dans la mesure où le *statu quo* des dernières années entre ses parents ne changeait rien à sa propre situation.

Une fois de plus, je m'attarde à parler de tout et de rien. Je tiens à m'excuser. Dieu sait que j'en ai emmerdé des gens, dans ma vie, avec mes monologues sans fin. Je ne tiens pas à poursuivre la tradition. Alors, je m'arrêterai ici

en ajoutant, juste avant de fermer boutique momentané-
ment, que Paul-Émile aurait lui aussi à se demander, un
jour, s'il est préférable d'avoir aimé en vain plutôt que de
ne pas avoir aimé du tout.

Aussi, je jure que jamais, malgré l'antipathie ressentie
pour lui à certains moments de ma vie, je ne lui ai souhaité
devoir trouver réponse à cette question.

## 8
## Paul-Émile... à propos d'Adrien

Ai-je besoin de répéter que je ne suis pas le plus doué pour raconter des histoires d'amour ? Je préfère, de très loin, avoir à raconter la peur du silence d'Adrien, ou encore sa peine à ne pas voir ses enfants sur une base quotidienne. À la limite, je me contenterais volontiers de faire le bilan de son mariage raté avec Denise, surtout lorsqu'il prenait des airs d'un match de lutte opposant Little Beaver à King Kong Bundy, pour ne pas avoir à faire un fou de moi en faisant le résumé d'un roman-photo.

Mais, bon. Aussi bien commencer si je veux finir... Alors, allons-y.

La semaine, alors que les enfants se trouvaient avec Denise, Adrien était toujours le premier arrivé dans les locaux de la permanence du PQ, où il travaillait. Plusieurs mois avaient passé depuis sa séparation et le manque de ses enfants était si cuisant que l'idée de retourner sur la rue Robert commençait sérieusement à le travailler. Je ne perdrai pas mon temps à commenter, tellement l'idée de son retour auprès de Denise m'apparaissait comme une gaffe monumentale, mais Adrien en était là, incapable de regarder *Sol et Gobelet* ou toute autre émission pour enfants pendant plus de trente secondes, à la télévision, sans que sa lèvre du bas ne commence à trembler de manière incontrôlable.

Un matin du printemps 1969, une femme se trouvait déjà au bureau lorsqu'Adrien arriva. Occupée à manger une tranche de pizza vieille de trois jours, installée sur la chaise de mon copain, les deux pieds sur son bureau.

« Ça va ?... On est à l'aise ? demanda Adrien.

— C'est ton bureau ?

— Oui, c'est mon bureau.

— Écoute, je m'excuse. Je commence à travailler aujourd'hui mais le mien est pas encore prêt. Je suis arrivée ici avec mes boîtes, pis à un moment donné, il fallait ben que je les pose quelque part. Ton bureau est le premier que j'ai vu. Tu m'en veux pas, j'espère ?»

La mal élevée s'appelait Alice Saint-Pierre, professeure de sciences politiques et chargée par le PQ de pondre une stratégie visant à augmenter les ventes de cartes de membre. Si j'ai l'air d'avoir un préjugé défavorable envers elle, je tiens à préciser que ce n'est pas le cas. Seulement, Alice était un peu trop enjouée, sociable, hop-la-vie les amis, le temps est bon, le ciel est bleu, pour ne pas irriter l'homme réservé que je suis encore aujourd'hui. Sans parler de la familiarité instantanée dont elle fit preuve avec Adrien, comme s'ils avaient grandi ensemble en élevant des cochons. Lui aussi était irrité. Nos mères ne nous avaient pas exactement éduqués de cette manière.

«Est-ce qu'on se connaît ? lui demanda Adrien.

— Je pense pas. En tout cas, moi, je t'ai jamais vu. Pourquoi ?

— Les moins de trente ans, la politesse, vous avez pas appris ça, à l'école ?

— Je peux pas répondre à ta question. J'ai trente et un ans. »

Alice avait répondu à la question d'Adrien en riant, pas du tout intimidée par le ton un peu cassant qu'il prenait avec elle. Personnellement, j'en aurais été vexé.

«Si ça t'énerve que je te tutoie parce qu'on se connaît pas, je peux régler ton problème tout de suite. Je m'appelle Alice.

— Alice Saint-Pierre ?

— En personne.

— C'est vous, le génie supposé faire monter en flèche les ventes de cartes de membre ?

— C'est pour ça qu'on est venu me chercher, oui.

— Vous trouvez pas que vous avez l'air un peu jeune ?

— C'est quoi, le rapport ? Pis non, je trouve pas que j'ai l'air trop jeune. Même qu'avec le travail que j'ai à faire, ça va m'aider.

— Et de quelle manière, exactement ? »

Visiblement affamée, Alice prit soin d'avaler une bouchée de sa pizza passée date avant de répondre à Adrien. Pizza vieille de trois jours !… Et froide, en plus !

« J'aime beaucoup travailler sur le terrain. Rencontrer des gens, serrer des mains… Pis je pense que le monde aime ben ça, aussi, quand il me voit arriver. J'ai l'air jeune… Je suis pas laide… Quand je vais aller me promener dans les universités, je vais intéresser les jeunes parce que j'ai l'air d'avoir à peu près le même âge qu'eux autres. J'aurai pas l'air d'une vieille matante qui essaie de leur vendre des candidats qui vont chercher des votes à coups de bâton de baseball. Pis pour ce qui est des plus vieux…

— C'est là-dessus que vous basez votre stratégie ? Sur l'apparence ?… »

Tout de même… Adrien aurait pu avoir la politesse de laisser Alice terminer sa phrase. J'aurais bien aimé, moi, connaître sa stratégie pour aller chercher le vote de petits vieux qui en auraient probablement bavé un coup en la voyant faire la tournée des foyers pour personnes âgées de la province de Québec.

« C'est ben beau, aller chercher des nouveaux membres, poursuivit Adrien. Mais si vous avez rien pour les nourrir, ils vont aller manger ailleurs avant longtemps. Si c'est ça votre stratégie, on a un problème.

— Inquiète-toi donc pas pour le contenu... C'est quoi, déjà, ton petit nom ?

— Adrien, répondit-il presque en grognant.

— Inquiète-toi donc pas pour le contenu, Adrien. J'ai un bac en droit de Harvard, avec une maîtrise en sciences politiques de Stanford, pis un doctorat de George Washington University. Je suis pas une deux de pique. Côté contenu, je pourrais en montrer à ben du monde. Mais on vit à l'époque des minijupes, pis des *hot pants*. Qu'est-ce que tu veux que je te dise ? On est aussi ben d'en tirer profit au maximum. Veux-tu une tranche de pizza ?

— Justement... Vous trouvez pas qu'il est un peu tôt pour manger de la pizza ? *All dressed*, en plus...

— Voudrais-tu, s'il te plaît, arrêter de me vouvoyer gros comme le bras ? On a le même âge ou à peu près, batèche ! T'es pas obligé de me parler comme si j'étais ton arrière-grand-mère ! »

À ces mots, Adrien ne put s'empêcher de rire. Alice avait réussi à le détendre avec son attitude désinvolte.

Mon père a déjà dit, un jour, qu'Alice lui rappelait Carole Lombard[4], son actrice préférée quand il était jeune homme. Autant en ce qui concernait les cheveux blonds et les yeux bleus que la verve, le sens de la réplique et le cran. Alice souriait toujours, avait l'air d'un ange, mais sacrait comme un bûcheron et ne refusait jamais une bouteille de bière. Adrien n'en tomba pas instantanément

---

4  Actrice américaine très populaire dans les années trente.

amoureux, comme ce fut inversement le cas. Plus tard, Alice dira qu'à la seconde où elle vit mon copain s'approcher d'elle, son cœur fit trois tours. Et pas en raison de la pizza moisie.

« Pis pour répondre à ta question, reprit-elle, j'ai le système un peu déréglé. Ça fait trente-six heures que j'ai pas dormi. J'ai apporté un restant de pizza parce que j'ai rien d'autre dans mon frigidaire. J'ai même pas de quoi me faire un café. Je travaille tout le temps. Un pays, tu sais, ça se bâtit pas tout seul. »

Non, Adrien n'en est pas tombé tout de suite amoureux. Mais le processus venait d'être enclenché. Après presque dix ans de disputes avec Denise, dont la moitié fut consacrée à leurs opinions politiques divergentes, mon ami fut presque renversé par le fait de se trouver en présence de la plus belle femme qu'il eût jamais vue et qui était, par surcroît, aussi indépendantiste que lui.

Retournant le sourire d'Alice, Adrien finit par accepter une pointe de pizza.

## 9
## Jean... à propos de Patrick

Au bout du compte, la lettre[5] que Patrick fit paraître dans les journaux de la ville — où il s'était permis de ventiler tout son mépris pour sa famille et pour la société en général — ne donna pas exactement les effets escomptés. Oh! il fit parler de lui! En masse! Mais pas forcément pour les bonnes raisons. Au grand dam de Patrick, les gens s'intéressaient plus au prêtre ayant défroqué qu'au message qu'il cherchait à faire passer. Rien ne venait calmer son amertume, qui prenait des proportions comparables à ma consommation d'alcool, juste pour vous donner une idée.

À la mort d'Agnès, Lucien, le directeur du centre de Yaoundé, avait essayé de sortir le pauvre Patrick de sa détresse en lui balançant à la tête ce cliché voulant que la douleur s'atténue avec le temps. Simonac! Plusieurs fois, au cours des années, j'ai eu envie de lui poster les coupures de journaux où l'on parlait de Patrick et de ses arrestations — oui, de ses arrestations; et il y en a eu plusieurs. Je ne l'ai jamais fait, évidemment. Ce n'était quand même pas la faute de Lucien si Patrick avait complètement perdu les pédales!

Une fois de plus, je tiens à préciser que je n'étais pas insensible à la peine de Patrick. Voir Agnès mourir dans ses bras, elle qui fut essentiellement sa fille pendant près d'un an, dut être quelque chose d'assez épouvantable, merci. Mais si je peux comprendre la peine sans problème, c'est l'amour qu'il lui portait, par contre, que je ne

---

5    Voir *Racines de Faubourg*, Tome 1, p. 343.

comprenais pas. Il y a une différence. Il est vrai qu'à l'époque, je n'étais pas vraiment dans un état d'esprit pour comprendre ce qu'un enfant pouvait apporter à une vie. Pour moi, un enfant n'était qu'une petite peste, une nuisance qui me poussait à vouloir oublier que j'en avais déjà été un. Cependant, un enfant, avant toute chose, venait surtout me rappeler ce qu'Adrien, Paul-Émile et moi avions perdu, quelque part au Cameroun.

J'aurais bien voulu donner à Patrick la force de faire comme moi, de chercher à oublier mais, comme le beau crétin que je peux être parfois, je ne voyais pas que c'était la dernière chose qu'il voulait. Patrick voulait continuer de gratter le bobo, de saler sa plaie et de la garder ouverte, histoire de ne jamais se la sortir de la tête. Et même si j'étais le dernier placé pour passer un commentaire, je me suis tout de même permis de ventiler la frustration qu'il provoquait chez moi.

«Si on l'écœure tant que ça, pourquoi il retourne pas en Afrique pis qu'il nous sacre pas patience ? Il commence à me faire suer, pis pas à peu près.»

Adrien, beaucoup plus intelligent que je ne l'étais, avait compris que Patrick se trouvait enfermé dans un cercle vicieux qu'il refusait obstinément de rompre: pas assez fort pour retourner au Cameroun, il en venait à se sentir de plus en plus lâche et cette lâcheté le poussait à surcompenser en prêchant à tout le monde la décadence de la société dans laquelle nous vivions.

Joli bourbier, en effet.

Avant de disparaître et de joindre les rangs de son club d'anarchistes, Patrick essaya plusieurs fois de me convertir aux bienfaits d'une bonne vieille révolution, histoire d'imposer au petit peuple des idéaux communistes qu'il était trop simplet pour comprendre de lui-même. Chaque fois, la réponse était toujours la même.

« Moi, Pat, je suis un adepte de "Aide-toi, pis le Ciel t'aidera". On peut-tu s'entendre que j'ai pas mal de job en avant de moi ?

— C'est beau, comme attitude. Après ça, ils vont venir me dire que le Québec est moins centré sur lui-même.

— Bof… On est quand même rendu avec des cégeps. C'est pas rien. »

Seigneur, que ça le rendait furieux quand je me mettais à faire de l'esprit de bottine !

Il s'est passé quelques semaines avant que je n'apprenne où Patrick avait abouti lorsqu'il est parti de chez moi : dans un appartement miteux de la rue Boyer, en plein cœur du Plateau Mont-Royal, tenu par une dizaine de personnes qui se branlaient et fumaient du pot en s'extasiant devant des affiches de Che Guevara et de Abbie Hoffman[6]. Devinant que Patrick ne savait absolument pas qui était Abbie Hoffman, Claude, le gars rencontré à l'épicerie, se chargea d'éclairer la lanterne de mon copain.

« C'est mon idole. Il crache sur la guerre du Vietnam et essaie de faire comprendre à tout le monde que des jeunes vont se faire tuer là-bas juste pour une question d'argent. »

Je l'ai déjà dit plus tôt : je n'ai jamais rien eu contre les hippies, les contestataires et tous les autres issus du mouvement de la contre-culture. C'était l'époque pour ça et Dieu sait que le Vietnam fournissait des raisons de contester qui s'étendaient jusqu'à la planète Mars ! Cela

---

6    Militant contre la guerre du Vietnam, il fut arrêté et poursuivi en justice pour incitation à la violence.

étant dit, je détestais à m'en confesser — et pour que je veuille me confesser de quoi que ce soit... — la bande de délinquants de la rue Boyer. Pour des raisons bien personnelles, j'imagine. Je sais très bien que si ces clowns-là n'avaient jamais rencontré Patrick, j'aurais probablement regardé aller leurs semblables en tapant des mains, de la même manière que je regardais aller tous ceux qui se faisaient un plaisir de foutre la merde un peu partout. Malheureusement, leur merde m'était un peu trop personnelle pour que j'arrive à ne pas la sentir.

« Lui, poursuivit Claude en pointant une autre affiche, c'est Jerry Rubin[7]. Il prône aussi la révolution, et...

— La révolution ?!

— Oui, la révolution, répliqua soudainement une voix féminine. Parce que c'est seulement en faisant la révolution qu'on va réussir à venir à bout de toutes les injustices sociales et économiques qui pourrissent le monde occidental. »

Elle, c'était Judith Léger, contestataire entièrement vêtue de noir ayant l'air aussi aguichante que Golda Meir[8] dans son jeune temps. Elle avait le teint pâle, était maigre comme un piquet et portait ses cheveux tirés si fort qu'elle semblait avoir les yeux bridés. Sa garde-robe n'était constituée que d'un chandail et d'un pantalon noir qu'elle portait constamment. Ne souriant pratiquement jamais, elle adoptait toujours un ton froid et cassant lorsqu'elle s'adressait à quelqu'un. Judith représentait tellement bien ce cliché propre à la jeunesse de vouloir être à part qu'elle n'arrivait à se distinguer de rien du tout.

---

7   Militant contre la guerre du Vietnam et en faveur des droits civiques, il fut lui aussi arrêté pour incitation à la violence.

8   Première ministre d'Israël de 1969 à 1974.

Vous aurez vite compris que je ne fus jamais le président de son fan-club.

« Félicitations pour ta lettre, dit Judith à Patrick. Ça faisait du bien, pour une fois, de lire quelqu'un qui dit les vraies affaires.

— Bof… répliqua Patrick. Ma lettre a fait parler d'elle, mais pas exactement pour les bonnes raisons.

— Ça, c'est parce que t'as visé trop haut. À la minute où t'as écrit les mots "Afrique" et "enfants malades", t'aurais dû savoir que tu venais de perdre tout le monde. Au Québec, à moins de parler de recettes de cuisine ou de hockey, il faut quasiment que tu fasses un dessin si tu veux que les gens te comprennent. »

La simonac ! Non, mais, pour qui elle se prenait ?! Je veux bien admettre que ce n'est pas tout le monde qui peut aspirer à devenir membre de MENSA[9], mais on n'est pas des morons ! Prenez mon cas, par exemple : sans être Einstein, je n'ai tout de même pas été accepté au Barreau du Québec en dessinant des bonshommes allumettes !

« Le problème, avec la société d'aujourd'hui, c'est que nos parents ont tellement eu peur de crever pendant la guerre qu'ils ont tout fait pour se rattraper après 1945. Mais trop cons pour se réconcilier pis pour apprendre à vivre en communauté, ils se sont mis à consommer à droite pis à gauche, parce que pendant une couple d'années, ils n'ont pas pu mettre de crémage sur leur gâteau. »

Encore une fois et au risque de me répéter : la simonac ! Et je suis poli. De toute façon, il n'existe pas assez de points d'exclamation, d'arobas, de & et de # pour camoufler ici tous les sacres que je voudrais envoyer à la tête de

---

9    Société pour les personnes ayant un quotient intellectuel élevé.

Judith. Et ça, c'est sans parler de Claude, qui décida d'en rajouter.

« Ç'a fait de la société occidentale une coquille vide, se désola-t-il. Une vie, ça se résume à autre chose qu'un lave-vaisselle Maytag ou à un char de l'année. Pis nous autres, on veut pas se faire dire comment vivre la nôtre par des matérialistes qui ne connaissent rien aux vraies affaires. »

Non seulement je n'avais rien contre les hippies mais je me suis mis à les aimer de plus en plus à mesure que Patrick s'enfonçait dans des idéaux de violence et de révolution. Au moins, s'il en était devenu un, son activisme aurait été pacifique.

Malheureusement, ce ne fut pas exactement comme ça que les choses se sont passées. Plus Judith et Claude parlaient, plus Patrick s'éloignait d'amour libre, de retour à la terre et de psychédélisme. Les réactions qu'il voulait susciter à la grandeur du Québec avec sa lettre, il les avait à ce moment précis et encore mieux que ce qu'il s'était imaginé. Depuis son retour du Cameroun, Patrick espérait que nous serions vites à comprendre que l'Occident, s'il ne faisait rien pour changer de trajectoire, filait tout droit vers un précipice. Judith et Claude, pour leur part, lui disaient qu'ils nous forceraient tous à comprendre, qu'on le veuille ou non. Et en usant de la force, si nécessaire. Alors en écoutant de parfaits inconnus parler de l'obligation de faire couler le sang pour purifier les infidèles matérialistes, mon vieil ami eut l'impression de se trouver en présence de deux âmes sœurs.

« Tu le sais probablement pas, poursuivit l'impayable Judith, mais Claude vient d'une des familles les plus riches au Québec. Pis moi, j'ai grandi à Saint-Lambert, complètement noyée dans la bourgeoisie de la Rive-Sud. Tous les deux, si on n'était pas partis de là, on serait mort, étouffé. J'ai essayé de parler à mes parents, pis Claude a essayé de parler aux siens mais ils voulaient absolument rien comprendre. Les miens ont même fini par me foutre dehors.

— ...

— Il faut pas lâcher, continua Judith. Pis il faut pas perdre de vue l'importance de faire la révolution, parce que c'est du monde comme mes parents qui s'occupe de gérer la société, pis qui la pourrisse jusqu'à l'os. Pis tant que ces gens-là vont tout contrôler, on va continuer de se gratter le nombril jusqu'au sang, pis des enfants comme Agnès vont continuer de mourir tous les jours. »

Je sais qu'elle vient seulement d'arriver dans l'histoire, je sais qu'il est encore tôt pour porter des jugements, mais Judith Léger, très rapidement, réussit le tour de force de me faire regretter la marâtre Flynn ! Si elle avait été encore vivante, Marie-Yvette aurait pris Patrick par le collet et l'aurait sorti du logement de la rue Boyer de manière assez expéditive, ce que ni moi ni Adrien n'avons été en mesure de faire à ce moment-là. Au lieu de cela, Patrick se mit à voir rose avec des gens habillés tout en noir, se faisant joyeusement entourlouper par une Judith qui eut la très grande intelligence de glisser subtilement Agnès dans la conversation ; de prendre le doux souvenir d'une enfant qui sut inspirer chez Patrick un amour d'une profondeur inimaginable et ensuite lui donner le visage d'une martyre pour qui il fallait prendre les armes et chercher vengeance.

C'était à ne rien y comprendre. Mais comme manipulation, j'aurais difficilement pu faire mieux.

# 10
## Patrick... à propos de Jean

Je me souviens qu'un jour, alors que nous devions avoir quinze ou seize ans, Paul-Émile nous avait annoncé, de manière très solennelle, ne pas vouloir vivre plus vieux que cinquante ans. Rendu à l'âge de vingt ans, il ne se souvenait d'ailleurs plus du tout avoir fait cette affirmation, mais à l'époque, il nous avait dit que le corps humain commençait sa déchéance vers cet âge, et qu'il n'avait absolument aucune intention de vivre vieux à l'intérieur d'un corps qui le garderait en état perpétuel d'emprisonnement. Sa mère et son père ne montrant, à l'époque, aucun signe de maladie dégénérative, Adrien et moi avions regardé Paul-Émile en roulant les yeux, sachant très bien qu'il avait fait cette affirmation dans l'unique but d'impressionner Lucille Pigeon, l'une des filles les plus populaires de l'école Garneau. Le stratagème échoua d'ailleurs lamentablement et Lucille, haussant les épaules tout en torturant sa gomme à mâcher, partit rejoindre la brute qui lui servait de copain.

Adrien et moi avions éclaté de rire devant la tentative ratée de Paul-Émile, mais Jean était demeuré silencieux, ne riant aucunement. Paul-Émile baissa tout à coup les yeux. Entre nous, la mortalité n'était jamais un sujet abordé parce que nous savions que Jean en avait peur autant qu'Adrien craignait le silence. Un oiseau mort, un chien écrasé, le décès de quelqu'un dans le voisinage... Jean fuyait tout ce qui pouvait lui rappeler l'avis nécrologique dans le salon de ses parents, et la conviction de ceux-ci que leur fils allait y trouver, lui aussi, sa place très bientôt. Alors Paul-Émile, en guise d'excuses, alla chercher un sac de patates frites chez Therrien, que nous avons d'ailleurs dévoré en un temps record.

En 1969, Jean était âgé de trente-cinq ans et ne semblait plus fuir la mort comme il l'avait toujours fait depuis son enfance. Au contraire, il semblait dorénavant la chercher, l'attendre, la mettre au défi de venir le trouver. Je sais que Jean croit, peut-être encore aujourd'hui, que je suis disparu parce que l'envie m'avait pris d'aller poser des bombes. Mais la vérité, en grande partie, est que je n'étais plus capable de le voir couler ainsi. Claude, Judith et tous les autres de la rue Boyer n'avaient rien à y voir. Je n'en pouvais tout simplement plus d'avoir les nerfs constamment mis à l'épreuve, comme Jean continuait d'ailleurs de le faire avec Adrien, Lili et madame Bouchard.

Celle-ci, d'ailleurs, prétexta longtemps être un indécrottable bourreau de travail et s'ennuyer royalement lorsqu'elle ne bossait pas mais je n'étais pas dupe. Je savais que madame Bouchard usait plutôt de subterfuge pour coller Jean aux fesses et ainsi s'assurer qu'il soit tout de même en mesure de faire son travail sans se gaver de gin ou de brandy. Un rythme de travail de douze heures par jour devait être assurément éreintant pour une femme de cet âge mais madame Bouchard s'acharnait à tenir le coup, usant de toute son énergie pour empêcher le naufrage d'un navire qui, pourtant, prenait l'eau de partout. Néanmoins, le corps humain ayant des limites que même l'entêtement ne pouvait dépasser, madame Bouchard annonça à Jean qu'elle partait pour quelques jours se reposer à la ferme de sa sœur, à Saint-Janvier.

« Vas-tu jeter un œil sur lui ? demanda-t-elle à Adrien.

— Ben oui, Muriel. Voyons donc… Inquiétez-vous pas avec ça.

— Je vais être partie juste trois jours, de toute façon. Il crèvera quand même pas, d'ici à mercredi. »

Ces mots, madame Bouchard aurait voulu se frapper la tête sur un mur pour les avoir prononcés. Vingt-quatre heures seulement après son départ pour Saint-Janvier, elle téléphona au bureau de Jean afin de lui demander des informations sur un dossier important mais personne ne répondait. Évidemment, cela ne prit que très peu de temps avant que les battements de cœur s'accélèrent et que la tension artérielle de madame Bouchard s'élève à un niveau dangereux. Le souvenir de l'attentat, qui remontait déjà à presque un an, n'était jamais bien loin.

« Arrête donc de t'inquiéter, Muriel, la rassura sa sœur sans trop de conviction. Depuis le temps que tu le connais… Il doit être encore parti à chasse aux filles, dans les bars du centre-ville.

— Non, ça se peut pas. Il devait rencontrer un client important, pis il devait me rappeler pour me dire comment ça s'était passé.

— Coudonc… T'étais pas venue ici pour te reposer, toi ? »

À travers sa sœur Muriel, Charlotte Saint-Arnaud en était venue à bien connaître Jean, sachant parfaitement que si celui-ci se trouvait seul au bureau, les chances étaient excellentes pour que le soi-disant client important se soit cogné le nez, non pas sur une porte fermée, mais plutôt sur une bouteille de gin vide.

« Mon Dieu, Seigneur ! J'aurais jamais dû prendre trois jours de congé ! S'il lui est arrivé quelque chose, je me le pardonnerai jamais ! »

En voyant ainsi sa sœur au bord de l'hystérie, madame Saint-Arnaud eut envie de lui hurler sa frustration à la voir gaspiller temps et énergie à aimer ce qui ressemblait de plus en plus à un ivrogne fini, tout en éprouvant de la culpabilité devant cet amour que Jean retournait à madame Bouchard du mieux qu'il le pouvait.

« Je le sais, ce que tu penses, Charlotte, sanglota madame Bouchard. Mais Jean, c'est le plus beau cadeau que j'ai jamais eu. Je l'aime pas comme s'il était mon fils. Jean, C'EST mon fils ! Tu sais à quel point je suis croyante, pis que je vénère le Bon Dieu. Des fois, malgré tout, je me dis qu'il s'est trompé. Que Gaston pis moi, on était supposés être ses vrais parents, qu'il est né un Taillon par accident pis que le Bon Dieu a réparé son erreur en m'envoyant travailler pour lui. Pis si Jean est mon garçon, en ce moment, il va pas bien pantoute et il faut que je sois là pour lui. Comme lui a été là pour moi quand Gaston est mort. »

Madame Bouchard eut énormément de mal à se remettre de la mort de son époux, décédé en 1966 d'un cancer du côlon absolument foudroyant. Elle pleurait constamment et ne s'intéressait plus à rien. Ce fut Jean qui finit par la ramener parmi les vivants. Avec patience. Avec amour. Comme un fils l'aurait fait avec sa mère, quoi. Madame Saint-Arnaud s'en voulut de l'avoir presque oublié.

« Charlotte, donne-moi tes clés de char. J'en peux pus ! Faut que j'aille voir ce qui s'est passé !

— Me prends-tu pour une folle ? ! Penses-tu que je vais te laisser conduire, de Saint-Janvier jusqu'à Montréal, paquet de nerfs comme t'es ? Mon char va se retrouver dans le fossé avant même que t'embarques sur l'autoroute ! Envoye ! Mets ton manteau. Je vais y aller avec toi.

— Tu pues le fumier, Charlotte. Excuse-moi de te dire

ça de même mais j'ai pas très envie de faire de la route avec quelqu'un qui a passé sa journée dans une étable.

— On ouvrira les fenêtres. »

Loin de moi l'idée de vouloir généraliser mais rien n'arrive à me faire autant soupirer d'impatience que lorsque je me trouve pris à rouler en voiture derrière une personne âgée, tenant un peu trop fermement son volant et avançant à trente kilomètres à l'heure dans une zone où la limite est de soixante-dix. Étant moi-même maintenant un membre de l'âge d'or, j'ai fait très jeune le serment de brûler mon permis de conduire et de m'en remettre aux transports en commun le jour où j'allais commencer à irriter les gens sur la route de cette façon. Toutefois, madame Saint-Arnaud, malgré ses soixante-dix ans bien sonnés, se comportait plutôt comme si elle était au volant d'une Ferrari sur un circuit de Formule Un. Et malgré les fortes nausées provoquées par la conduite, disons, expérimentale de sa sœur, madame Bouchard fut heureuse de pouvoir se retrouver au cabinet de la rue Saint-Hubert en un temps qui vint défier toutes logiques.

Le bureau était désert lorsque les deux sœurs y arrivèrent essoufflées, au pas de course, ce qui eut pour effet d'accentuer la nervosité de madame Bouchard. S'il était véritablement arrivé quelque chose à Jean, qui serait en mesure de savoir ce qui s'était passé ? De comprendre ? De raconter ?

« J'aurais jamais dû prendre de vacances ! Jamais ! À quoi je pouvais ben penser, aussi !

— Partir pendant trois jours !… T'appelles ça des vacances ? Franchement, Muriel !

— JEAN !!! »

Le corps de Jean était étendu par terre, près d'un classeur ouvert, une bouteille vide de brandy traînant à ses côtés.

«Je le savais, baptême! Je le savais! hurla madame Saint-Arnaud, furieuse. Y'est saoul comme un cochon!»

Ivre, Jean le fut très certainement. Au point, d'ailleurs, de tituber et de heurter violemment sa tête sur le coin d'un tiroir ouvert du classeur et de perdre conscience. Paniquée, madame Bouchard le fit transporter d'urgence à l'hôpital, soulagée, toutefois, qu'aucune balle de fusil ne lui ait à nouveau transpercé le corps.

Adrien, dans un moment d'honnêteté brutale, a déjà dit que nous n'étions pas loin de nous foutre de savoir qui se cachait derrière l'attentat. J'endosse entièrement ses propos. Nous voulions savoir, bien évidemment. Nous voulions voir le, la ou les responsables payer pour ce qui avait été fait à Jean. Mais celui-ci était dans un état si épouvantable que nous en étions venus à considérer l'état psychologique dans lequel il se trouvait depuis l'attentat comme un virus dont il fallait à tout prix le soustraire; une maladie pire que la balle de fusil lui ayant transpercé le corps et cette situation exigeait de nous — je m'inclus, parce que je suis tout de même demeuré un certain temps avant de disparaître — une somme d'énergie absolument spectaculaire. Et Adrien commençait à perdre patience.

«Qu'est-ce que... qu'est-ce qui s'est passé? demanda Jean, de son lit d'hôpital.

— T'as eu une petite commotion cérébrale, répondit madame Bouchard, notant au passage qu'Adrien, ayant accouru lorsqu'il apprit la nouvelle, peinait à regarder Jean.

— Une... une commotion?

— Oui, une commotion, ajouta Adrien sur un ton cassant. Pis tu peux dire un gros merci à Muriel d'être arrivée pas longtemps après parce que sans ça, tu te souviendrais probablement même pas de ton nom, à l'heure où on se parle. »

Ça vaut ce que ça vaut, bien sûr, mais j'ai toujours cru que les gens exprimant de la colère envers des proches ayant un problème de dépendance quelconque crachaient avant tout cette colère contre eux-mêmes. Comme s'ils avaient besoin d'exprimer leur rage vis-à-vis de leur impatience et de leur incapacité chronique à leur venir en aide. C'était très certainement le cas d'Adrien. De ça, j'en suis convaincu.

« Ça va être quoi, la prochaine fois, Jean ? Te tuer en char parce que tu vas être tellement saoul que tu verras rien en avant de toi ?

— Adrien, murmura madame Bouchard. Mets-toi à sa place…

— Ça fait un an que tout le monde fait juste ça, se mettre à sa place ! On en peut pus ! »

Les disputes opposant Jean à Adrien tout au long de leur amitié furent d'une admirable rareté. Il y eut, bien sûr, cet épisode lorsque madame Mousseau fit part de son intention de divorcer… Tout comme il y eut cette discussion animée, un soir d'hiver au parc Berri, il y a très longtemps, où Adrien avait juré que la rondelle avait franchi la ligne des buts tandis que Jean, jouant au gardien mauvais perdant, hurlait le contraire. Chacune de ces disputes, aujourd'hui, semblait égarée dans le temps, comme si elles n'étaient pas réelles et qu'elles ne viendraient jamais se greffer à leur vie. Celle-ci fut différente. Pas en ce qui concerne les liens étroits entre Jean et Adrien, qui ne se relâchèrent jamais. Mais cette dispute vint plutôt décupler cette conviction que Jean avait de ne mériter rien d'autre que sa souffrance. À ce niveau, ce rare conflit entre lui et Adrien laissa des traces d'une désolante profondeur.

« T'as toujours été meilleur que les autres, han, Adrien… attaqua Jean. T'as toujours été au-dessus de tout le monde ! T'as toujours été plus fort, pis plus intelligent ! Dis-moi donc, Adrien… Comment ils trouvent ça, tes enfants, de plus avoir de père ? »

C'était un coup bas. Même pour Jean, qui ne dédaignait jamais jouer salaud. Mais c'était surtout un piège. Il devait savoir que Claire et Daniel étaient tabous et, surtout, que la réaction d'Adrien allait être expéditive. Ce qu'elle fut, effectivement, alors que Jean reçut une claque en plein visage presque en souriant. La gifle allait lui permettre de souffrir un peu plus.

« Sacre donc ton camp, Adrien. Je le sais pas ce que t'es venu faire ici, mais tu viendras sûrement pas m'engueuler. Retourne chez vous, j'ai pas besoin de toi ici !

— Ah non ? répondit Adrien, le ton sarcastique. À part Muriel pis Lili, que tu peux même pus regarder en pleine face, nomme-moi donc une seule personne qui s'intéresse à ce qui t'arrive ? Tes chums de bars ?… Tes *one-night stands*, peut-être ?

— Adrien… supplia madame Bouchard.

— Attends…, poursuivit Adrien en s'adressant à Jean, on devrait peut-être appeler le concierge de l'hôpital Notre-Dame qui te fournissait en boisson, l'année passée. Tu sais, celui qui t'apportait du fort en échange de sa caisse de 24 ?… »

La scène aurait pu être drôle à en mourir si les circonstances n'avaient pas été aussi tristes alors que madame Bouchard, scandalisée, donna un coup de pied sur la poubelle de Jean, tout en assénant une claque derrière la tête d'Adrien pour lui avoir caché quelque chose d'aussi épouvantable. Mais personne n'avait le cœur à rire.

« Tu peux ben dire ce que tu veux, Adrien. Ça me passe cent pieds par-dessus la tête. Oui, je bois. Pis si t'es pas content, tu sais ce que t'as à faire. »

Si je fus prompt à me convaincre que Jean n'était plus qu'un ivrogne fini, Adrien, pour sa part, eut longtemps toutes les difficultés du monde à accepter que le besoin de notre ami à s'engourdir les neurones avait, et depuis longtemps, outrepassé largement les limites de l'insouciance. C'était là un trait caractéristique chez lui, venant expliquer, en grande partie, la fidélité dont il fit presque toujours preuve envers nous: Adrien ne savait pas nous regarder avec des yeux autres que ceux de notre jeunesse. Et si le besoin de Paul-Émile et moi de mettre une distance entre nous et le faubourg à mélasse l'avait blessé, il fut le premier à tout nous pardonner sans jamais garder rancune. Toutefois, même lui ne pouvait plus ignorer la rage et le besoin de souffrir qui minaient Jean encore plus que les bouteilles de vodka cachées dans son bureau. Et l'envie fut forte, pour Adrien, de l'abandonner à sa boisson et de ne jamais revenir. Il ne le fit pas et pour cela, il mérite toute notre admiration. Je ne sus très certainement pas être aussi loyal. Jean voulait couler et j'avais trop peur de sombrer avec lui.

« Je me suis fait tirer dessus, Adrien, expliqua-t-il. Je suis passé à deux doigts de crever en pleine rue comme le dernier des robineux. Pis Lili remarchera plus jamais parce qu'elle a eu le malheur d'être avec moi à ce moment-là. Comment je fais pour passer par-dessus ça, Adrien ? Tu sais tout, pis tu connais tout. Dis-le parce que moi, je sais pas du tout comment faire ! »

Et tout à coup, au tournant d'un monologue, le vrai problème fit surface.

« J'ai trente-cinq ans, Adrien. Mon grand-père est mort à trente-quatre. T'en souviens-tu ? Maudit que ça m'écœurait quand mon père me prenait par les épaules en me disant que j'allais finir comme lui ! Comme si ça me tente, moi, de crever les quatre fers en l'air, dans une flaque de pisse ! Mais je commence à penser que mon père avait raison, Adrien. Pis que toute l'énergie que j'ai gaspillée à ne pas vivre comme lui aura rien donné, parce que j'aurai quand même crevé à trente-quatre ans ! »

Madame Bouchard se tenait debout dans un coin, pleurant sans retenue, alors que toute trace de colère avait disparu des yeux d'Adrien. Ne restaient plus que la tristesse et l'impuissance de regarder quelqu'un que l'on aime s'enfoncer toujours plus, tout en espérant de toutes ses forces que celui-ci ne meure pas avant d'avoir touché le fond.

« Je suis mort ! Je suis mort, et je respire encore. Pis je pense que c'est pire ! Ça fait un an que je suis pus capable de vivre, que de respirer me brûle la poitrine. Mais chaque maudit matin, il faut que je me lève pis que je fasse comme si de rien n'était. JE SUIS PUS CAPABLE ! Avant, au moins, j'arrivais à faire ma job si j'avais une couple de verres dans le nez pour me permettre de penser à rien ! Sauf que ça aussi, Adrien, c'est en train de mourir ! Astheure, même quand je suis en boisson, je suis pus capable d'oublier ! »

Au bout du compte, Adrien est sorti de la chambre d'hôpital de Jean avec un profond sentiment de tristesse, outrepassant largement la colère ressentie quelques minutes à peine auparavant. Au-delà de la frustration de voir un homme perpétuellement ivre faire un fou de lui en gaspillant une vie qui aurait pu être si différente, Jean provoquait aussi un immense chagrin chez tous ceux autour de lui en offrant une démonstration épouvantablement consternante du pouvoir de la souffrance. Sa douleur était si vive, si diaphane et manifeste qu'il était extrêmement difficile, pour quiconque se trouvant à ses côtés, de ne pas en ressentir la moindre parcelle. Et si j'avais réussi à m'éloigner pour être en mesure de ne vivre rien d'autre que mon propre désespoir, ce ne fut pas le cas d'Adrien, qui fut tout à fait incapable de ne pas confondre les tourments de Jean et la souffrance que lui-même vivait à cette époque. Pendant si longtemps, Paul-Émile, Adrien, Jean et moi-même avions été extraordinairement doués pour partager ensemble nos rires et nos moments de bonheur. Mais à ce moment-ci de nos vies, Adrien s'éleva au-dessus de nous tous en prouvant qu'il était également capable de partager les peines, de faire un bout de chemin de croix, même si celui-ci ne lui appartenait pas. Ayant aperçu toute l'immensité du mal de vivre de Jean, il fit la promesse de ne jamais plus laisser sa frustration outrepasser ce que Jean représentait pour nous depuis des années.

Cette promesse ne fut jamais brisée.

Quelque temps plus tard, Jean invita Adrien, madame Bouchard et quelques autres chez lui pour jouer aux cartes. Mais lorsqu'Adrien arriva à l'appartement de la rue Sherbrooke, une demi-heure plus tôt que prévu, Jean était étendu sur son lit, inconscient, une autre bouteille de brandy vide traînant à ses côtés. Secouant la tête de dépit, Adrien téléphona à madame Bouchard pour lui dire de rester chez elle.

Un épisode comme celui-ci s'est souvent répété avec les années. Et si Adrien ressentit une quelconque frustration, Jean ne l'a jamais su.

# 11
## Paul-Émile... à propos d'Adrien

Comme bien des universitaires, Alice avait rarement la tête à l'endroit exact où se trouvaient ses deux pieds. Adrien m'a d'ailleurs déjà raconté qu'elle porta le même chandail taché pendant trois jours d'affilée, avant de se rendre compte qu'elle était en train de passer pour une malpropre. Elle était la personnification même de l'intellectuelle de haut niveau, adepte de la pensée de haute voltige mais incapable de se faire un bol de riz parce qu'elle ignorait devoir, d'abord, mettre de l'eau dans le chaudron.

Moi qui œuvre dans un milieu où la pensée pratique est généralement plus utile — et utilisée — que les théories universitaires de toutes sortes, je pouvais devenir impatient lorsque j'apercevais quelques collègues aux fortes tendances à l'enculage de mouches avoir tellement de difficultés à s'adapter aux contraintes du quotidien. Quand tu trouves des mottons dans ton lait, c'est qu'il est passé date et qu'il faut le jeter aux poubelles. C'est pas compliqué, il me semble !

Mais, bon. Toute une montée de lait pour dire qu'Alice devint très rapidement une partie importante de la vie d'Adrien. Tous les deux étaient d'ailleurs toujours ensemble lorsque les enfants se trouvaient avec Denise, travaillant sur des dossiers, s'accompagnant pour aller au restaurant — *shack* à patates frites serait plus exact, si l'on tient compte des goûts culinaires d'Alice —, et alimentant les ragots colportés sur leur compte par leurs collègues, au PQ. En voici d'ailleurs un exemple tout à fait édifiant :

« Ç'a l'air qu'ils vivent déjà ensemble.

— Moi, j'ai entendu dire qu'elle était fiancée pis qu'elle a sacré son chum là pour s'en aller avec Adrien.

— Qu'est-ce qu'elle a de plus que nous autres, elle ? »

En vérité, Alice et Adrien ne faisaient absolument rien de charnel. Pas ensemble, du moins. Ils ne se tenaient même pas la main. Alors pour la cohabitation, on repassera.

Contrairement à Jean qui lui aurait sauté dessus quinze minutes après leur première rencontre, Adrien travaillait fort pour garder une distance émotive entre Alice et lui, malgré tout le temps qu'ils pouvaient passer côte à côte. Un de ses prétextes préférés, d'ailleurs, était de dire qu'il ne voulait pas s'embarquer dans quoi que ce soit de sérieux, tant et aussi longtemps que son divorce ne serait pas officialisé. Et comme on ne divorçait pas, à l'époque, de la même manière qu'en allant se faire rembourser un chandail comme c'est le cas aujourd'hui, cela signifiait que l'attente pouvait être longue. Pourtant, je suis persuadé que Denise aurait joué les meneuses de claques si elle avait su qu'Adrien s'intéressait à une autre femme. Celui-ci avait d'ailleurs sauté la clôture assez régulièrement pendant ses années de mariage et il était impossible qu'une femme aussi intelligente qu'elle ne se soit jamais douté de rien. Denise ne l'a jamais dit mais le papillonnage d'Adrien faisait probablement son affaire.

Le cas d'Alice, par contre, fut complètement différent et j'ai mis longtemps à comprendre pourquoi. Alice était belle, drôle, intelligente — indépendantiste, mais bon; personne n'est parfait — et Adrien, si l'on ne tenait pas compte des enfants, était libre comme l'air. Savoir ce que je sais aujourd'hui et avoir été à la place d'Adrien, je me serais tout bonnement menotté à elle. Adrien, lui, ne parlait pas, ne disait rien et faisait semblant de ne pas voir qu'Alice le contemplait comme s'il avait été la réincarnation de Louis-Joseph Papineau.

Mais il y avait tout de même des failles dans la muraille qu'Adrien érigeait autour de lui. Il pouvait bien faire comme si Alice lui était indifférente, mentir en affirmant que son mariage raté l'avait traumatisé pour toujours, il pouvait bien glisser par-ci, par-là que les relations à long terme ne l'intéressaient pas, tout chez lui, lorsqu'Alice se trouvait dans un rayon de deux kilomètres, venait témoigner du contraire. Comme lors de cette journée de l'automne 1969, alors qu'Alice s'était pointée à la permanence aux prises avec une forte grippe. À voir Adrien aller, par contre, tous auraient juré qu'Alice venait plutôt d'apprendre qu'elle était à l'article de la mort.

« ATCHOU !

— T'es brûlante, Alice. Dis ce que tu veux, mais en arrivant chez toi, je repars pas. Tu peux pas être toute seule, t'es malade comme un chien.

— Je veux pas retourner chez nous. J'ai pas fini d'éc… AH… AH… ATCHOU ! J'ai pas fini d'écrire mon article pour le colloque. Je veux finir ça avant de partir. »

L'article en question affirmait que le fédéralisme n'était pas rentable et qu'à force de marcher sur les plates-bandes de nos politiques respectives, les deux paliers de gouvernement faisaient diminuer le niveau de vie des Québécois, comme des Canadiens. Personnellement, je lui aurais dit de se moucher avec.

« Ton article, tu peux très bien le terminer demain matin. En ce moment, t'es pas en état de travailler. Viens. Je vais aller te reconduire chez toi.

— Pas en état de travailler, mon œil ! Je suis en train de

pondre probablement le… ATCHOU!… le meilleur article de toute ma carrière! Si je retourne chez nous, je voudrai rien faire d'autre que de me coucher.

— C'est justement ça, l'idée. Je vais aller chercher ton manteau pis on s'en va. »

À première vue, je n'aurais pas fait grand cas de l'insistance d'Adrien à s'occuper d'Alice. Je me souviens, un jour, avoir entendu la mère de Patrick dire qu'une action empreinte de bonté cachait souvent un certain degré d'égoïsme. Dans le cas d'Adrien, son égoïsme aurait très bien pu se traduire par un besoin de faire comme s'il ne s'ennuyait pas de ses enfants et que la vie sans eux était endurable. Mais le besoin d'Adrien de faire semblant aurait aussi pu le garder au bureau, ou encore l'envoyer faire la tournée des bars avec Jean. Au lieu de cela, il choisit plutôt de s'occuper d'une enrhumée au front brûlant, contagieuse, au nez rougi par une série de mouchoirs bon marché. En gros, disons seulement que l'empressement d'Adrien à jouer au docteur aurait été beaucoup moins pressant si le patient s'était appelé Pierre-Paul.

« As-tu au moins de quoi te soigner? demanda-t-il à Alice, une fois rendu chez elle.

— Je sais pas. Je pense que j'ai une bouteille d'Absorbine Junior dans la salle de bains. »

La bouteille, qui ne semblait pas dater d'hier, était vide. Adrien la jeta dans une poubelle pleine à ras bord.

« T'en as plus, d'Absorbine… Pis à l'heure qu'il est, tout est fermé. On trouvera rien nulle part.

— …

— Viens. Je t'emmène chez moi.

— Pardon?…

— J'ai tout ce qu'il faut pour te remettre sur pied. Du

Vicks pour te déboucher le nez, de l'aspirine pour ta fièvre pis du poivre pour calmer ta toux.

— Du quoi?! Du poivre? SNIF! Es-tu sérieux?

— C'est un vieux truc de ma grand-mère Bissonnette.

— Mon pauvre Adrien… Si tu penses que je vais avaler une cuillerée de poivre, j'ai des petites nouvelles pour toi, moi. »

Alice n'était pas stupide. Elle savait que la présence d'Adrien à ses côtés venait combler ce vide qu'il ressentait lorsqu'il n'était pas en présence de ses enfants. De toute façon, n'importe qui le connaissant minimalement était au courant de sa douleur à être loin d'eux. Et avec la quantité considérable de temps qu'elle passait avec lui, Alice devait aussi savoir qu'il tolérait mal la solitude; qu'il aurait été prêt à joindre le Cercle des fermières de Montréal-Nord pour y tricoter des pantoufles si ça lui garantissait de ne pas se trouver face à face avec le souvenir de son père, entre les quatre murs de son logement. Mais elle savait aussi qu'il aurait pu sortir avec des amis, assister à un match de hockey avec Jean ou emmener sa mère au restaurant. Alice avait compris qu'Adrien, avant tout, essayait de meubler sa solitude avec elle. Personne d'autre. Le coup de foudre qu'elle avait ressenti pour lui, la première fois où elle l'avait vu, elle travaillerait fort pour le rendre réciproque. Le potentiel était là. Et à la façon qu'Adrien avait de la regarder, Alice savait que tout ce qu'il lui restait à faire était de se tenir devant lui et attendre qu'il soit prêt à avancer vers elle.

Mais avec Adrien, rien n'était jamais simple. Et si ce l'était, comme avec Alice, par exemple, alors il faisait tout en son pouvoir pour que ça ne le soit plus.

Quand j'y pense, je me dis que c'est une bonne chose

que je n'aie pas eu à raconter la vie de Jean, en plus de celle d'Adrien. Souffrir autant en le faisant exprès... Ça serait devenu redondant après un bout de temps.

# 12
## Adrien... à propos de Paul-Émile

Pour la première fois depuis longtemps, je suis heureux d'annoncer que je vais enfin pouvoir parler de Paul-Émile ! De le citer... De décrire ses réactions pour essayer de mieux comprendre ses états d'âme. Comme je l'ai déjà dit précédemment, raconter l'histoire de Paul-Émile, c'est surtout raconter celle des autres et de mettre en relief leurs réactions à chacune de ses paroles, chacun de ses actes. Lui vivait sa vie sans jamais se poser de questions, alors que tous les autres la subissaient.

Dans ce cas-ci, la situation diffère quelque peu alors que c'est Paul-Émile qui devait réagir à une situation donnée. C'était lui qui devait se démerder avec les remous que cette même situation créait en lui, venant ainsi me donner l'une des rares occasions de raconter son point de vue, et pas celui d'un autre. Je ne m'en plains pas. Depuis toujours, Paul-Émile fut quelqu'un de difficile à saisir, à comprendre, et il ne laissait jamais vraiment la chance à qui que ce soit — Suzanne, peut-être ; et encore... — de percer un trou dans le mur de briques qu'il avait érigé autour de lui. Pour une fois que j'avais la possibilité d'essayer...

Paul-Émile, Marie-Louise et Simonne prirent connaissance de la décision de leurs parents de divorcer lorsqu'ils furent convoqués à la maison de la rue Pratt. Je n'apprendrai rien à personne, ici, en disant que mon ami n'était pas très proche de ses sœurs et que celles-ci mettaient rarement les pieds à Outremont. Au très grand bonheur de leurs époux, soit dit en passant. Julien Ferron et Édouard Vigneault — deux gars du bas de la ville que je connaissais assez bien; j'ai souvent eu l'occasion de jouer au hockey avec eux — n'avaient absolument rien contre Outremont. Ils en avaient contre Paul-Émile, cependant. Et contre sa fâcheuse manie de regarder les gens de très haut.

«Dire qu'on aurait pu être au parc Jarry en train de regarder la partie, à l'heure qu'il est. J'en braillerais...

— Y'auraient pas pu choisir un autre soir, les beaux-parents, pour réunir toute la famille?

— Surtout qu'on est pris pour se taper la face de fendant du beau-frère... Je te le dis: s'il continue de nous regarder comme si on était des rats d'égout, j'y estampe mon poing dans'face!»

Je ne prendrai même pas la peine de préciser qui disait quoi. Julien et Édouard détestant Paul-Émile de manière égale, chacun des deux aurait très exactement pu dire la même chose.

«Julien... souffla Simonne, l'une des deux sœurs de Paul-Émile. Veux-tu ben baisser le ton?

— Édouard pis moi, on avait des billets pour aller voir les Expos contre les Giants, Simonne! Gratis! Pis on a été obligés de les donner pour passer notre soirée à regarder la face de frais chié de ton frère! Enlève-moi pas mon droit d'être en maudit en plus!

— Pourrais-tu parler plus fort? Je pense qu'y'a quel-qu'un à Saint-Hyacinthe qui t'a pas entendu.

— J'aurais pu voir jouer Willie Mays, Simonne. Willie Mays! À Montréal!

— Ben oui, ben oui! Willie Mays! Qu'est-ce que tu veux que je te dise? Si mes parents nous ont demandé de venir ici, c'est sûrement parce que c'est important. Pis pour les fois qu'on met les pieds chez mon frère...»

Je sais que je dois parler de Paul-Émile. J'y arrive, aussi.

Seulement, le mépris que lui vouaient Édouard et Julien m'était trop comique pour que je me prive d'en glisser quelques mots.

«Julien... Édouard... salua Paul-Émile, froidement poli. Est-ce que je peux vous servir quelque chose? Une bière?...

— Je te prendrais ben une Laurentide, mon Paul-Émile.»

Julien avait fait sa demande avec un sourire des plus malicieux. Il le faisait exprès et c'était clair qu'il voulait s'en prendre à Paul-Émile, dans toute sa grandeur de seigneur de la maison. Demander à Paul-Émile s'il avait chez lui des bières de dépanneur se voulait l'équivalent d'offrir un verre de ginger-ale à Jean: c'était insultant.

«J'ai pas de Laurentide. Autre chose, peut-être?

— Une 50?...

— J'ai pas de 50 non plus.

— Une O'Keefe, d'abord.

— J'ai d'excellentes bières importées. Ça me ferait plaisir de t'en faire goûter quelques-unes.

— J'aurais ben trop peur d'aimer ça. Je suppose que ces bières-là doivent pas être accessibles au petit monde comme nous autres.

— Ben voyons... répondit Paul-Émile, un sourire en coin suintant le sarcasme. Imagines-tu le gros gras de deux cent cinquante livres qui part du dépanneur pour aller les livrer chez vous, avec son bicycle à pédales?... La honte!...»

Mon vieil ami était snob, oui, mais pas tant que ça, tout de même! Et il m'apparaissait clair que Julien s'acharnait à le faire sortir de ses gonds. Au fond, qu'importe. La relation entre Paul-Émile et ses beaux-frères ne fut jamais chaleureuse.

Quelques instants plus tard, lorsque monsieur et

madame Marchand se pointèrent enfin le bout du nez, la mère de Paul-Émile était blanche comme un drap et peinait à avancer. Intrigués, Édouard et Julien se sont regardés, tandis que les enfants Marchand avancèrent instinctivement vers leur mère, cherchant à aider, tout en ne sachant même pas quel était le problème.

Dans les rues du faubourg, la rumeur courait que monsieur Marchand était sur le point, comme l'affirma subtilement monsieur Flynn, de «*dumper* sa chipie», ce qui fit dire à ma mère que les ventes de vins mousseux bon marché avaient curieusement monté en flèche dans toutes les commissions des liqueurs du voisinage. Pour moi, il était tout de même déroutant que l'antipathie provoquée par madame Marchand chez les gens du quartier réussit à perdurer pendant presque quarante ans! C'était quand même quelque chose! Et j'aurais bien voulu savoir si cette hargne résultait de l'attitude franchement déplaisante de madame Marchand, ou plutôt d'une incroyable force des habitudes.

Enfin...

«Premièrement, commença monsieur Marchand à sa famille, votre mère pis moi, on voudrait vous remercier d'être venus ici aujourd'hui. Avec la température qu'il fait dehors, j'imagine que ça devait sûrement vous tenter de faire autre chose que de venir voir le bonhomme pis la bonne femme.»

Le roulement d'yeux parfaitement synchronisé d'Édouard et de Julien provoqua un fou rire chez Marie-Louise et Simonne, qu'elles cherchèrent immédiatement à étouffer. L'air de croque-mort de madame Marchand faisait clairement savoir à tout le monde que l'heure n'était pas à rire.

« Y'a personne de malade, j'espère ? demanda Paul-Émile, les deux mains dans ses poches.

— Non, non. Personne de malade. C'est juste que Florence pis moi, on a une nouvelle à vous annoncer, pis que c'est pas facile à faire. D'abord, on voudrait surtout vous dire qu'on a pris une décision, qu'on est en paix avec cette décision-là pis qu'on l'assume complètement. »

Au teint pâle de madame Marchand, il était clair qu'elle ne semblait pas assumer quoi que ce soit. Ce que je trouvais curieux, par ailleurs. La décision de divorcer, selon ce qu'on m'a raconté quelque temps plus tard, fut apparemment prise à deux. De plus, madame Marchand fréquentait la copie bon marché de son époux depuis déjà un certain temps. C'était à ne rien y comprendre. Avait-elle l'air si mal en point parce qu'elle venait de réaliser ce qu'elle avait perdu ? Monsieur Marchand venait-il de lui faire part de ses plans avec madame Rudel ? Depuis l'enfance, la mère de Paul-Émile fut une véritable énigme pour moi. Un mystère que personne dans le faubourg ne pouvait — ou ne voulait — résoudre. Elle le restera jusqu'à la fin de sa vie.

Doucement, monsieur Marchand prit la main de son épouse et la serra très fort contre lui, donnant à leurs enfants cette image qui les catapulta des années en arrière, alors que Gérard et Florence Marchand, aux yeux de tous ceux qui les connaissaient, ne savaient faire autrement que de regarder dans la même direction. Ironiquement, ce fut également à cet instant précis que Paul-Émile, Marie-Louise et Simonne comprirent que tout était fini, alors que monsieur Marchand serrait la main de sa femme et que celle-ci se tenait à ses côtés, la proximité de leurs corps venant encore donner l'illusion qu'ils étaient soudés l'un à l'autre. Mais monsieur Marchand regardait droit devant, tandis que les yeux de la mère de Paul-Émile semblaient dévier vers la gauche. Mon vieil ami en eut le souffle coupé.

« Au diable, la *game*, chuchota Édouard à Julien. On a le reste de l'été pour aller au parc Jarry. »

N'ayant rien entendu du commentaire de son beau-frère, Paul-Émile, complètement sonné, regardait ses parents en voyant, pour la toute première fois, l'étendue de l'impact que ses choix pouvaient avoir sur la vie des autres. Est-ce que l'union de monsieur et madame Marchand aurait survécu si Paul-Émile avait acheté sa maison sur la rue voisine ? Auraient-ils été encore ensemble si leur fils, au lieu de s'acharner à leur redonner leur passé, ne leur avait pas plutôt fait cadeau de leur avenir ? Tristement, personne ne le saura jamais.

Gardant ses mains dans ses poches, cherchant à camoufler son malaise, Paul-Émile chercha à arrêter le temps.

« Depuis le temps que vous vivez comme ça, pourquoi pas continuer ? Ça va changer quoi, de divorcer ? Quand vous allez vous présenter en cour, vous allez faire rire de vous autres. »

Hé ! Seigneur ! Je tiens ici à préciser que cette réaction fut loin de m'emplir de fierté. Pas pour le manque total de diplomatie dont Paul-Émile fit preuve — il pouvait bien parler de moi ! —, mais plutôt parce qu'elle venait me rappeler la pauvreté de mon propre comportement lorsque ma mère me fit part de son désir de divorcer. Ma grand-mère Bissonnette se plaisait souvent à dire « Dis-moi qui tu fréquentes, je te dirai qui tu es ». Qu'est-ce que ça pouvait bien dire à mon sujet ?

« Les procédures sont déjà entamées, Paul-Émile. Pis

non, on n'a pas fait rire de nous autres. Ta mère pis moi, c'est clair, on va toujours s'aimer. Mais ça fait longtemps qu'on est pus capable de vivre ensemble. Le divorce va venir officialiser notre situation. Y'est où, le problème ? »

Comment Paul-Émile a-t-il fait pour garder sa tête dans le sable pendant tout ce temps, je ne l'ai jamais su. S'il avait pris la peine de reprendre son souffle, il aurait été en mesure de jouir de suffisamment de lucidité pour comprendre qu'il n'était pas normal que sa mère passe autant de temps sur la rue Pratt, tandis que son père vivait ailleurs, organisant soirées de danse et parties de bingo dans les rues du faubourg à mélasse. Mais comme Paul-Émile n'était jamais chez lui, de toute façon…

En passant, je m'en voudrais de passer sous silence l'incapacité chronique de Paul-Émile à voir la séparation de ses parents comme l'une des conséquences directes de ce qu'il était devenu. Je ne dis pas qu'il eut tort de faire les choix qu'il a faits — quoique son mariage avec Mireille ne fut pas un trait de génie —, mais ces mêmes choix consistèrent essentiellement à reconstituer, à l'intérieur des limites de sa propre vie, ce que celle de ses parents avait été autrefois, sans jamais considérer que ni l'un ni l'autre n'était apte à retourner en arrière. Le divorce de monsieur et madame Marchand vint imposer à Paul-Émile, pour la première fois, sa propre part de responsabilité dans des dommages collatéraux qu'il n'avait pas vu venir.

Au bout du compte, je crois que la véritable raison expliquant le dédain de Paul-Émile pour Henri Monette et Monique Rudel se trouvait dans son manque de volonté à reconnaître son rôle — même mineur — dans toute cette histoire. Tant qu'il n'y avait personne d'autre, il pouvait toujours se faire croire que tout allait bien dans le meilleur des mondes et que sa mère réussirait enfin à convaincre monsieur Marchand d'emménager dans son ancienne demeure, gracieuseté d'Albert Doucet. Mais l'arrivée de deux étrangers dans le paysage, même s'il se persuadait qu'ils n'étaient que des amis, venait un peu trop jurer avec le portrait que Paul-Émile voulait se faire de la situation. Henri Monette le forçait à voir sa mère en manque d'un homme qui n'existait plus et Monique Rudel l'obligeait à comprendre que son père refusait de faire comme s'il était toujours en 1929 et qu'il n'avait encore jamais mis le pied sur la rue Wolfe.

Aussi, le divorce de ses parents imposait à Paul-Émile la gestion d'un sentiment qui ne lui était franchement pas familier : la remise en question. Le destin de ses parents aurait-il été différent si lui-même avait vécu sa vie autrement ? Aurait-il, lui-même, été différent ? Que serait-il devenu s'il avait choisi de faire passer Suzanne avant tout le reste ? S'il avait choisi d'être fidèle à notre amitié ? L'introspection et les questions hypothétiques lui faisant à peu près le même effet qu'un mal de tête provoqué par les éclats de rire de madame Rudel, Paul-Émile choisit de fermer les yeux et de passer à autre chose. Ses parents avaient choisi de divorcer. Qu'aurait-il bien pu faire ? Une crise, comme il l'avait lui-même suggéré ? Une grève de la faim ? Pour Paul-Émile, ce qui était fait était fait, figé dans le temps, hors de son contrôle et, forcément, indigne de tout intérêt. De toute façon, des choix différents auraient entraîné un portrait si radicalement opposé à sa situation actuelle que cela lui aurait demandé de s'imaginer non pas dans un environnement distinct, mais carrément dans la peau de quelqu'un d'autre. Et à cette époque, je ne crois pas que mon vieux copain était encore prêt à reconnaître que les racines outremontaises de ses parents n'étaient peut-être pas les siennes ; que son acharnement à se bâtir un pont entre ce que monsieur et madame Marchand avaient un jour été ne faisait qu'éloigner toujours plus deux côtés d'une rivière ayant été habituée à couler doucement et sereinement pendant des années. Et alors que la distance entre Outremont et le faubourg à mélasse devenait de plus en plus grande, Paul-Émile n'avait aucune difficulté à rajouter des rallonges à sa structure. L'eau de la rivière, par contre, s'évaporait de plus en plus alors que les deux rives s'éloignaient l'une de l'autre.

Mon vieil ami n'a malheureusement jamais voulu se rendre compte de quoi que ce soit. Il s'était donné comme but de se construire un pont entre la rue Wolfe et la rue Pratt et avait réussi. Le reste importait peu.

« Si c'est ça qui vous rend heureux, lança-t-il à ses parents, faites ce que vous voulez. À l'âge où vous êtes rendus, vous avez sûrement pas besoin de moi pour vous dire quoi faire. »

Mais madame Marchand, de toute évidence, était loin d'être heureuse. Tous l'avaient remarqué. Même Julien et Édouard, qui ne furent jamais particulièrement excités à la vue de leur belle-mère, ne pouvaient faire autrement que de la prendre en pitié. Et pourtant, Paul-Émile choisit de détourner les yeux, quittant la pièce, les deux mains dans les poches.

Regardant son fils partir, le regard de monsieur Marchand se posa soudainement sur Mireille qui s'était tenue à l'écart dans un coin de la pièce, ayant choisi d'assister à la scène sans dire un mot. Je ne crois pas que Paul-Émile s'était aperçu de sa présence, alors qu'il était parti

sans même lui jeter l'ombre d'un coup d'œil. Honnêtement, cela ne semblait pas préoccuper Mireille, alors
qu'elle fixait ses beaux-parents d'un air que monsieur
Marchand, perplexe, mit quelques instants à déchiffrer.

Le regard de Mireille, c'était de l'envie.

# 13
## Jean... à propos de Patrick

Contrairement à Adrien et à Paul-Émile, je n'ai absolument rien à foutre de la politique et je me fiche complètement de savoir le nom du parti au pouvoir. Les élections sont, pour moi, une véritable perte de temps et je n'ai jamais été ému par ceux qui disent que voter est un devoir, ne serait-ce que par respect envers certains peuples qui, eux, n'ont pas droit à ce même privilège. Voulez-vous bien me sacrer patience ?! Si voter est un devoir, servir l'est tout autant. Alors est-ce que je peux librement faire le choix de ne pas me faire représenter par une bande de zouaves ? Pendant quatre ans, on est pris pour voir la moitié d'entre eux nous tirer vers la droite, alors que quatre ans plus tard, l'autre moitié en fait autant vers la gauche. Et comme je n'ai jamais aimé que l'on me dise quoi faire... Adrien et Paul-Émile en sont depuis longtemps venus à la conclusion que je me situe au centre et bien honnêtement, je me fous pas mal de leur analyse. Je suis prochoix, je n'ai rien contre les joints de pot mais je ne suis pas forcément contre la peine de mort. Est-ce que ça me situe au centre ? Au nord ?... À l'est ?... Je le répète : je m'en fous comme de l'an quarante. La politique m'ennuie. Que voulez-vous... comme dirait l'autre.

Patrick aussi dira que la politique l'ennuyait royalement. Faites-moi une faveur, voulez-vous ? Si jamais il vous dit ça, ne le croyez surtout pas. Particulièrement à ce stade-ci de l'histoire. À la fin des années soixante, personne, incluant lui, ne bâillait d'ennui lorsque les conversations portaient sur la politique. À part moi, évidemment.

Quelques mois après le départ de Patrick pour la bicoque de la rue Boyer, Gérard Marchand, le père de Paul-Émile, eut la surprise de le voir au coin des rues Saint-Denis et Sainte-Catherine en compagnie de la savoureuse Judith. En passant, je tiens à m'excuser si je peux donner l'illusion d'influencer votre opinion vis-à-vis de quoi ou qui que ce soit. Ce n'est pas le cas. Ce n'est pas supposé l'être, non plus. Mais Judith me faisant à peu près le même effet qu'une circoncision à froid, je dois avouer qu'il m'est extrêmement difficile de ne pas laisser transparaître l'aversion que j'ai pour elle. Selon moi, si Claude fut celui qui emmena Patrick sur la rue Boyer, Judith fut celle qui l'y emprisonna et qui jeta la clé comme si elle avait été dans une compétition de lancer du poids aux jeux Olympiques. Je ne crois pas lui avoir jamais pardonné.

Bref, pour revenir à nos moutons, Gérard, ayant tout de suite reconnu Patrick, s'était avancé vers lui pour le saluer. S'il s'était attendu à un sourire et à une poignée de main, il fut plutôt reçu par Judith qui lui balança un feuillet où il était écrit « Ça ne suffit plus d'avoir le cœur brisé, parce que tout le monde a le cœur brisé, maintenant », citation plus ou moins bien traduite d'un *beatnik* du nom d'Allen Ginsberg[10]. Lili m'avait déjà, d'ailleurs, fortement recommandé l'un de ses recueils de poèmes qu'elle avait beaucoup aimé. Pas besoin de vous dire que je m'étais mis à ronfler après seulement deux verres de gin ! Je suppose qu'il n'eut pas le même effet sur Patrick, parce qu'en plus des feuillets qu'il distribuait avec la *wicked witch of the west*, la même citation était imprimée

---

10   Poète américain et figure emblématique de la Beat Generation.

sur le chandail qu'il portait et sur un macaron accroché à son sac à dos. On était loin de Ted Lindsay[11], je vous en passe un papier !

Gérard, évidemment, fut sonné par la vue de Patrick, qui semblait à des années-lumière de l'enfant qu'il avait connu en culotte courte. Le regard obsédé, ayant des airs d'un homme en mission, Patrick reconnut à peine Gérard du regard, alors que lui et Judith s'occupaient à hurler à qui voulait l'entendre — et à qui ne le voulait pas, surtout — qu'il fallait prendre les armes pour mettre à mort la société occidentale. Personnellement, j'aurais jeté le feuillet dans la poubelle la plus proche, pour ensuite me sauver de là à pas de sprint. Mais Gérard ne bougea pas, paralysé, soupirant de reconnaissance pour ce que Paul-Émile était devenu. Si les relations entre eux n'étaient plus ce qu'elles avaient déjà été, Gérard n'en était tout de même pas rendu à quêter des nouvelles de son fils par le biais de la section des faits divers comme c'était devenu le cas pour James Martin avec Patrick.

Malgré l'ampleur du choc qu'il ressentit, Gérard n'avait aucune, mais alors là aucune idée de la véritable transformation que Judith orchestra chez Patrick. Si le Cameroun avait réussi à rendre flou le visage de Marie-Yvette, Judith, de son côté, vint à bout de tout ce qui restait des souvenirs du bas de la ville tout en s'assurant, de manière très habile, que celui d'Agnès ne se brouille jamais. Ce fut tout ce qu'elle eût à faire pour que Patrick ne veuille plus quitter le poulailler de la rue Boyer.

Mais pour bien nourrir le souvenir d'Agnès, Patrick

---

11  Ailier gauche ayant joué pour les Red Wings de Détroit et les Black Hawks de Chicago, de 1944 à 1960, et en 1964-1965.

n'avait d'autre choix que d'être constamment en colère, révolté, scandalisé contre tout ce qui l'entourait, répétant à s'en rendre fou que le monde industrialisé était tout aussi responsable de sa mort que s'il l'avait tirée à bout portant. Mon plus vieil ami se radicalisait toujours plus chaque jour, suivait assidûment ce qui se passait en France et aux États-Unis, lisait tout ce qu'il y avait à lire sur Abbie Hoffman — qu'il s'était mis à vénérer comme si Hoffman avait été ce Dieu en qui il n'avait jamais vraiment cru —, se laissait pousser les cheveux et militait pour l'implantation d'une dictature semblable à l'Albanie.

Lorsqu'il parlait d'elle, Patrick ne nous avait-il pas raconté qu'Agnès lui avait fait connaître une sérénité qu'il n'avait jamais éprouvée ? En se donnant des airs de révolutionnaire sanguinaire, ne trahissait-il pas son souvenir d'une manière que nous, dans toute notre indifférence, n'avons jamais fait ?

D'accord, j'étais incapable de me mettre à la place de Patrick. Je le répète : je n'ai jamais été foutu de comprendre pourquoi la mort de cette enfant l'a changé à ce point-là. Pourquoi elle plus qu'une autre ? Avait-elle des étoiles à la place des yeux ? Est-ce que les moineaux la suivaient partout en chantant ? Et ce que j'arrivais encore moins à comprendre, par contre, fut l'attitude de Judith dans cette espèce de *remake* bizarre du cirque de la rue de la Visitation. Celle-ci modelait Patrick à sa main, jouait avec lui comme s'il avait été de la plasticine pour en faire une version radicale du prêtre désabusé ayant envoyé une missive pisse-vinaigre à tous les journaux de la ville. Mais à mesure que Judith le mettait à sa main, Patrick devenait plus grand que nature, prenant les traits de Mr. Hyde, tout en jetant Dr. Jekyll aux vidanges. Et au lieu de paniquer en voyant qu'elle perdait le contrôle de sa créature, de frustrer en prenant conscience que l'élève dépassait le maître à la vitesse d'un bolide de course, Judith, curieusement, se mit de plus en plus à dépendre de Patrick et à le regarder en soupirant, comme une groupie devant une vedette de cinéma. Pour elle, il devenait un objet de culte, une religion à suivre, un commandement en lui-même. Ce que je trouvais plutôt ironique, soit dit en passant, alors que mon vieux copain ne fut jamais très porté sur tout ce qui relevait du sacré.

Dans le feuillet que Judith avait remis au pauvre Gérard, il était écrit que la seule façon de soutenir une révolution est de s'en créer une soi-même. Quelques minutes plus tard, alors qu'une bonne foule s'était rassemblée à l'intersection des rues Saint-Denis et Sainte-Catherine, des policiers s'avancèrent vers Patrick et Judith qui, pour leur part, se mirent à regarder ceux-ci comme s'ils avaient été une meute de rats sortant des égouts. Le premier regard échangé fut électrique, survolté et il devint clair, pour tous ceux assistant à la scène, que les choses étaient sur le point de mal tourner.

« Au moins, s'était dit Gérard en secouant la tête, James Martin va avoir des nouvelles de son gars. »

Pourquoi les pires stupidités nous passent-elles toujours par la tête dans des moments où un intellect de qualité serait nettement plus apprécié ? J'aime à penser, pourtant, que nous sommes plus brillants que ça.

# 14
## Patrick... à propos de Jean

« Simonac ! Y'est devenu complètement fou ! »

Le lendemain de mon arrestation, Jean eut la mauvaise surprise de voir mon visage en première page du *Journal de Montréal*. Ce ne fut pas l'une de mes meilleures photos, pour être honnête. J'avais la bouche grande ouverte — quelques-uns de mes plombages étaient même visibles — et je semblais vouloir me battre avec la voiture de patrouille alors qu'un policier tentait de m'y faire entrer à coups de matraque. Dégustant son troisième verre de gin du matin, Jean pensait déjà à son quatrième lorsqu'il se dirigea vers le téléphone pour passer un coup de fil à Adrien.

La distance des années me permet, aujourd'hui, d'être profondément ému par l'ampleur de l'amitié que me portaient Jean, Adrien et Paul-Émile — oui, Paul-Émile, comme Jean le racontera un peu plus tard — et par la loyauté dont ils firent preuve à mon endroit. Dieu sait qu'il y eut des moments où je ne la méritais pas. Mais à l'époque, j'étais trop endoctriné, trop occupé à gratter mon nombril pour être intéressé par quoi que ce soit ou qui que ce soit ne venant pas m'aider dans ma volonté de changer le monde et dans la préservation du souvenir de ma belle Agnès. Je fus donc incapable d'apprécier que Jean, malgré le fait que je me sois sauvé de chez lui comme le dernier des voleurs, eût la bonté d'appeler Adrien pour que tous deux viennent me chercher au poste de police.

Au bout du compte, Adrien se présenta seul. Tout juste avant de partir, Jean reçut un coup de téléphone qui l'entraîna, bien malgré lui, à des kilomètres de l'endroit où je me trouvais.

« Oui, allo ?

— Jean ?... C'est Lili. »

Nul besoin de s'identifier. Jean l'avait tout de suite reconnue.

« Jean ?...

— Je suis là.

— Tu m'appelais pas. Ça fait que je me suis dit que j'allais te déniaiser un peu. »

Comme je l'ai dit précédemment, Lili, malgré sa résolution à laisser tout l'espace voulu à Jean pour guérir, fut incapable de rester au loin pendant bien longtemps, sous-estimant son propre besoin de l'avoir près d'elle pour en arriver à se remettre de l'attentat. J'étais à même de comprendre que l'amitié développe de profondes habitudes qu'il est extrêmement difficile de briser. Lili, pour sa part, en fut incapable.

« Jean, viens me chercher. »

Comme Jean l'avait dit à Adrien, l'alcool n'arrivait plus à lui faire suffisamment d'effet pour engourdir cette douleur qui l'accablait à chaque moment de la journée et qui semblait doubler en force pendant que Lili lui parlait au téléphone. De la voir, Jean en serait incapable. Il devait se défiler, chercher un prétexte valide pour refuser. N'importe lequel ferait l'affaire et je fus le premier à lui venir à l'esprit.

« Adrien peut pas aller le chercher ? demanda Lili.

— Non. »

Si le talent de plaideur de Jean fut vanté à quelques reprises, je me dois de préciser que cette même habileté fondait de moitié lorsque l'alcool entrait en jeu. D'où le pauvre «Non» qu'il répondit à Lili, ce matin-là.

«T'es saoul, toi, hein? lui demanda-t-elle.

— Qu'est-ce qui te fait dire ça?

— Parce que quand t'es en boisson, tu deviens à peu près aussi intéressant à jaser qu'un poteau électrique.»

Le temps d'une répartie, Jean se mit à croire que Lili se tenait debout sur ses deux jambes, l'attendant après l'un de ses spectacles à la Casa Loma pour que tous deux puissent aller prendre un verre dans un bar quelconque et rire des passants. L'illusion ne dura qu'un moment, en dépit des nombreuses gorgées de gin cherchant à ranimer ce souvenir perdu dans le temps.

«Jean, je te demande jamais rien. Mais là, je t'en supplie, viens me chercher! Depuis que je suis arrivée à Saint-Germain, ma mère me barouette entre l'église, où il faut que j'aille expier mes péchés, pis la maison de tous les célibataires du grand Drummondville pour essayer de me trouver un mari!

— Pis qu'est-ce que tu vas faire à Montréal? Tu l'as dit toi-même: ta carrière est finie.

— Je penserai à ça quand je serai rendue là. En attendant, si je vois un autre veuf arriver avec ses enfants, je te jure, je vais faire une dépression! De toute façon, j'ai déjà averti le bonhomme qui sous-louait mon appartement qu'il fallait qu'il déménage. Y'est temps que je retourne chez nous.

— Pis ta mère?...

— Ma mère est partie voir sa sœur à Sherbrooke. Je lui ai écrit une lettre; j'espère juste qu'elle va comprendre. Mais toi, par exemple, t'as affaire à te grouiller parce qu'elle est supposée revenir avant la fin de l'après-midi.

— Pis si ça me tente pas d'aller te chercher à Saint-Germain?... Tu vas faire quoi?»

On aurait dit un jeune de quinze ans en pleine crise d'adolescence, en pleine rébellion contre tout ce que l'on attendait de lui. On aurait presque dit Benjamin Braddock dans *The Graduate*. Lili, pour sa part, était trop désespérée de s'enfuir pour ne voir autre chose, chez Jean, qu'un ivrogne lâche et pathétique cherchant à gagner du temps.

« Aïe ! Jean ! J'ai pas le temps pour tes niaiseries, OK ? Là, tu vas faire chauffer ta bouilloire, tu vas caler deux ou trois cafés, tu vas aller prendre une bonne douche froide pis tu vas venir me chercher. Ça fait au moins dix ans qu'on se connaît pis je t'ai jamais rien demandé mais là, t'as affaire à venir me sortir d'ici, pis vite ! Parce que si ma mère revient de Sherbrooke pis que je suis encore ici, je vais faire Saint-Germain-Montréal en chaise roulante, s'il faut, et je te jure que je vais venir t'arracher la tête ! Là, va chercher un papier pis un crayon pour que je te dise comment arriver jusqu'ici. »

Jean n'avala pas de café et ne passa pas par la douche avant de se rendre à sa voiture. D'une manière que mon pauvre père n'aurait certainement pas reniée, il sortit de son appartement une bouteille de brandy à la main, oublia complètement de verrouiller sa porte et s'installa au volant de sa Toronado, pour ensuite se diriger vers le pont Champlain. Mais là où ma mère explosait devant les problèmes d'alcool de mon père, qu'elle nourrissait pourtant chaque jour de sa vie, Jean se sentait le besoin de hurler sa colère justement parce que, contrairement à la moitié des membres de ma famille, l'alcool ne parvenait plus à lui faire oublier quoi que ce soit. La vodka et le brandy, avec le temps, ne venaient lui donner rien d'autre qu'une vision tordue d'une réalité qu'il cherchait à rejeter.

Sa réalité, mon père l'avait acceptée avec résignation, buvant pour oublier cette incapacité — ou le manque de volonté… — à changer sa vie. Jean, pour sa part, était incapable d'accepter quoi que ce soit et rageait en constatant que les quantités phénoménales de gin et de brandy avalées n'arrivaient pas à lui donner un semblant d'illusion d'être quelqu'un d'autre. La culpabilité de savoir que la réalité de Lili n'allait jamais changer fut plus que ce qu'il était en mesure de supporter et détourner les yeux signifiait pousser toujours plus loin cet égoïsme dont il avait su faire preuve à certains moments de sa vie. Et alors qu'il avançait avec difficulté sur l'autoroute 20 en direction de Saint-Germain, Jean s'acharna à combiner insensibilité et colère qui n'avaient, comme seule utilité, de lui donner la force nécessaire de faire face à Lili lorsque tous les deux allaient se retrouver l'un devant l'autre.

Roulant lentement pour balancer sa vision brouillée par l'alcool, Jean rageait, confondait sa propre souffrance avec celle, réelle ou imaginée de Lili, alors qu'il se disait, à voix haute, qu'il venait de gaspiller un an de sa vie à culpabiliser sur son sort à elle même s'il était clair, d'après ce qu'il en savait, que la personne visée ce soir-là n'était personne d'autre que lui.

« Non, mais !… Pour qui elle se prend ?! Comment elle peut se permettre d'exhiber ses jambes finies quand c'est moi qui souffre comme un malade ?! Quand c'est moi qui passe mes journées à essayer de mettre un pied devant l'autre ! Quand je demanderais rien de mieux que de tomber raide mort ! Comment elle peut se permettre de faire semblant d'avoir mal quand c'est moi qui passe mes journées à maudire le tueur de pas m'avoir achevé pis de pas m'avoir laissé crever comme mon maudit grand-père ?!

C'est moi qui ai mal ! MOI ! Ça fait qu'Agathe Robitaille, qui est même pus assez bonne pour traire des vaches, a pas d'affaire à me voler ce qui m'appartient ! Si elle est en manque d'attention, c'est pas mon maudit problème ! Si elle s'ennuie des quêteux d'autographes, elle a juste à retourner à Radio-Canada ! C'est moi que le tueur visait ! Pas elle ! C'est moi qui devais crever pis qui vis avec la chienne que ça recommence ! Pas elle ! Lili a perdu ses jambes juste parce qu'elle était avec moi ! Pas parce que quelqu'un voulait la tuer ! Mon Dieu, qu'elle m'écœure avec son sketch de la pauvre fille en chaise roulante !... »

Ce fut dans cet état d'esprit que Jean finit par se pointer à la ferme des Robitaille, après avoir mis presque deux heures à esquiver des voitures sur la Transcanadienne. Et Lili, lorsqu'elle le vit débarquer de peine et de misère de sa Toronado, en eut le souffle coupé.

Le Jean qui avançait vers elle, une bouteille de gin à la main, n'avait plus rien à voir avec celui qu'elle avait connu à la Casa Loma, il y a longtemps. Son regard était éteint, son dos courbé et de profondes rides avaient prématurément fait leur apparition sur son visage. Si elle l'avait rencontré pour la première fois à ce moment-là, Lili se serait fort probablement sauvée en courant.

« Salut, Agathe. »

Le ton de voix de Jean cherchait à émaner mépris et arrogance. Il ne réussit qu'à faire transpirer un vide profond et une tristesse infinie.

« Viens, l'entraîna Lili en évitant de le regarder. Je vais te faire un café avant de partir. T'es visiblement pas en état de conduire.

— Bof... Ça changerait quoi, si on avait un accident ?

C'est pas comme si tu risquais une médaille d'or en course à pied… »

De quelle manière Lili s'y est-elle prise pour ne pas lui sauter au visage, je ne l'ai jamais su. Jean eut beau être en état d'ivresse avancée, rien ne pouvait justifier, en aucune façon, cette réplique mesquine envoyée, en plus, de manière aussi cavalière. Ma propre famille s'était longtemps chargée de me montrer jusqu'où les excès d'alcool pouvaient mener et j'étais triste de constater que Jean avait maintenant pris le relais. Le message, par contre, fut d'une incontestable efficacité : toute ma vie, je fus parfaitement incapable de supporter la moindre goutte d'alcool.

« J'en veux pas, de café, continua Jean. Dépêche-toi d'aller chercher tes bagages, parce que je veux retourner à Montréal au plus sacrant. Pis en passant, tu peux amener toutes les valises que tu veux, je m'en sacre comme de l'an quarante. Mais ta simonac de chaise roulante, par exemple, elle reste ici. »

Ces mots, avec le temps, prirent des airs de ligne de démarcation dans la vie de Jean. Bien plus que l'attentat, à mon humble avis. Ce qui s'était passé ce soir-là, aux portes du Forum, fut le fruit de quelqu'un d'autre, forçant ainsi Jean à y réagir du mieux qu'il le put. Parce que malgré son immense sentiment de culpabilité vis-à-vis de Lili, ce n'est tout de même pas lui qui a appuyé sur la gâchette et jusqu'à un certain point, je crois qu'il le comprenait. Mais les mots que Jean venait tout juste de dire à sa pauvre amie, jumelés à ceux qu'il était sur le point de prononcer, ne venaient uniquement que de lui ; la douleur et l'humiliation qu'il était sur le point de causer ne relevaient de personne d'autre. Comme si Jean avait ressenti le besoin criant de se rabaisser au même niveau que le tireur ; comme s'il avait voulu s'approprier toutes les responsabilités de ce qui s'était passé afin de souffrir encore plus.

« Je comprends pas… souffla Lili.

— T'as très bien compris. Ton *show* de la fille handicapée qui veut se faire prendre en pitié, ça fait assez longtemps que ça dure.

— Jean… Ma chaise roulante fait partie de moi. Comme moi, je fais partie d'elle.

— *Bullshit* ! Là, tu vas te lever, tu vas aller chercher tes valises pis moi, je vais aller mettre cette horreur-là aux vidanges. Je l'ai assez vue. »

Pour changer sa réalité — et pour la nier, aussi, quelquefois —, Jean sut toujours faire preuve d'imagination, refusant de s'imposer la moindre retenue. Sa capacité à laisser partir ses parents, sa résolution à faire comme si l'enfant de mademoiselle Robert n'existait pas, sa manie de boire comme un forcené pour ignorer les choses qu'il ne voulait pas voir en constituent les exemples les plus probants. Et nous tous faisions semblant d'adhérer à sa vision des choses parce que celle-ci ne venait jamais nous toucher directement, en dépit de certaines occasions où l'envie de secouer Jean était difficile à résister. Cette fois-ci, par contre, Jean fut forcé d'inclure l'une d'entre nous à son œuvre de fiction. Lili faisait maintenant partie de la troupe à part entière, elle qui s'était jusque-là contentée, comme les autres, de jouer le rôle de spectateur en espérant que la fin ne serait pas celle qui s'annonçait. Étrangement, elle qui avait gagné sa vie pendant des années en attirant l'attention sur sa personne, se découvrait maintenant un trac qui la pétrifiait.

« Va t'asseoir dans ton char, Jean, ordonna-t-elle, visiblement mal à l'aise. Je vais aller chercher mes affaires. Je reviens tout de suite.

— Tes affaires, tu vas aller les chercher debout, sur tes deux pieds. »

Ce qui se déroula sur le perron de la maison des Robitaille ce jour-là fut trop triste, trop ignoble, trop imbibé de folie et trop personnel aussi, à certains égards, pour que je sois capable de le raconter sans vouloir déformer la réalité comme Jean chercha à le faire, justement, à ce moment-là. Mais je vais essayer. De toute façon, que puis-je bien dire, ou faire, pour justifier de telles actions ? Rien. Absolument rien. Alors aussi bien tout raconter exactement comme cela est arrivé.

« Je t'ai dit de te lever ! »

Écoutant Jean hurler ses ordres avec un éclat de folie lui traversant les yeux, Lili se mit à paniquer, voulut s'éloigner de lui et fit un effort désespéré pour retourner à l'intérieur. Malheureusement, sa volonté de fuir ne fit que décupler la démence de Jean et celui-ci la rattrapa pour la soulever, l'obligeant à se tenir debout.

« Je suis pas capable, Jean ! s'écria Lili en pleurant. Je suis pas capable ! »

Lili s'était mise à hurler et à pleurer toujours plus fort, regardant désespérément son fauteuil roulant, tout en suppliant Jean de l'y rasseoir. Mais celui-ci, s'entêtant à lui ordonner d'aller chercher ses valises en marchant, ne l'entendait pas du tout.

« Marche ! C'est-tu assez clair ?! JE T'AI DIT DE MARCHER ! »

Deux secondes plus tard, tout fut terminé. J'ignore si ce fut le gin qui lui avait engourdi les muscles, ou si Jean eut soudainement conscience de la folie de ses gestes mais ses bras n'eurent plus la force de soulever Lili, de la garder debout malgré ses jambes qui ne tenaient plus et il la laissa tomber sur le perron, en pleurant.

«Je m'excuse, Lili… Je voulais pas… Je te jure que je voulais pas…»

Lili aussi pleurait, étendue sur le sol, cachant son visage pour ne pas que Jean voie son humiliation mais aussi, surtout, pour ne plus le voir, lui, tel qu'il était devenu. À l'image de nous tous, elle n'avait plus la force de jouer le jeu et de faire comme si rien n'avait changé. Jean lui-même n'y arrivait pas, alors pourquoi le mettre en position pour le faire à sa place? Lili s'y refusa et après avoir passé de longues et pénibles minutes à se rasseoir dans son fauteuil roulant, alors que Jean continuait de pleurer comme un enfant, elle partit chercher ses valises sans dire un mot, attendant patiemment que Jean fût en état de reprendre le volant.

J'espère avoir été en mesure de raconter décemment cet épisode peu glorieux de la vie de Jean. Lili ne méritait certainement pas cette épouvantable humiliation que Jean lui fit subir et je ne peux que m'incliner devant la force et le courage qu'elle démontra après l'attentat, alors qu'elle s'appliquait toujours à aller de l'avant, refusant de s'apitoyer sur son sort et s'acharnant à se bâtir une belle vie. Une très belle vie.

Jean, par contre, fut un cas différent et cela m'attriste de dire que j'en ai encore pour un moment à raconter ses déboires.

En terminant, je voudrais toutefois ajouter ceci: j'ai toujours trouvé bizarre le fait que Jean eût tant de difficultés à comprendre cette rage qui m'animait à l'époque.

Il aurait pourtant dû saisir mes états d'âme sans aucun problème. Cette hargne que je ressentais envers le monde entier, Jean la ressentait contre lui-même à la puissance dix. Et tandis que je faisais de mon mieux pour avancer avec cette certitude d'avoir le poids de l'univers sur mes épaules, Jean essayait de faire la même chose mais en rejetant tout le poids de son monde à lui sur les épaules de ceux qui l'entouraient. Ce fut peut-être pour ça que nous n'avons pas été en mesure de nous comprendre.

Et pourtant, l'amitié a survécu.

# 15
## Jean... à propos de Patrick

Oui, l'amitié a survécu. Évidemment. Même si, quelque-fois, nous ne savions pas trop si elle survivait parce que nous étions trop têtes de cochon pour admettre le contraire. Ou plutôt parce que c'était plaisant de s'ima-giner, avec les problèmes d'adulte qui nous tombaient dessus, que nous avions encore quinze ou seize ans.

Mais peu importent les réponses «psychopop» à nos grands questionnements. Le fait demeure que, malgré les crêpages de chignon occasionnels, nous étions encore amis. Et pendant que je faisais un fou de moi à Saint-Germain, Adrien s'était présenté au poste de police pour aller y chercher Patrick, à la suite de son arrestation au coin de Saint-Denis et Sainte-Catherine. Et payer sa cau-tion. Celle de Judith, aussi. Ça, c'est de l'amitié! Pas sûr que j'en aurais fait autant.

«Je voulais te dire merci, dit Patrick à Adrien. En mon nom, pis au nom de Judith.

— Ouin, justement... L'argent me sort pas par les oreilles, moi. Je savais pas que vous étiez deux.

— Inquiète-toi pas, on va te rembourser.»
Pendant que Patrick promettait un plan de rembourse-ment avec 0% d'intérêt, Judith se tenait debout à ses côtés, observant Adrien comme s'il avait été un cul-terreux la suppliant pour du pain sec! L'homme venait tout juste de payer sa caution, simonac! Il me semble qu'un sourire, au minimum, aurait été de rigueur! Mais non! Judith restait plantée là, avec son air de bœuf! Personnellement, j'aurais laissé la chipie croupir en prison. Alors pas besoin de dire qu'Adrien était un homme beaucoup plus généreux que je

ne l'étais. Généreux, sans être stupide pour autant. Le remboursement de la caution, il n'y crut pas une seule seconde.

«Quoi?… demanda Patrick. Pourquoi tu me regardes comme ça?

— Je suis ben des choses, Patrick, mais je suis pas un innocent. Je le sais ben que je reverrai jamais mon argent. Vous allez me rembourser en quoi? En pot?

— Je rembourse toujours mes dettes, Adrien Mousseau. Depuis le temps qu'on se connaît, tu devrais le savoir. Pis pour être honnête avec toi, ça me fait un peu chier d'avoir à te le rappeler.»

Lorsque j'affirme qu'à ce stade-ci de l'histoire, notre amitié relevait davantage de l'habitude, je ne mentais pas. À quinze ou vingt ans, j'aurais su quoi faire pour calmer les angoisses existentielles de Patrick; pour calmer ses envies de Karl Marx et d'Abbie Hoffman. À trente-cinq ans, je n'en avais plus la moindre idée. Pas plus qu'Adrien, d'ailleurs. Chacun des gestes que nous posions semblait déplacé. Chacun des mots qui sortaient de notre bouche faisait à peu près le même effet que le supplice de la goutte. Ce qui intéressait Patrick, en dehors de venger la mort d'Agnès, de la pauvreté, de l'injustice et des buffets chinois où l'on jetait la nourriture à coups de gros sacs de vidanges, nous ne le savions plus. Et il ne se donnait même pas la peine de lever ne serait-ce que le petit doigt pour éclairer notre lanterne. Alors, que Patrick soit frustré d'avoir à rappeler quoi que ce soit à Adrien, on s'en balance comme de l'an quarante!

«En passant, ajouta Adrien, justement, qui commençait à pomper l'air, tu trouves pas que t'es rendu un peu vieux pour passer tout ton temps avec des petits jeunes de l'Université du Québec?»

Ça, c'était un coup directement adressé à Judith, qui continuait de regarder Adrien de travers, comme si elle lui en voulait de l'avoir sortie de prison. Patrick l'avait compris et la réplique fut instantanée.

« Ce que je fais pis avec qui je le fais, Adrien, c'est pas de tes affaires. Je te le dis-tu, moi, que je trouve ça insignifiant, ta job au PQ ? Que je pense que vous êtes juste une gang de gratteux de nombrils ? Quand t'auras fini de perdre ton temps, tu viendras me voir. Je t'expliquerai ce qui se passe dans le vrai monde. »

Il est cliché à mourir, je sais, de parler des contestataires des années soixante. Et bien franchement, je suis un peu gêné de dire que Patrick en était un. Ça fait un peu trop « hippie de service », à mon avis. Comme si c'en avait absolument pris un pour que cette partie de l'histoire se déroulant dans les années soixante soit complète. Mais n'importe qui ayant eu à côtoyer des contestataires radicaux, à cette époque, vous regardera immanquablement de travers si vous leur parlez de clichés ambulants. Clichés, les contestataires, hippies et autres poilus le sont devenus avec le temps, alors que le choc qu'ils causaient devenait moins menaçant, moins épeurant et que le recul nous permettait de les regarder avec un sourire en coin. Sauf qu'en 1969, d'entendre des gens cracher leur haine envers notre société, vanter les vertus de l'Union soviétique et prôner l'incitation à la violence n'avait absolument rien d'un lieu commun. Et l'effet, bon ou mauvais, provoqué par eux était trop gros, trop dérangeant, trop… révolutionnaire, justement, pour que nous puissions les voir comme des clichés. Ils étaient tout sauf ça.

Cliché, Patrick aussi l'est devenu avec le temps. Mais en 1969, nous ne savions pas quoi faire, quoi dire, pour essayer de l'atteindre; pour qu'il se rappelle ce qu'il représentait pour nous et ce que nous avions, un jour, signifié pour lui. Quelquefois, il nous regardait non seulement comme si nous lui tombions joyeusement sur les nerfs mais aussi comme s'il ne nous connaissait carrément pas; comme s'il nous avait rencontrés pour la première fois cinq minutes auparavant et qu'il en savait déjà assez pour être convaincu que nous étions deux superbes morons qu'il ne voulait absolument pas côtoyer. Il nous est souvent arrivé, à Adrien et à moi, de nous dire que Patrick avait tout simplement décidé de faire comme Paul-Émile et de renier complètement le faubourg à mélasse. Toutefois, son regard avec nous pouvait parfois être si vide qu'il nous est aussi arrivé de nous dire qu'au fond, Patrick n'avait pas renié le bas de la ville. C'est juste qu'il ne s'en souvenait tout simplement plus, ses souvenirs de jeunesse se trouvant quelque part dans l'océan Atlantique, à mi-chemin entre l'Amérique et l'Afrique.

Désarmés, Adrien et moi l'étions complètement. Devant son attitude, évidemment. Mais aussi devant le fait qu'après Paul-Émile, une deuxième partie de nous s'éloignait sans que nous puissions y opposer quoi que ce soit. Les invitations à la taverne ne donnaient plus rien. Surtout que j'en ressortais toujours à quatre pattes, de toute façon…

Alors Adrien l'a laissé partir, lui et sa greluche. Mais comme je l'ai dit plus tôt, nous étions tous dotés d'une extraordinaire tête de cochon. Et nous n'étions pas encore prêts à faire le deuil d'une amitié vieille de trente ans.

C'est vrai que les habitudes ont la vie longue. Les mauvaises… Et les bonnes, aussi.

# 16
## Adrien... à propos de Paul-Émile

Peut-être parce que j'étais habitué à côtoyer des célébrités, je ne devenais jamais gaga lorsque je me trouvais en présence de l'une d'elles. Pour moi, René Lévesque était mon patron, point à la ligne. Il était très certainement quelqu'un que j'aimais et admirais beaucoup — je n'aurais pas laissé mon travail d'enseignant si ce n'avait pas été le cas —, mais je devenais inévitablement sidéré lorsque je voyais dans la rue des gens qui perdaient complètement la boule lorsqu'ils le croisaient. C'était la même chose avec Lili. Je me souviens d'un soir, un an ou deux avant l'attentat, où Denise et moi l'avions accompagnée, elle et Jean, dans un restaurant où les trois quarts des clients s'étaient arrêtés pour la regarder manger, du coin de l'œil. J'en avais été mal pour elle.

Jean et moi avions, sur ce point, la même attitude. Lui non plus n'était pas très impressionné par les célébrités. Pour Jean, un acteur ou une chanteuse n'était pas très différent d'un débardeur ou d'une caissière.

« Ils chient tous par le même trou que nous autres » avait-il coutume de dire, de manière pas très subtile, j'en conviens. Et je m'en excuse.

L'exception, en ce qui nous concerne — parce qu'il y en a toujours une —, se trouvait du côté des athlètes. Un joueur de hockey ou de baseball — en 1969, les Expos venaient tout juste d'arriver en ville — se trouvait à distance de marche, et Jean et moi avions soudainement l'air de deux petites filles en présence de Mickey Rooney[12]. Je

---

12  Acteur américain ayant connu la célébrité à l'adolescence, dans les années trente.

me souviens, entre autres, d'un soir de juillet 1969 où je m'étais trouvé par hasard dans le même bar que Rusty Staub[13]. Évidemment, j'ai eu l'air du dernier des colons lorsque je suis allé lui parler. Pauvre Rusty... Il doit encore en faire des cauchemars.

Je parle, je jase, je radote mais je m'en vais tout de même quelque part avec mes histoires apparemment sans intérêt. Dans un restaurant de la Petite Patrie qui venait tout juste d'ouvrir ses portes, pour être plus précis. Jean et moi étions allés y manger en compagnie de Muriel, de ma mère et des enfants, pour la fête des Mères. Le restaurant en question était plein à craquer et nous avons cru, à cause de ça, que la cuisine devait y être excellente. Ce ne fut pas tout à fait le cas. Le spaghetti de Jean était froid, le poulet à la dijonnaise de ma mère goûtait trop la moutarde French et j'aurais très certainement pu casser la vitrine du restaurant d'un seul lancer du steak, tellement le mien était trop cuit. Muriel, pour sa part, se refusait à faire le moindre commentaire — parce que c'était Jean qui payait son repas et qu'elle ne voulait pas avoir l'air mal polie, j'en suis convaincu. Il était clair, cependant, à la manière qu'elle avait de fermer les yeux à chaque bouchée, que son filet de sole, s'il lui remplissait l'estomac, était loin de la remplir de joie.

Et puis, comme touchés par un coup de baguette magique, Jean et moi avons soudainement tout oublié. Une apparition vint nous faire comprendre pourquoi le restaurant était à plein à craquer, malgré de la nourriture aussi ragoûtante qu'un plat de Docteur Ballard. En un

---

13  Joueur de baseball, il fut la première grande vedette des Expos de Montréal.

instant, nos repas se sont mis à relever de la plus pure divinité culinaire.

« Bonsoir, nous salua-t-il. Je suis Guy Drouin[14], le propriétaire du restaurant. Bienvenue chez nous. J'espère que tout est à votre goût. »

Ah ! Bien ! Batèche, de batèche ! Le gagnant du trophée Art-Ross 1957 en personne ! Encore une fois et aux yeux de tous, Jean et moi avons eu l'air de deux parfaits abrutis.

« Tout est excellent, répondit Jean, ne faisant aucun effort pour camoufler son admiration béate. On se régale, monsieur Drouin. Tout est absolument parfait ! Vous direz au cuistot que son spaghetti est le meilleur que j'ai jamais mangé de ma vie ! Je sais pas où y'est allé pêcher son idée de mettre du sirop d'érable dans sa sauce à spaghat', mais vraiment !… Chapeau !

— Je suis bien content de savoir ça. Pis inquiétez-vous pas, je vais faire le message à mon cuisinier.

— Ah ! Je m'inquiète pas pantoute ! Si Guy Drouin dit qu'il va faire quelque chose, Guy Drouin va faire quelque chose. Un membre du Temple de la renommée du Hockey, ça tient ses promesses. Dis-moi donc, mon Guy — tu permets que je t'appelle Guy —, penses-tu que Jean Béliveau va prendre sa retraite ? »

Devant Guy Drouin, je constatais, chez Jean, le même délire que tous ceux perdant la tête alors qu'ils se trouvaient en présence de monsieur Lévesque. Malheureusement, le sourire niais que j'affichais ne me donnait pas l'air bien plus brillant que mon ami et c'est en roulant leurs yeux que Muriel et ma mère choisirent d'assister à la scène.

---

14 Voir *Racines de Faubourg*, Tome 1.

Ma fille Claire, par contre, n'eut pas le même enclin à garder le silence.

«Pourquoi tu dis que c'est bon, mononc'Jean? C'est pas ça que tu disais, tantôt...»

Daniel donna un coup de pied à sa sœur sous la table; Muriel et ma mère rapetissèrent de deux ou trois pouces en l'espace de quelques secondes et Jean se mit à regarder Claire, qu'il adorait pourtant, comme si elle eut été un chien levant la patte pour uriner sur son pantalon fraîchement sorti de chez le nettoyeur. Il revint donc à moi de sauver la situation.

«Ce que ma fille veut dire, Monsieur Drouin, c'est que les portions sont trop petites. La nourriture est excellente, mais les portions sont pas assez grosses. C'est tellement bon... On en voudrait plus!

— Vous me soulagez! Je pensais que c'était parce que les plats étaient pas bons.

— Ben non! Voyons...

— Si c'est juste ça... Permettez-moi d'offrir à tout le monde une deuxième assiettée! Aux frais de la maison, évidemment.

— Heu...

— Non, non. J'insiste.»

Tandis que Guy Drouin prenait le chemin de la cuisine, Jean poussa un énorme soupir de soulagement, m'administrant une vigoureuse claque dans le dos pour souligner mon travail bien fait. Tous, par contre, ne furent pas du même avis.

«C'est brillant, ça, Adrien, grimaça ma mère. Il va revenir ici avec sa bouffe à chien gratis, qu'on va être obligés de manger pour pas nous faire passer pour une gang de menteurs!

— Qu'est-ce que vous vouliez que je fasse ?

— Lui dire que c'était pas mangeable ! Tu lui aurais évité de faire faillite dans six mois ! Est-ce que ç'aurait été si pire que ça ? »

Avant que je puisse expliquer à ma mère l'étendue de la divinité des athlètes professionnels, Jean me fit signe de me retourner vers la porte d'entrée du restaurant. Suzanne Desrosiers, aussi belle qu'elle l'était le jour où elle est revenue de Québec, venait de faire son entrée.

« Qu'est-ce qu'elle fait ici, elle ? » me demanda Jean, comme si j'eus été en mesure de connaître la réponse.

Mais la réponse s'imposa d'elle-même lorsque Guy Drouin sortit de la cuisine pour aller rejoindre Suzanne et l'embrasser rapidement devant les clients.

« Jésus Marie ! s'exclama ma mère. Mimi m'a pas dit que Suzanne pis Guy étaient revenus ensemble ! Attends que je la voie, elle ! Je vais lui dire ma façon de penser ! »

Paul-Émile, comme tout le monde le sait, n'était plus dans le portrait depuis longtemps. En fait, aucun d'entre nous ne l'avait revu depuis son mariage avec Mireille Doucet. Mais la petitesse du monde étant ce qu'elle est, surtout en ce qui concerne les habitants passés et présents du faubourg à mélasse, il n'était pas rare d'entendre, à travers les branches, que Paul-Émile avait été aperçu à tel ou tel endroit et en compagnie de telle ou telle personne. Et comme l'endroit mentionné était souvent la rue Étienne-Bouchard, où Suzanne habitait, Jean et moi en avions rapidement déduit qu'elle et Paul-Émile se voyaient toujours en cachette.

Mais si Suzanne fréquentait encore Paul-Émile par la bande, quel rôle, exactement, Guy Drouin venait-il jouer dans cette espèce de mauvais roman à l'eau de rose ? Bien franchement, la réponse ne m'importait pas beaucoup, même si j'étais parfaitement en mesure de comprendre pourquoi Suzanne voulut retourner auprès de son ex. Ce que je trouvais triste, par contre — et ce sentiment de tristesse ne s'est qu'amplifié avec les années —, est que Paul-Émile ne semblait pas du tout comprendre ce que sa propre vie était en train de lui coûter.

Je ne me rappelle plus très bien de quelle manière Guy Drouin et Suzanne sont revenus ensemble. Paul-Émile, bien évidemment, n'aime pas en parler et au fond, ça n'ajoute pas vraiment quoi que ce soit de pertinent à l'histoire. Mais j'ai fini par savoir qu'elle avait longtemps hésité avant de prendre sa décision et que le coup de pied nécessaire était venu de sa copine Rolande qui, avec les années, en était venue à détester Paul-Émile avec une passion comparable à celle qu'elle vouait à ses paquets de cigarettes.

Rolande, depuis longtemps, était aussi proche de Suzanne que Jean l'était de moi. Elle connaissait tout de sa solitude, de ses difficultés à voir le temps qui passe alors qu'elle semblait faire du surplace dans sa vie personnelle. Elle savait que Suzanne avait choisi de louer un logement sur la rue Étienne-Bouchard, dans un quartier où elle ne connaissait personne parce que personne, justement, ne serait en mesure d'y reconnaître Paul-Émile; tout comme elle savait tout de la frustration de Suzanne à aimer tout en recevant si peu en retour. J'imagine que c'est pour ça que celle-ci permit à Drouin de revenir auprès d'elle: parce que la solitude était devenue trop grande. Parce que le lit était toujours vide. Parce que le temps passait et, surtout, parce que Paul-Émile était trop zouave pour s'en rendre compte.

Le jour où Suzanne emmena Guy Drouin chez Rolande pour un souper, histoire de souligner officiellement leurs retrouvailles, cette dernière lui avait pratiquement sauté au cou en la serrant dans ses bras.

« Ma Suzanne, tu peux pas savoir comme tu me fais plaisir ! Y'était plus que temps que tu te réveilles ! »

Suzanne n'avait rien dit, se contentant de baisser les yeux, et Rolande avait alors tout de suite compris que Paul-Émile, à son grand chagrin, était toujours dans le décor. Et que Guy Drouin avait été rappelé des mineures pour jouer le rôle de pansement sur une plaie béante.

Un gagnant du trophée Art-Ross dans un rôle de bouche-trou ! Où est-ce que le monde s'en va ? !

Le soir de la fête des Mères, au restaurant, lorsqu'elle s'est approchée de notre table pour nous saluer, Suzanne baissa encore une fois les yeux. Sur le coup, je n'ai pas bien compris son embarras. Ce qu'elle faisait de sa vie personnelle ne nous regardait pas du tout et Dieu sait que ni Jean ni moi n'étions en mesure de porter des jugements sur qui que ce soit. Mais j'ai fini par comprendre qu'elle n'avait pas baissé les yeux parce qu'elle était embarrassée. Elle avait baissé les yeux parce qu'elle avait eu la douleur de se reconnaître en nous ; parce que, comme nous, elle était un gros pan de la vie de Paul-Émile qu'il cherchait à ignorer. Ou à camoufler, comme il le faisait avec elle. Et si les retrouvailles de Suzanne avec Guy Drouin avaient comme but premier de lui donner l'énergie nécessaire pour refuser le rôle ingrat que Paul-Émile lui faisait jouer depuis presque dix ans, notre présence venait lui jeter en plein visage que, comme pour nous, rayer Paul-Émile de la carte était beaucoup plus facile à dire qu'à faire. Par notre seule présence, Jean et moi avons fait comprendre à

Suzanne, ce soir-là, la futilité du geste qu'elle avait posé en retournant auprès de Guy Drouin.

Penaud, j'aurais voulu dire à Suzanne qu'elle n'avait pas à baisser les yeux devant nous et à avoir honte de quoi que ce soit. Mais je n'ai jamais osé. Comment trouver les mots pour lui dire qu'une histoire inventée dans les bras de quelqu'un d'autre ne pouvait certainement pas être pire qu'une réalité dans la vie de Paul-Émile, qui n'était jamais là ? Pourtant, Suzanne, d'un sourire triste, me signala qu'elle avait déjà tout compris. Et sa décision de garder le pansement sur sa plaie allait me faire regretter, des années plus tard, d'avoir gardé le silence.

Comme le dernier des lâches, j'ai, bien sûr, essayé de justifier mes regrets : qu'est-ce que j'aurais pu bien faire ? Et est-ce qu'il revenait à moi de faire quelque chose ? Peu importe, au fond, car je demeure convaincu, encore aujourd'hui, que rien n'aurait changé. Paul-Émile, dans son besoin de tout contrôler, devait comprendre par lui-même, et pour lui-même, ce qui allait lui exploser en plein visage.

# 17
## Paul-Émile... à propos d'Adrien

Adrien peut bien dire ce qu'il veut et raconter n'importe quoi. La vérité est que lui et moi étions loin d'être aussi différents que ce qu'il voulait bien croire. Pas que je veux l'attirer dans les bas-fonds mais lui aussi, à certains moments, avait des airs d'un train sur le point de dérailler. Et j'aime bien penser que si j'avais été dans le coin à l'époque où Adrien branlait dans le manche avec Alice, je ne serais pas demeuré assis en le regardant, les bras croisés. Au contraire, je lui aurais certainement brassé la tomate comme il aurait dû se la faire brasser à ce moment-là.

Je n'ai jamais compris ceux qui ont peur d'avancer; ceux qui figent à l'idée d'entreprendre la moindre action. Mais ce que je comprenais encore moins, par contre, était ce *statu quo* personnel dans lequel se complaisait Adrien, lui qui travaillait pourtant si fort pour briser notre pays en deux. Et même si je ne partageais pas ses opinions politiques douteuses, Alice avait au moins le mérite de parler fort et d'agir. De foncer dans le tas. Même si, quelquefois, le tas en question n'était qu'un ramassis de nuages que plusieurs pelletaient allègrement.

Adrien, pour sa part, bougeait à la vitesse d'une tortue. Ses enfants, lorsqu'ils étaient avec leur mère, lui manquaient terriblement. Que faire, à part se morfondre? Il pensait maintenant à Alice, matin, midi et soir. Encore une fois, que faire? Rien, apparemment. Rien d'autre qu'analyser, décortiquer, faire des listes, peser le pour et le contre d'une relation avec Alice et, surtout, se croiser les doigts et attendre que le temps passe.

Quelqu'un, un jour, m'a déjà dit que le temps ne respecte jamais ce qui est fait sans lui. Je veux bien. Mais même le temps, en regardant Adrien, devait se dire qu'il y avait tout de même des limites!

À l'époque, monsieur Mousseau continuait toujours de hanter Adrien, mais de manière différente: à mesure que le temps passait et à mesure qu'il se lamentait encore plus chaque fois qu'il devait reconduire Claire et Daniel sur la rue Robert, Adrien se demandait comment son père s'y était pris, autrefois, pour se garder le cœur aussi sec par rapport à sa propre famille. Pourtant, la réponse était d'une simplicité enfantine: l'absence. L'absence émotive, l'absence de temps, l'absence de liens, l'absence de communication... Monsieur Mousseau avait réussi à garder son cœur sec en étant absent de tout ce qui constituait l'âme de sa femme et de son fils. Il ne les regardait pas, ne leur parlait pas, devenant ainsi un fantôme, presque un mythe, à l'intérieur de sa propre maison. Séparé de Denise et devenu père à temps partiel par la force des choses, Adrien avait une peur bleue que sa propre absence en vienne à représenter, pour Daniel comme pour Claire, le même vide émotif ayant caractérisé ses relations avec monsieur Mousseau. Si Adrien s'était arrêté trente secondes, au lieu de continuer à faire la poule pas de tête, il aurait compris que sa relation avec ses enfants était à des années-lumière de celle qu'il avait eue avec son père. Je suis doté d'une excellente mémoire et d'aussi loin que je puisse me souvenir, je n'ai jamais vu monsieur Mousseau débourser une petite fortune dans des jeux d'adresse au Parc Belmont, pour décrocher le toutou en peluche convoité par ses enfants. Ce qu'il ne réussit pas à faire, soit dit en passant et il dut payer presque le double de ce qu'il avait déboursé dans les jeux d'adresse pour mettre la main sur ledit toutou. Au salaire qu'il touchait en travaillant pour le PQ, j'espère sincèrement que Patrick lui avait remboursé le prix de sa caution...

En ce qui concernait Alice, par contre, la situation était différente — au moins, il voyait ses enfants une semaine sur deux — et l'attitude d'Adrien me laissait perplexe. Je ne comprenais rien du tout. Tout aurait été facile avec elle. Simple. Il n'aurait eu qu'à l'aimer et à se laisser aimer. Il la tenait au contraire à distance, faisant tout pour lui faire comprendre qu'il ne la voyait que comme une amie; une chum avec qui il aimait aller prendre une bière. Adrien a souvent parlé de mes jambes molles lorsque je me trouvais en présence de Suzanne mais il n'avait pas l'air bien plus brillant lorsqu'Alice se trouvait dans le coin. Le matin du 18 septembre 1969, lorsque celle-ci annonça à ses collègues que Jacques Parizeau allait joindre les rangs du PQ, en constitue un bel exemple.

« Si y'en a qui ont entendu la rumeur, moi, je vous la confirme. René va l'annoncer aux journalistes, demain. »

Bon. Petite parenthèse, ici. J'ai déjà fait mention que la familiarité d'Alice avait de quoi faire grincer des dents, même parmi les gens de son entourage. Mais d'appeler René Lévesque par son prénom, à mon avis, ne relevait pas seulement de l'impolitesse la plus pure. C'était faire preuve d'une rusticité que même Jean aurait reniée! Moi-même, je ne me le serais jamais permis! Pour qui se prenait-elle? Corinne Côté? Peut-être parce que mes parents m'ont élevé de cette manière, ou peut-être parce que je croyais simplement que René Lévesque, même avant qu'il devienne premier ministre, commandait plus de respect, je n'en revenais tout simplement pas que quelqu'un se permette de parler de cet homme-là comme s'il avait été le voisin en train de tondre sa pelouse en bedaine. Adrien était comme moi et je me souviens l'avoir déjà vu enguirlander un de mes collègues lorsque celui-ci avait parlé de Pierre Trudeau, premier ministre du Canada, en l'appelant Pete. Le collègue en question l'avait regardé comme si Adrien sortait tout droit d'un couvent. Certains croyaient que nous étions coincés — pour ne pas dire constipés. À eux, j'ai toujours préféré répondre que c'était plutôt parce que nos mères nous avaient bien élevés.

Fin de la parenthèse.

Alors que les gens présents au bureau célébraient l'arrivée prochaine de Jacques Parizeau au PQ — « Il a travaillé avec Johnson pis Lesage ; on va peut-être arrêter de se faire traiter de poètes ! » —, Adrien, souriant à pleines dents, encensait Alice comme si elle était la seule raison derrière l'arrivée prochaine de l'économiste.

« Est-tu bonne, han ? répétait-il à qui voulait bien l'entendre. Ça se peut-tu, intelligente de même ! »

Et alors que les autres continuaient de discuter des bienfaits, selon eux, qu'allait avoir l'arrivée de Parizeau sur le score du PQ aux prochaines élections, Alice regardait Adrien la vanter à tous les vents en secouant la tête, subitement fatiguée de ce jeu qu'elle le savait ne pas jouer mais qui lui laissait tout de même la sensation que tel était bien le cas.

C'était maintenant clair aux yeux de tous : ils s'aimaient. Profondément. Et Alice n'aurait pas demandé mieux que de passer ses journées à le démontrer à Adrien. Mais lui ne bougeait pas, regardant Alice en faisant du surplace, se balançant sur ses deux pieds de gauche à droite comme quelqu'un devant pisser de toute urgence.

Adrien n'aurait eu qu'un pas à faire, qu'un mot à dire et il aurait été bien. Trop bien, probablement, selon ses propres critères de bonheur. Et Alice commençait à s'impatienter. Qui pouvait l'en blâmer ?

En terminant, je voudrais prendre deux minutes pour changer de sujet et parler d'autre chose. Rien d'important, rien qui vint changer le cours de l'histoire mais qui revêt, pour moi, une signification particulière.

Plusieurs semaines après l'annonce d'Alice, un collègue d'Adrien était assis sur une chaise, les deux pieds sur son bureau, lisant son journal d'un œil distrait. Puis, tout d'un coup, l'attention du collègue fut attirée par un article portant sur Patrick, qui venait de se faire arrêter pour trouble à la paix publique et incitation à la violence pour la troisième ou quatrième fois en l'espace de quelques mois. Dans un paragraphe comportant quelques notes biographiques, le journaliste avait écrit que Patrick était né et avait grandi sur la rue de la Visitation, en plein cœur du bas de la ville. Le collègue porta soudainement son regard en direction de mon ami.

« Adrien ?…

— Quoi ?

— Je suis en train de lire un article sur le débile à Flynn, dans le journal. Il vient encore de se faire arrêter. C'est écrit ici qu'il vient du faubourg à mélasse. Rue de la Visitation… Tu viens de ce coin-là, toi. Le connais-tu ? »

Lorsque son collègue l'avait interpellé, Adrien était plongé dans des études de comté en vue des élections qui s'annonçaient pour le printemps 1970. Et s'il avait figé à la mention du nom de Patrick, qui faisait de plus en plus parler de lui dans les journaux et aux bulletins télévisés, il s'efforça de ne pas lever les yeux. Qu'aurait-il dû répondre, exactement ? Je n'ai pas à me faire rappeler que je suis mal placé pour répondre à cette question. Et de ce que j'en savais, René Lévesque avait une sainte horreur des radicaux, ce que Patrick était devenu, et Adrien aurait à coup sûr mal paru, aux yeux de son patron, si celui-ci avait su que l'un de ses conseillers comptait Patrick Flynn parmi ses bons amis. Mais, au fond, est-ce que c'était toujours le cas ? Est-ce qu'Adrien connaissait réellement le Patrick qui était revenu d'Afrique ? Leur dernière rencontre, alors qu'Adrien était généreusement allé payer la caution de Patrick et Judith, remontait déjà à un bon moment. Les rapports entre eux, au bord de la congélation, ne ressemblaient plus du tout aux liens fraternels qui nous avaient unis pendant nos années de jeunesse. Et lorsqu'il répondit enfin à la question de son collègue, Adrien choisit de jouer avec les mots, d'être honnête à l'intérieur des limites d'une réalité qui se voulait floue, pour ne pas dire inexistante.

« On est allé à la petite école ensemble mais c'est tout. Je le connais pas. C'est grand, le bas de la ville. »

Pas plus de trente secondes plus tard, malgré les dons pour la sémantique dont il venait de faire preuve, Adrien fut aux prises avec une cuisante impression d'avoir renié son propre frère.

Sincèrement, je n'ai pas raconté cette histoire pour paraître condescendant et pour démontrer que j'étais meilleur qu'Adrien. Je jure que ce n'est pas le cas. En racontant cette infime partie de sa vie, je ne cherchais qu'à démontrer qu'Adrien et moi n'étions pas si différents, après tout.

## 18
## Adrien... à propos de Paul-Émile

J'ai déjà parlé de mon très grand intérêt pour les biographies. Celles d'hommes et de femmes d'État, en particulier. Sans vouloir me vanter, j'ai lu à peu près tout ce qui a pu s'écrire sur John Quincy Adams, Indira Gandhi, Golda Meir, William Lyon Mackenzie King et, bien sûr, René Lévesque. Je n'ai jamais pu comprendre pourquoi Maurice Duplessis faisait un fou de lui en étalant sa fierté de n'avoir jamais lu un livre de sa vie et, à l'époque, probablement par peur de devenir aussi inculte que lui, je m'étais mis à admirer avec fanatisme les gens ayant une très grande éducation. D'où mon énorme respect pour un personnage comme John Quincy Adams, par exemple, qui fut selon moi le président le plus intelligent — dans le sens d'intellect — de toute l'histoire des États-Unis.

Mais ce que j'aimais apprendre en lisant sur eux — à l'exception de monsieur Lévesque, bien sûr, que j'ai côtoyé pendant des années — ne relevait pas autant des actions qui les ont fait passer à l'histoire que des parties plus anonymes de leur vie les ayant emmenés là où ils se sont rendus. Le décès de la mère d'Hitler, par exemple. Ou encore, la relation tendue entre Bush père et Bush fils. Selon moi, les anecdotes sont souvent plus révélatrices de la nature profonde d'un être humain que si l'on ne s'attarde qu'aux grandes lignes de son existence. Là-dessus, je rejoignais complètement Patrick, qui ne fut jamais très intéressé par la facilité et l'évidence. Qu'un tel ou une telle se trouve en haut de la pyramide ne m'intéresse absolument pas. Le trajet emprunté pour s'y rendre, par contre, est bien plus digne de mention, à mon avis.

Paul-Émile, pour sa part, se trouvait bien en selle au sommet depuis déjà un bon moment. Bien placé dans la hiérarchie d'un parti au pouvoir, estimé par ses pairs, il voguait bien tranquillement en invitant sur son bateau des hauts dignitaires et élus de toutes sortes qui acceptaient joyeusement de converser et de se faire photographier avec celui que certains considéraient comme la personne non élue la plus puissante au Canada. Et le dernier en lice à rappliquer se nommait Benjamin Briar Quinlen, ambassadeur des États-Unis au Canada et candidat malheureux à l'investiture républicaine en 1952 et 1964. Pourtant... Avec des initiales pareilles, le pauvre aurait dû se douter que ses chances d'être élu président étaient condamnées dès le départ. FDR avait du panache. JFK, de la prestance. BBQ n'inspirait que des blagues plates qui firent, d'ailleurs, leur apparition assez rapidement un peu partout. À la suite de sa retentissante défaite lors des primaires du New Hampshire en 1952, plusieurs journaux avaient, entre autres, titré à la une : *BBQ : He's Toast.* Ou encore : *BBQ : Well Done, Medium, or Rare? New Hampshire doesn't care!* Après une autre tentative en 1964, qui ne s'avéra pas bien plus glorieuse qu'en 1952, le pauvre homme s'était rabattu sur un poste de diplomate qui le mena, éventuellement, à Ottawa.

« *Mr. Marchand, it appears to me that your country is in very deep trouble.*[15]

— *How so?*

— *Well, for one, I don't think that the separatist movement will fade away, like Prime Minister Trudeau and*

---

15  Les dialogues entre Paul-Émile et l'Ambassadeur ont été écrits en anglais par souci d'authenticité. Une version traduite de ces dialogues se trouve à la fin du roman, aux pages 332 et 333.

*yourself probably believe. This Lévesque guy... I strongly think he represents a threat to the unity of this country. »*

Les cocktails m'ont toujours joyeusement emmerdé. Les 5 à 7 m'ennuient au point de vouloir me balancer devant un train. Les soirées officielles, encore aujourd'hui, font pousser en moi des envies irrésistibles de roulette russe. La même chose valait pour Paul-Émile. Seulement, il était beaucoup plus doué que moi pour le camoufler. Et cette fois-ci, il le camoufla en expliquant à l'ambassadeur Quinlen que les Québécois comprenaient l'importance de garder le Canada uni, ne serait-ce que pour mieux résister à l'influence américaine. L'ambassadeur avait ri.

*« You're quick on your toes, Mr. Marchand. And may I say your wife is looking absolutely stunning, tonight. »*

Si l'on ne s'attardait que sur la partie se situant entre les épaules et le cuir chevelu, alors oui, Mireille était d'une beauté resplendissante. La robe qu'elle portait ce soir-là, par contre, ne lui allait pas du tout. Le vert olive ayant toujours donné à sa femme des airs de phase terminale, Paul-Émile aurait dû savoir, lorsqu'il fit cadeau de la robe à Mireille, que celle-ci lui irait aussi bien qu'un sarrau de chirurgien. La même robe, par contre, aurait convenu comme un gant à Suzanne.

*« Mireille, you remember Mr. Benjamin Briar Quinlen, US ambassador to Canada...*

*— Of course. How do you do, Mr. Ambassador ?*

*— Please... Call me Benjamin. And may I say you look absolutely wonderful tonight.*

*— Well, thank you. That's very flattering of you.*

*— I'd like to introduce you to my wife, but I don't know where the poor thing is.*

— *Perhaps later*, coupa Paul-Émile. *Prime Minister Trudeau has just arrived.* »

L'ambassadeur partit en saluant Mireille de la tête alors que Paul-Émile, sur les traces de BBQ, ne la regarda même pas, la laissant seule et frustrée. Celle-ci, d'ailleurs, se demandait pourquoi elle avait accepté de venir perdre son temps à faire comme si elle et son époux formaient un couple uni alors que ce n'était manifestement pas le cas.

Et puis, tout à coup, quelqu'un fit son apparition auprès de Mireille, semblant être arrivé tout à fait de nulle part.

« T'as l'air d'avoir autant de *fun* que moi. »

Pendant un bon moment, Mireille se demandera d'ailleurs si cette rencontre ne fut pas uniquement le fruit de son imagination. Comme si son subconscient avait voulu lui faire comprendre qu'il était plus que temps, pour elle, de songer à se bâtir une vie ailleurs.

Étonnée, Mireille se retourna et aperçut une toute petite femme, visiblement en état d'ivresse avancée qui reluquait sérieusement le verre de martini qu'elle tenait entre ses mains. La dame, qui parlait avec un fort accent anglais, semblait âgée d'une soixantaine d'années, mais personne n'aurait été surpris d'apprendre qu'elle en avait en réalité dix de moins. Le teint de son visage semblait trop éteint et les rides, trop profondes pour ne pas supposer que l'alcool n'ait joué aucun rôle dans son apparence. Mireille en fut instantanément rebutée.

« Je vous demande pardon ? demanda-t-elle.

— T'as l'air aussi contente que moi de te trouver ici, ce soir. Et aurais-tu la bonté, *darling*, d'aller au bar me chercher un verre comme le tien ? J'irais bien moi-même, mais mon valeureux *husband* a dit aux *barmen* qu'ils n'avaient pas le droit de me servir. Non, mais !… Ça prend-tu un *bastard* !

— Heu...

— *Come on! Come on!* Va m'en chercher un et toi et moi, on portera un toast à cette soirée: la plus plate de toutes les soirées plates d'un pays plate comme le Canada. *Cheers!* »

J'ignore comment Mireille s'y est prise pour ne pas rire, même un tout petit peu. L'embarras, sans doute. Ou tout simplement parce qu'elle avait davantage le sens du décorum que moi, qui ne fus jamais doué pour ne pas rire dans les moments où je savais parfaitement devoir me retenir.

« Vous êtes qui, vous ? demanda doucement Mireille, tenant entre ses mains un verre de martini à moitié plein.

— Moi, je suis la *poor thing*. Tu sais, celle à qui Benji voulait te présenter ?...

— Vous êtes l'épouse de l'ambassadeur Quinlen ?

— *In the flesh!* Je m'appelle Veronica. Vodka, pour les intimes. Tu peux quand même m'appeler comme tu veux. Gertrude... Tallulah... *Anything you want, dear, I don't care.* Dis donc, ma belle, si ça te tente pas d'aller au bar, *fine by me.* Pourrais-tu, au moins, avoir l'amabilité de me donner ton verre de martini ? J'irais bien m'en chercher un moi-même, mais si le *barman* me voit arriver, il va se mettre à japper. »

La pauvre Mireille essaya de gagner du temps en cherchant des yeux l'ambassadeur Quinlen pour qu'il vienne récupérer son épouse. Malheureusement pour Mireille, l'ambassadeur semblait avoir complètement disparu de la surface de la Terre tandis que la splendide Veronica peinait, visiblement, à se tenir debout.

« Votre mari vous cherchait, tout à l'heure. Il voulait vous présenter à...

— *Bullshit! My dearest husband...* a jamais eu l'intention de me présenter à personne. Il pouvait pas me manquer : j'étais à côté du bar ! Impossible qu'il ne m'ait pas vue ! Benji m'a ignorée parce qu'il a honte de moi. *It's as simple as that.* »

Dans un élan qui ne pouvait être rien d'autre que de la pitié, Mireille s'approcha de la pauvre madame Quinlen, en danger de se retrouver à quatre pattes, pour l'empêcher de tomber. Si l'ambassadeur avait voulu fermer les portes du bar à son épouse, il était clair que celle-ci avait réussi à forcer la serrure en quelques occasions au cours de la soirée.

« Vous allez venir avec moi, lui dit Mireille. On va aller à la salle de bains, pis vous allez vous rafraîchir le visage. Ça va vous faire du bien.

— *No need, Honey. Really… Look at me.* Ça va prendre bien plus que de l'eau pour que je sois présentable.

— Ça peut pas nuire. »

Mais madame Quinlen ne voulait pas aller à la salle de bains pour se rafraîchir. Madame Quinlen voulait demeurer près du bar et paniquait véritablement à l'idée de le perdre de vue. Alors elle chercha un moyen de gagner du temps, ne faisant qu'ajouter au pathétique de sa situation.

« Je… J'ai pas besoin de te voir jouer à la mère avec moi ! *If you want to get rid of me*, ou si tu es trop gênée pour être vue avec moi, aie au moins la franchise de le dire !

— C'est pas ça, répondit Mireille sans trop de conviction. Vous avez de la misère à tenir sur vos deux jambes. Je veux juste vous aider, c'est tout.

— Si tu veux m'aider pour vrai, donne-moi ton verre de martini.

— Non. Venez avec moi. Vous avez besoin de dégriser un peu. »

Madame Quinlen, puant l'alcool comme si elle avait été elle-même un fond de tonneau, signala à Mireille qu'elle ne s'en allait nulle part. Et ce fut à partir de ce moment, très exactement, que la rencontre improbable entre ces deux femmes se mit à avoir de sérieuses répercussions sur la vie conjugale de Paul-Émile.

« J'haïs ça, moi, le *human interest* ! Pis t'es qui, toi, pour me prendre en pitié ? Si tu penses que tu es mieux que moi !... Toute la soirée, je te regardais, toute seule dans ton coin, pendant que ton *husband* faisait le beau avec le mien ! *Good Lord !* C'était comme de me revoir à trente ans ! Penses-tu que je suis née avec le goulot d'une bouteille de vodka dans la bouche ? J'ai pas toujours eu l'air d'une *poor old pathetic drunk, you know* ? Tu sais ce que j'étais avant mon mariage ? *I was a Broadway actress ! That's right, girlfriend ! The Great White Way !* J'étais membre du *original cast* de *Anything Goes* ! J'étais aussi belle que toi, tu l'es maintenant ! *Probably even more so !* Mais un jour, j'ai eu le malheur de rencontrer Benji, qui m'a promis la lune, la Terre, et tout le reste du système solaire !

— Pourriez-vous baisser le ton, un peu ? Les gens nous regardent...

— *I don't give a shit !* Je vais finir de dire ce que j'ai à dire ! »

À ce stade-ci, Mireille ne désirait rien d'autre que Veronica Quinlen, dans toute son ivrognerie, disparaisse sur le coup de minuit, comme si elle avait été une version éméchée de Cendrillon. Pas seulement parce qu'elle était embarrassée mais plutôt parce qu'elle était anxieuse de ne plus être sous l'impression de se regarder dans un miroir lui indiquant à quoi elle ressemblerait au même âge.

Peine perdue. Veronica Quinlen ne voulait plus se taire.

« *I quit my career on Broadway!* Et j'ai marié monsieur Benjamin Briar Quinlen sans savoir que lui, ce qu'il voulait, c'était d'avoir une belle femme à montrer parce que quand tu veux devenir *president*, ça aide pas beaucoup d'être un habitué des bordels de la ville de New York. Mais ça, *of course*, je l'ai appris seulement après le *honeymoon*. Je l'aimais, moi, et lui, il aimait ses putains du bordel! Et que penses-tu que j'ai fait, après ça? J'aurais pu divorcer. *I could've revived my career and go back to Broadway!* Mais non! *What do you think?* Ce ne paraît peut-être pas, comme ça, mais je me suis cultivée. Je me suis dit qu'il allait m'aimer si je devenais la parfaite *wife* pour un *president*! J'ai appris les bonnes manières. J'ai appris à parler français, *español* et *italiano*. J'ai même appris tout ce qu'il y avait à apprendre sur la politique américaine! *The Congress!... The Senate!... You name it!* Je me suis complètement effacée! Pouf! Et tout ça pour quoi? Pour rien. *Absolutely nothing!* Hot Dog se souvenait qu'il était marié quand je lui servais à quelque chose. Sinon, il ne me saluait même pas quand il partait pour le travail, le matin. *And you know what's the funniest thing?* Il a jamais eu l'ombre d'une chance de devenir *president*! S'il en avait eu, penses-tu sérieusement qu'il perdrait son temps à Ottawa? Eisenhower[16]... Nixon[17]... Ils sont tous passés avant lui. Le parti a même choisi *poor* Barry Goldwater[18] au lieu de mon *buffoon of a husband*! Alors

---

16  Dwight Eisenhower: président américain, de 1952 à 1960, élu sous la bannière du parti républicain.
17  Richard Nixon: vice-président sous Eisenhower de 1952 à 1960 et président élu sous la bannière républicaine, de 1968 jusqu'à sa démission en 1974.
18  Barry Goldwater: sénateur républicain, il fut le candidat défait à la présidence en 1964.

moi, je ne lui sers plus à rien. *And in Washington, when you're a nobody, there's nothing else to do but drink until you drop dead.*»

Malgré le cours d'histoire récente des États-Unis que Veronica Quinlen lui donnait, Mireille n'arrivait à voir rien d'autre, en l'écoutant parler, que son propre visage le jour où, après l'appel logé au fleuriste, elle comprit que Paul-Émile la trompait.

— Tu sais comment je suis venue ici? En taxi! Benji ne m'avait même pas dit qu'il y avait un party! Avant, au moins, je pouvais sortir de ma niche pour l'accompagner dans des bals, des campagnes électorales… Maintenant, je n'ai même plus droit à ça. *But I wanted to come over, anyway.* Juste pour l'enrager. Pour l'humilier. Juste pour avoir la joie de tourner le fer dans la plaie, un peu plus!»

L'ambassadeur, subitement revenu d'on ne sait où et accompagné de Paul-Émile, se dirigea à grands pas vers madame Quinlen et Mireille. Celle-ci, par contre, ne s'aperçut même pas de leur présence, trop paralysée par cette horrible impression de s'être fait révéler son avenir par une sinistre diseuse de bonne aventure. Comme si elle s'était retrouvée dans une mauvaise parodie d'une publicité de Liberté 55.

Lorsque l'ambassadeur Quinlen prit le bras de son épouse — de manière assez brusque, d'ailleurs — pour la ramener chez elle, celle-ci ne dit rien, se contentant de dévisager longuement Mireille, comme si elle avait tenu à lui donner un avertissement; comme si elle avait voulu la pousser à partir pour qu'elle puisse enfin, même seulement par procuration, espérer autre chose de sa vie que de quêter des verres de martini dans des soirées où elle n'était pas la bienvenue. Ce regard, Mireille allait le traîner avec elle pour le reste de ses jours.

« Ça va ? lui demanda Paul-Émile, la main sur son épaule. Qu'est-ce qu'elle te voulait, au juste ? »

Mireille ne répondit pas, avançant un peu vers l'avant pour que Paul-Émile ne soit plus en mesure de la toucher. Elle ne le sut pas immédiatement, mais ces petits pas allaient marquer un tournant définitif dans sa vie.

Mireille ne mettrait pas fin à son mariage immédiatement. Pas encore. Mais sa rencontre avec Veronica Quinlen la força à toucher enfin le fond du baril, même si ce n'était qu'avec son petit orteil, et l'obligea à voir ce qu'elle risquait de devenir si elle ne trouvait pas la force de se définir autrement que par cette épouse abandonnée qu'elle était devenue. Qu'elle avait toujours été, en fait.

À partir de ce moment, elle ne pouvait plus que remonter.

Je n'ai jamais su ce qu'était devenue Veronica Quinlen. Paul-Émile non plus, d'ailleurs. Pour lui, comme pour tous les autres présents à cette soirée, l'épouse de l'ambassadeur américain ne fut rien d'autre qu'une extraordinaire source de potins ; une loque humaine provoquant rire ou pitié sur son passage. Une anecdote comme j'aimais en lire dans des biographies.

Dans la vie de Mireille, par contre, Veronica Quinlen fut tout sauf une anecdote.

# Chapitre II
## *1970*

### 1
### Paul-Émile... à propos d'Adrien

Bon. Je vais en avoir pour un bout de temps, ici, à raconter ce qui s'est passé. Tellement que j'ignore par où commencer. Je sais que je dois parler d'Adrien... Je sais que je dois parler d'Alice... Seulement, il n'y a que Claire et Daniel qui me viennent à l'esprit. Peut-être parce qu'en bout de ligne, si l'on prend la peine d'analyser les choses froidement, c'est surtout d'eux dont il s'agit. En plus des gestes posés par leur père, par amour pour eux.

J'ai souvent observé des couples qui considéraient leur vie à deux comme un projet, presque comme un investissement, et qui voyaient leurs enfants comme des valeurs ajoutées visant à faire hausser leur pourcentage de taux de réussite. Si bien que lorsque le couple en question se trouvait dans l'obligation de déclarer faillite, les enfants devenaient un fardeau, de la marchandise restante à liquider, personnifiant un échec que les parents ne voulaient pas avoir à se rappeler. Dépourvus de pertinence, ces enfants se trouvaient alors mis sur la voie de garage, barouettés entre un père et une mère qui rechignaient à se faire rappeler ce qui n'existait plus.

Loin de moi l'idée d'affirmer que le portrait ici dressé est celui de toutes les familles reconstituées mais j'en ai vu beaucoup pour qui cette situation prévalait. Et Adrien craignait comme la peste de faire partie du lot.

Ce qui m'amène ici à parler de sa relation avec Alice.

Qui n'allait toujours nulle part. À son grand dam à elle, évidemment.

Au printemps 1970, alors que le Québec nageait en pleine campagne électorale, Adrien et Alice passaient le plus clair de leur temps ensemble, travaillant comme des forcenés pour essayer de faire élire le plus grand nombre de députés péquistes possible et Alice en était rendue à mordre dans son dossier de chaise à force de se retenir pour ne pas sauter sur Adrien. Et lui, pauvre innocent, faisait semblant de ne rien voir, de ne rien ressentir et continuait de traiter Alice comme si elle était son compagnon de chasse. Pourquoi ? La réponse suivra sous peu.

Mais comme chaque humain est doté d'une patience ayant ses limites, Alice commençait à en avoir soupé des niaiseries d'Adrien. Elle eut l'occasion de le lui faire savoir le soir du 29 avril, après avoir appris que le PQ avait réussi à faire élire seulement sept députés.

« C'est pas juste ! se désola-t-elle en secouant la tête, ce qui lui donnait des airs d'enfant gâtée. Travailler aussi fort pour presque rien ! Maudit que c'est pas juste ! »

Bon. Loin de moi l'idée de vouloir sonner condescendant. Comme je l'ai déjà dit, à part pour ses opinions indépendantistes, je n'avais rien contre Alice. Mais elle s'attendait à quoi, au juste ? Le PQ en était à ses premières élections. À VIE ! Elle n'espérait quand même pas qu'il forme le prochain gouvernement ! Ses sept députés, elle pouvait se considérer chanceuse de les avoir.

« Pleure pas comme ça, la consola Adrien doucement. Si on tient compte du vote substantiel, on a de maudites bonnes raisons d'être fier. Aïe ! On s'enligne pour avoir vingt-trois pour cent des suffrages !... C'est pas rien ! »

Adrien n'avait pas tort. Surtout en considérant que le PQ était un parti souverainiste.

«Lâche-moi avec le vote substantiel, OK, Adrien? C'est pas ça qui fait élire un gouvernement.

— Alice... Tu t'attendais quand même pas à ce qu'on casse la baraque à notre première campagne électorale... T'es pas naïve... Tu le sais que ça marche pas comme ça.

— Je suis pas niaiseuse, Adrien. Je m'attendais pas à un gouvernement majoritaire! Mais sept députés... SEPT! Pis quand je pense que René a même pas été élu...

— ...

— J'ai pas mis ma santé en jeu pendant plus d'un an, à dormir quatre heures par nuit pis à carburer à'pizza moisie pour me retrouver avec un résultat minable de sept députés à Québec!

— Tout le monde a travaillé fort, Alice. Pas juste toi. Pis y'a des gens ici, dont moi, qui travaillent pour faire l'indépendance depuis beaucoup plus qu'un an et demi. Ça fait que notre vingt-trois pour cent du vote y'a personne ici qui va cracher dessus.»

Là-dessus, Alice et moi étions assez semblables. Pour l'un comme pour l'autre, un chat était un chat, point à la ligne. Et une victoire morale, malgré le bon vouloir de toutes les meneuses de claques d'Amérique du Nord, n'était rien d'autre que de la rhétorique visant à cacher une défaite. Cuisante, la plupart du temps. Bien franchement, je n'ai jamais été en mesure de comprendre une telle attitude. Personne ne pourra me faire croire que le sourire forcé de Richard Nixon après sa défaite en 1960, alors qu'il était convaincu que le vieux Joe Kennedy avait volé l'élection pour en faire cadeau à son fils, lui donna un air plus brillant que s'il s'était permis d'exprimer son indignation en public. Et cela constitue, d'ailleurs, l'une des raisons — la principale étant mon manque lamentable de charisme — pourquoi je n'ai jamais voulu me faire élire pour quoi que ce soit. Me connaissant, j'aurais eu beaucoup de difficultés à me retenir pour ne pas exploser quand l'envie m'en aurait pris. Tout comme j'aurais eu beaucoup de difficultés, comme ce fut le cas avec Alice, à faire semblant de voir le verre à moitié plein après la volée mangée par le PQ en 1970.

Pour Alice, le fla-fla entourant une victoire morale signifia toujours un grave manque de respect. Que je pouvais comprendre, soit dit en passant. Il est vrai qu'il y a quelque chose de franchement indécent à voir un candidat défait, souriant comme si de rien n'était, essayant de maquiller un échec en une quelconque victoire alors que les deux tiers de son équipe se trouvaient en coulisse, occupés à rager, à pleurer et à remettre leur CV à jour. Alice, elle, n'avait aucune envie de faire semblant. Surtout qu'Adrien ne faisait rien pour l'empêcher de pleurer…

« C'est ben beau, ton discours, Adrien. Mais je sais pas si ça me tente de continuer à brûler la chandelle par les deux bouts jusqu'aux prochaines élections. Les victoires morales, moi, je suis pas ben forte là-dessus.

— Qu'est-ce que tu veux dire ?

— J'ai reçu l'appel d'un ami qui travaille à l'Université Cornell. Il m'offre d'aller enseigner là-bas. »

Sur le coup, Adrien n'a pas réagi. N'a pas compris. Il est demeuré immobile, regardant Alice d'un air presque condescendant, comme si elle venait de sortir la pire des inepties. À ce moment-ci, je dirais presque qu'Adrien avait des airs de moi.

« Franchement… Qu'est-ce que tu vas aller faire à

Cornell, Alice? Enseigner les tendances électorales de l'Iowa entre 1846 pis 1860? Voyons donc! Tu carbures à la politique! Ta place est ici, tu le sais autant que moi.»

En cet instant, Adrien eut l'air aussi niais que le jour où Denise lui annonça qu'elle était enceinte. Presque dix ans avaient passé. Pourtant, il était toujours aussi inculte dans l'art de parler aux femmes.

«On a travaillé tellement fort pendant la campagne, répliqua Alice, pis pour presque rien que je sais pas si je me sens assez forte pour tenir le coup pendant quatre ans, avant de replonger dans une autre campagne qui va peut-être nous mener au même résultat. Je carbure à la politique, c'est vrai. Mais je me sentirai tout aussi bien à l'enseigner pis à faire des recherches. J'ai pas nécessairement besoin d'avoir les deux pieds dedans.»

Adrien aurait dû comprendre: il était en train de la perdre. Alice ne voulait plus attendre qu'il se décide à venir vers elle. Pourtant, il ne bougeait toujours pas. En fait, je crois qu'il comprenait ce qui était en train de se passer; je crois qu'il comprenait ce qu'elle signifiait pour lui mais l'ampleur du choix qu'il aurait à faire le paralysait et, par le fait même, l'éloignait encore plus d'Alice. Seulement, il n'y avait aucune décision à prendre. Ses grands dilemmes, ses tergiversations… Tout ça n'était rien d'autre que le fruit de son imagination.

«Donne-moi donc une seule bonne raison pourquoi je devrais pas accepter ce poste-là, Adrien. On vient de se faire torcher aux élections pis ça fait quasiment un an et demi que tu fais semblant de pas voir que je t'aime comme une folle! Une fille a ses limites. Pis moi, je viens d'atteindre les miennes.»

Alors, voilà. Les cartes étaient enfin sur table et Adrien

ne pouvait plus faire comme s'il ne voyait rien. Ou comme si Alice n'était rien d'autre qu'un compère de taverne. Elle l'aimait. Lui aussi, l'aimait. Et un choix — un vrai, celui-là — s'offrait à lui: ou bien il continuait de se mettre la tête dans le sable et Alice partait pour Cornell, ou bien il agissait intelligemment en la gardant près de lui.

Adrien a agi intelligemment.

Le lendemain matin, Adrien se présenta chez Alice, penaud, la suppliant de ne pas partir. Souriant doucement, Alice le fit entrer dans la maison et Adrien n'en ressortit que deux jours plus tard, histoire d'aller chercher des vêtements de rechange, une brosse à dents et son rasoir électrique. Leur histoire d'amour venait de débuter pour de bon. Au grand bonheur de leurs collègues de la permanence, d'ailleurs, qui venaient enfin de trouver un fond de vérité aux ragots colportés depuis des mois.

Alice fut bien accueillie dans l'entourage d'Adrien, entre autres parce qu'elle le rendait visiblement heureux. Après des années de disputes incessantes avec Denise, après un mariage qui en fut un seulement parce qu'un curé avait accepté d'officialiser ce qui n'aurait jamais dû l'être, après des années perdues, passées aux côtés de quelqu'un que l'on meurt d'envie d'égorger, l'amour et la complicité unissant Alice et Adrien étaient beaux à voir. Madame Mousseau s'était d'ailleurs mise à rêver à d'autres petits-enfants, tandis que Jean jubilait à la vue de cette femme qui buvait sa bière à même la bouteille et la rotait allègrement, tout en étant le portrait craché d'une vedette de cinéma des années trente.

Adrien, pour sa part, découvrait pour la première fois de sa vie les joies d'un amour profond et sincère, vécu aux

côtés d'une femme qu'il adorait et qui partageait également les mêmes valeurs et les mêmes idéologies que lui.
Qui peut se vanter d'avoir expérimenté quelque chose de
semblable ? Tout le monde, bien sûr, a aimé dans sa vie.
Au moins une fois. Mais ceux ayant eu la chance d'aimer
en ayant la certitude d'être avec la bonne personne et en
voyant cette même certitude se nourrir d'elle-même, jour
après jour, ne sont pas légion. Adrien et Alice, eux, pouvaient se vanter d'être de ceux-là.

Soyons francs : leur vie au quotidien ne fut rien pour
écrire un roman Harlequin. Ils se levaient, déjeunaient,
partaient pour le travail et revenaient le soir, très tard.
Une routine s'établit entre eux rapidement, mais c'était
leur routine, telle qu'ils l'avaient choisie, remplie de discussions sur la politique et de repas épouvantables qu'ils
étaient les seuls à pouvoir digérer.

« Je me souviens pas d'avoir jamais vu mon fils aussi
heureux », avait d'ailleurs confié madame Mousseau,
émue, à madame Desrosiers.

Et conséquence directe de cette vie à deux aux allures
de clignotements d'yeux en accéléré : les insupportables
monologues d'Adrien, revenus en force après sa séparation d'avec Denise, étaient devenus des dialogues où lui et
Alice conversaient sans arrêt, dans une joie presque
enfantine. Cette peur du vide qui hantait Adrien depuis
l'enfance ne le quitta jamais et Alice, plutôt que d'en être
irritée comme la majorité d'entre nous, comprit rapidement que le bien-être d'Adrien passait par le bruit. Et si
personne ne faisait jamais de cas de la télévision ou de la
radio, allumées presque en permanence, tous les gens de
leur entourage — dont je ne faisais pas partie à cette
époque, dois-je le rappeler ? — s'extasiaient devant la

capacité et l'enthousiasme d'Alice à discuter de sujets qui nous avaient tous plus emmerdés les uns que les autres. Reconnaissant, Adrien n'en aima Alice qu'encore plus.

Pourtant, Adrien, à l'intérieur d'une logique qu'il fut le seul à comprendre, eut la stupidité de tout foutre en l'air. Et c'est à ce moment-ci de l'histoire que Daniel et Claire, malgré eux et à leur insu, firent leur entrée en scène.

Je n'apprendrai rien à personne en affirmant qu'Adrien détestait son rôle de père à temps partiel. Paniqué à l'idée d'être pour ses enfants ce que son père fut pour lui, il vivait mal le temps passé loin d'eux et grimaçait littéralement de douleur lorsque Denise lui racontait, innocemment, qu'un enseignant avait vanté le talent d'écrivain de Daniel, ou encore que Claire avait fini par sacrer une volée à la fatigante qui lui tirait les tresses en riant pendant la récréation. Denise vivait l'histoire de ses enfants tandis qu'Adrien, lui, se la faisait raconter. Et l'amour ressenti pour Alice, au lieu de le soulager, lui donnait surtout l'impression de se trouver encore plus à l'écart de son fils et de sa fille.

Étrangement, Adrien prit la décision définitive de retourner sur la rue Robert au moment précis où il prit conscience qu'Alice était la femme de sa vie. En s'engageant auprès d'elle comme il aurait voulu le faire, Adrien comprenait aussi qu'il s'enlevait définitivement l'option de retourner en arrière et d'être autre chose, pour ses enfants, que ce passant qu'il voyait lorsqu'il se regardait dans le miroir.

Cette idée, pour Adrien, fut insupportable.

Avec le recul, je demeure ébahi par le fait que personne, dans son entourage, n'ait jugé bon de lui faire comprendre à quel point sa décision de retourner à Saint-

Léonard était d'un égoïsme révoltant. En choisissant de faire marche arrière, il brisait non seulement le cœur d'Alice mais il venait également foutre en l'air la vie que Denise s'était bâtie depuis deux ans. Et surtout, il remettait un garçon et une fillette au milieu d'un champ de bataille, alors que ceux-ci avaient appris à vivre pleinement leur armistice. Tout ça parce qu'Adrien ne sut jamais faire la paix avec son enfance.

Je ne suis pas parfait. Loin de là. Et je serai le premier à admettre que j'ai blessé bien des gens dans ma vie. Mais je me réserve tout de même le droit de pointer du doigt et de rire d'un lâche lorsque j'en vois un. Et Adrien, à cette période de sa vie, méritait amplement mon mépris.

Au moins, il finit par faire preuve de lucidité et en vint à regretter sa décision. Mais pas avant longtemps. Et pas avant qu'il ne soit mis, une fois de plus, en position où il ne put rien faire d'autre que de réagir.

Désolant…

## 2
## Jean… à propos de Patrick

« Donne-moi donc ton adresse ! J'aurais deux mots à dire à mon frère ! »

Presque quarante ans plus tard, le souvenir de Teresa Flynn Healy se tenant debout dans mon bureau, enceinte jusqu'aux oreilles, reste d'une précision un peu trop hallucinante à mon goût.

« Pourrais-tu sortir, s'il te plaît ? lui demandai-je de ma voix la plus suave. Je viens de payer une fortune pour l'installation d'un nouveau tapis pis je la trouverais pas drôle si tes eaux crevaient dans mon bureau. Ça fait que si tu voulais aller pondre ton petit ailleurs, je t'en serais reconnaissant.

— Je veux savoir où est mon frère pis je partirai pas d'ici tant que tu m'auras pas dit où il est.

— C'est fou, Teresa, comme tu ressembles de plus en plus à ta mère en vieillissant. Pis comprends-moi bien : c'est loin d'être un compliment que je te fais là. »

S'il y avait bien une chose — une seule ! — que j'avais en commun avec la truculente Teresa, c'était l'idée plutôt médiocre que nous nous faisions de l'humain en général et j'avais peine à croire qu'elle avait, en elle, suffisamment d'optimisme pour donner naissance à un enfant dans le monde de fous dans lequel nous vivions. Surtout qu'avoir Teresa Flynn comme mère était, en soi, suffisant pour décourager qui que ce soit de la race humaine. Je le jure, si son petit était mort-né, j'aurais cru à un suicide !

« Maître Taillon, me demanda maman Muriel, voulez-vous que j'appelle la sécurité ?

— Non, Muriel. Je vous remercie. Je m'en occupe. »

Je me trompe peut-être mais j'aurais juré que Teresa était déçue de ne pas voir arriver une armoire à glace de trois cents livres qui aurait essayé de la sortir de force. Elle aimait le combat et n'était vraiment en paix que lorsqu'elle se battait avec quelqu'un. J'imagine que cela devait lui rappeler son enfance… Et à défaut de ne pouvoir lutter avec un agent de sécurité ayant des airs de Hulk, Teresa choisit de se rabattre sur son prix de consolation : moi.

« Wow ! s'exclama-t-elle d'un ton sarcastique. Une secrétaire dévouée, ton propre cabinet d'avocat… Qui aurait pensé que le petit Taillon qui se saoulait au gin à dix ans serait devenu ce qu'il est aujourd'hui. Déjà, la pègre voyait ton potentiel.

— Ben oui… Pis qui aurait pensé, un jour, que le vilain petit canard de la rue de la Visitation trouverait quelqu'un pour l'engrosser. Parce que, soyons francs : t'as vraiment rien d'un cygne. »

Ce n'était pas très subtil, j'en conviens. C'était même un peu méchant, aussi. Mais quitte à se taper une joute de lutte, aussi bien la gagner d'un saut de la troisième corde.

« Je t'ai demandé ton adresse, poursuivit Teresa. Je veux parler à mon frère.

— Ton frère vit pus chez nous. Ça fait des mois que je l'ai pas vu. »

De toute évidence, Teresa ne me croyait pas. Elle restait là debout, les bras croisés, alors que j'espérais sincèrement que ses eaux ne viennent pas ruiner mon tapis.

« Là, Teresa, tes oreilles poilues, ouvre-les comme du monde parce que j'ai pas l'intention de me répéter : Patrick, ça fait des mois que je l'ai pas vu. Y'est déménagé sur le Plateau Mont-Royal avec une gang de yippies[19]. C'est tout ce que je sais. Pendant des semaines, j'ai essayé de le joindre mais il retournait jamais mes appels. Ton frère, j'en ai des nouvelles en lisant les journaux, comme tout le monde.

— T'as pas dû lire celui d'aujourd'hui, d'abord.

— Pourrais-tu, Teresa, arrêter de tourner autour du pot pis me parler franchement ? Tu me fais perdre mon temps. »

Je commençais sérieusement à m'impatienter. Bien franchement, j'aurais voulu voir Teresa rouler vers la porte de sortie pour qu'elle me laisse à ma routine hybride, constituée de travail et de brandy. Mais elle refusait de partir, jetant plutôt sur mon bureau une copie du *Journal de Montréal,* où une photo de la section des faits divers eut tôt fait de capter mon attention.

« Pour l'amour du Ciel !… C'est pas vrai !… »

Depuis deux ans maintenant que Patrick s'arrangeait pour faire parler de lui dans les journaux. Pour James Martin, c'était souvent le seul moyen d'avoir des nouvelles de son fils. Pour nous aussi, d'ailleurs, alors qu'une image ou un article signifiait que Patrick n'était plus en prison, même si l'article disait qu'il était sur le point d'y retourner. Pour la plupart, les journaux écrivaient que Patrick livrait des discours incitant à la violence et au soulèvement contre le gouvernement. C'est triste à dire mais avec le temps, nous avons fini par nous y habituer. Une image de Patrick entrant de force dans une voiture de police m'était devenue pratiquement aussi familière

---

19  Les yippies, dans les années soixante, représentaient une branche plus radicale du mouvement de la contre-culture.

qu'une photo de Lili, prise un soir de première, dans *Échos-Vedettes*. Jamais, au grand jamais, cependant, je n'aurais cru un jour apercevoir Patrick dans le journal, flambant nu, au beau milieu d'une cérémonie de mariage, tenant par la main sa greluche révoltée qui, pour sa part, avait délaissé ses éternels vêtements noirs pour étaler — malgré la petite bande noire — une poitrine aussi plate que velue. J'en échappai mon verre de brandy sur mon tout nouveau tapis!...

« Viens quand même pas me dire que tu savais pas?... me demanda Teresa.

— Je te jure que je savais rien. Pis pour être franc avec toi, je le sais pas ce qui me choque le plus: qu'il se soit marié à poil, ou qu'il ne nous ait pas invités, Adrien pis moi.

— Attends... C'est pas fini. Lis l'article en bas. Y'a de quoi être fier. C'est dans des moments comme ça que je suis contente que ma mère soit pus là. »

Les propos de Teresa ne tenaient pas la route. De son vivant, jamais Marie-Yvette n'aurait permis que Patrick se retrouve à poil dans le journal. Et au-delà de ça, je trouvais d'une tristesse sans nom le fait que j'aurais donné gros pour ranimer la folle du bas de la ville suffisamment longtemps pour qu'elle puisse mettre du plomb dans la tête de son fils. Tout ça en dépit du fait que je sais très bien que, sans sa mère, Patrick n'aurait jamais eu envie de jouer au yippie.

Le cercle vicieux était parfait.

Mais revenons plutôt à l'article...

« "Les activistes Patrick Flynn et Judith Léger se sont épousé hier, devant Dieu, les hommes et les journalistes sur la ferme d'un ami à Saint-Étienne-de-Bolton, dans les

Cantons-de-l'Est. Les nouveaux mariés avaient prié leurs invités de se présenter à la cérémonie vêtus dans le plus simple appareil. Ceux-ci, de toute évidence, se sont pliés à cette exigence avec joie." Aïe! Moi, ils m'auraient payé cher pour que j'aille me promener la bite à l'air, entre deux vaches qui broutent du foin!

— Continue...

— "Après la cérémonie, la jeune mariée, resplendissante, est venue expliquer aux reporters présents qu'elle les avait convoqués afin qu'ils soient témoins de cette expression d'amour dans sa forme la plus pure. Sans le chiqué que la société impose aux cérémonies occidentales, expliqua-t-elle." »

Ce que Patrick pouvait trouver à Judith, je ne l'ai jamais su.

« Écoute, Teresa... Je sais pas quoi dire. À part qu'il a complètement perdu la tête.

— Vas-tu te décider, maintenant, à me dire où il est?

— Je connais même pas l'adresse. Je sais qu'il vit sur la rue Boyer... Si je passe devant, en auto, je pourrais peut-être dire c'est où...

— Parfait. Viens avec moi.

— Regarde, Teresa... J'ai du travail.

— Je te demande une demi-heure de ton temps, Jean. Pas une seconde de plus. Je te demande même pas de m'attendre. Laisse-moi chez Patrick pis je reviendrai chez nous en taxi.

— Explique-moi donc pourquoi tu veux lui tomber dans'face, Teresa? Ça va changer quoi, exactement? Est-ce qu'il va arrêter de faire un fou de lui à la grandeur de la province? Non. Est-ce qu'il va faire annuler son mariage avec cette dinde-là? Non plus. Pis c'est pas comme si

Patrick pis toi vous étiez unis comme les deux doigts de la main, hein ?... Qu'est-ce que ça peut te faire à toi, ce qu'il lui arrive ? »

Teresa, à mon grand étonnement, n'ouvrit pas la bouche avant plusieurs secondes. Ce silence lourd, pesant, alors qu'elle caressait son ventre et qu'elle paraissait sur le point de pleurer, me la rendit presque belle. Comme si elle cherchait déjà à rassurer son enfant à propos de la dureté de la vie qui l'attendait; de la seule existence que Marie-Yvette a su lui donner et qu'elle était elle-même sur le point de transmettre à son bébé. Pour la première fois, je voyais Teresa en pure victime de sa mère. Et je ne sus pas quoi dire.

« Mon frère, j'en ai plus rien à foutre depuis longtemps. Y'aurait ben pu continuer de sécher dans'brousse parce qu'en ce qui me concerne, y'est mort en même temps que ma mère. Mais là, je suis pus capable de voir mon père éplucher les journaux tous les matins pour savoir ce qui se passe avec Patrick parce que son gars est trop sans-cœur pour lui donner des nouvelles.

— ...

— Qu'est-ce que tu penses que mon père a fait quand il a vu cette cochonnerie-là, dans le journal, à matin ?

— Je sais pas, Teresa.

— Y'est allé se cacher aux toilettes pour brailler. Les hommes comme mon père, Jean, ça pleure pas. T'es ben placé pour le savoir... Ça boit comme un trou, ça se met la tête dans le sable, ça se gèle la face, mais ça pleure pas. Patrick est en train de rendre mon père malade, Jean. Pis je peux pas accepter ça. »

Je n'ai rien dit. Je n'ai rien fait d'autre que de prendre mon veston en accompagnant Teresa vers la sortie.

« Merci, Jean. Sincèrement.

— Ouin… Pis je vais être bon prince, je vais même t'attendre au coin de la rue. Mais je veux pas que Patrick sache que c'est moi qui t'ai emmenée là. Je te jure : si tu t'ouvres la trappe, tu reviens chez vous à pied.

— Pourquoi ? Ça changerait quoi, au juste ?

— Je me sens assez Judas comme c'est là sans qu'il sache que c'est moi qui t'ai dit où tu pouvais le trouver. »

Pendant le trajet, j'ai tenté de me convaincre par tous les moyens que je n'avais trahi personne ; que Patrick méritait l'engueulade épique que Teresa lui administra, ce jour-là. Il pouvait bien se métamorphoser en Lenine, si ça lui chantait. Il pouvait venger la mort d'Agnès en traitant l'Occident d'Empire romain, s'il en avait envie. Reste que personne d'entre nous, à commencer par son pauvre père, ne méritait la douche froide qu'il nous faisait constamment subir depuis son retour du Cameroun. Pas James Martin, malgré l'étendue de sa lâcheté, et surtout pas Adrien et moi. Alors, je me suis dit que de lui envoyer Teresa, dans toute sa furieuse indignation, n'était rien d'autre que le coup de pied au cul que Patrick méritait depuis longtemps. Et pourtant, malgré tout ça, je me suis senti coupable d'avoir révélé à Teresa où Patrick habitait. Comme si j'avais moi-même livré Jésus Christ aux Romains. Peut-être parce qu'au-delà du tout nu qui en appelait au communisme, je n'arrivais jamais à voir rien d'autre que le petit cul en culotte courte avec qui Adrien, Paul-Émile et moi avions fait les quatre cents coups dans les rues du bas de la ville.

De toute façon, je me suis torturé pour absolument rien. L'ouragan Teresa fut loin de donner l'effet escompté — celle-ci se fit d'ailleurs mettre à la porte de manière assez cavalière par un *goon* vêtu en noir qui ressemblait comme deux gouttes d'eau à un Mad Dog Vachon avec des cheveux — et je ne crois pas que Patrick ait jamais su que c'était moi qui avais dit à sa sœur où il habitait. Teresa, d'ailleurs, sortit de la commune tellement en colère, tellement sur le point d'exploser que j'étais convaincu qu'elle allait pondre son petit sur le siège avant de ma voiture. J'ai même brûlé deux ou trois feux rouges pour m'éviter de laver des taches de placenta mais Teresa, trop furieuse, ne s'aperçut heureusement de rien.

« Je vais être franche avec toi, Taillon ! Entre vous deux, je sais pas qui est le plus niaiseux : mon frère pour s'être marié les fesses à l'air, ou toi pour te soucier encore de lui ! Pis fie-toi sur moi : si jamais il se retrouve un jour sur mon chemin, j'y tire une balle entre les deux yeux ! Le maudit enfant de chienne !... »

Une fois revenu au bureau, je me suis dépêché d'engloutir deux ou trois verres de brandy d'affilée. Avec ce qui venait de se passer, j'avais un pressant besoin d'oublier que, pour la première fois de ma vie, je logeais à la même enseigne que Teresa Flynn : Patrick ne ressemblait plus du tout à cet homme que je connaissais depuis toujours et bien franchement, je ne suis pas certain que j'avais envie de connaître cette nouvelle version. Qu'est-ce que ça disait à propos de notre amitié ? Qu'est-ce que ça disait de Patrick, surtout ?

# 3
## Paul-Émile... à propos d'Adrien

Un jour, dans un restaurant près de l'Université de Montréal où je travaillais, j'eus le malheur de me trouver assis à côté de trois professeurs de philosophie qui débattaient de la notion de liberté. J'en eus mal à la tête pendant des heures!... Plus je les écoutais parler, plus il était clair, pour moi, que la liberté se définissait surtout par les aspects de notre existence qui viennent la limiter. Ma mère, par exemple, voyait surtout la liberté en termes monétaires. Jean, lui, la voyait plutôt comme le moyen absolu de contourner les règles qu'il aurait dû avoir, enfant, et qu'il n'a jamais eues.

Pour Denise, la liberté se définissait en des termes plutôt anodins: écouter du Claude François — qu'Adrien détestait — à tue-tête; siroter un bon café, le soir, tandis qu'Adrien n'en buvait que le matin, à la sauvette; acheter du savon Ivory, tandis qu'Adrien n'en avait que pour le Irish Spring... En gros, elle se permettait tout ce qu'elle ne pouvait se donner auparavant. Et pendant ses années de mariage, Denise fut surtout privée d'elle-même. Tout comme Adrien, d'ailleurs...

Le jour où celui-ci annonça son retour sur la rue Robert, Denise était assise à table, occupée à choisir entre conserver sa vieille voiture, qui datait de l'époque prétélévision, et acheter un nouveau véhicule. Pour elle, la liberté, c'était surtout ça: être en mesure de prendre seule ses décisions, sans avoir à consulter qui que ce soit.

« Votre décision, je peux la prendre pour vous, lui avait dit Fernand Giroux, son mécanicien. Y'est fini, votre bazou, madame Mousseau. Arrêtez de rêver en couleurs.

— L'espoir a jamais tué personne.

— C'est pas de l'espoir, ça. C'est de l'entêtement pur et simple. Votre char, j'irais même pas me chercher une bière avec. J'aurais trop peur de me tuer.

— J'ai mon budget à considérer, Monsieur Giroux. Y'est déjà assez étiré de même sans que j'aie à l'étirer encore plus.

— Si c'est ça, le problème, arrêtez de vous inquiéter. Un de mes chums vend des chars usagés. Vous pourriez en avoir un bon pour pas cher. Je suis même prêt à y aller avec vous, si vous voulez.

— Hum… Qu'est-ce que vous entendez par "pas cher" ? »

Voilà ce qu'était la liberté pour Denise. Ce n'était pas un concept abstrait discuté par trois professeurs de philosophie ; plutôt tout simplement une vision d'un quotidien débarrassé d'Adrien ; une privation disparue mais assez fraîche en mémoire pour lui rappeler les années de sécheresse de son mariage. La liberté, pour Denise, c'était une routine où elle pouvait faire ce qu'elle voulait sans qu'Adrien vienne tout défaire en faisant le contraire.

La trêve dura deux ans.

Le jour de son retour, quand Adrien fit son entrée dans la maison, Denise n'en fit pas de cas. Comme il venait souvent saluer les enfants lorsque ceux-ci étaient avec elle, sa présence n'avait rien d'anormal.

« Denise ?…

— Attends… Je suis en train de calculer quelque chose.

— Denise, je… Je veux revenir à'maison. »

Sur le coup, Denise ne comprit pas trop où Adrien voulait en venir. Séparés depuis deux ans, tous les deux s'entendaient mieux depuis la rupture qu'au temps où ils étaient mariés. Adrien avait rencontré quelqu'un, les enfants étaient heureux… Un retour en arrière ne faisait aucun sens. Denise avait dû mal comprendre. Ou mal entendre. Ce n'était pas ça. Ça ne pouvait pas être ça. Pourquoi Adrien voudrait-il revenir à la maison ? La hache de guerre était enterrée. Et la chose à faire était de la laisser sous terre.

« De quoi tu parles ? Je comprends pas. »

Il n'y avait pourtant rien à comprendre.

Adrien, quant à lui, n'eut pas à ajouter quoi que ce soit. Son regard fuyant faisait comprendre à Denise tout ce qu'il y avait à comprendre. Et la réponse ne se fit pas attendre.

« Non, répondit-elle sèchement.

— Écoute… argumenta Adrien auprès de Denise. Je comprends que t'aies pas envie de me voir ici…

— Le mot est faible. Après deux ans, en plus…

— J'ai besoin des enfants, Denise. Je suis pus capable de les voir seulement une fin de semaine sur deux.

— Je t'ai jamais empêché de venir les voir, Adrien. Tu peux les voir quand tu veux.

— Les enfants, Denise, j'ai besoin de les voir quand ils se réveillent pis j'ai besoin de les border, le soir, quand ils s'endorment. J'ai besoin de les voir grandir. Pis j'ai besoin qu'ils sachent que je suis là pour eux autres.

— Ils le savent, que t'es là pour eux autres.

— Une fin de semaine sur deux, en plus d'un mois pendant les vacances d'été !… Ça fait deux ans que j'essaie de vivre comme ça pis je suis pus capable ! Aux yeux des enfants, je dois avoir plus l'air d'un mononc' que de leur propre père ! Les enfants, Denise, je les vois pas grandir, pis ça me tue ! Comprends-tu ? »

Justement. Denise ne voulait pas compréndre. Cela

faisait deux ans que les états d'âme d'Adrien ne la concernaient plus et elle n'était pas intéressée à les subir de nouveau.

Que faire, alors ? Adrien venait de frapper une balle qui filait à toute vitesse vers la clôture du champ gauche. La pauvre Denise ne disposait que de très peu de temps pour lui faire comprendre qu'il s'apprêtait, toutefois, à marquer contre sa propre équipe.

« Te souviens-tu, Adrien, pourquoi t'as choisi de partir ? T'étais en train de devenir comme ton père. T'étais pas bien. Les enfants étaient pas bien. Es-tu prêt à revivre ça ? Es-tu prêt à courir le risque de tous nous faire endurer ce que ton père vous a fait endurer, à toi pis à ta mère ? »

Subitement, Adrien compris qu'un autre combat — le premier en deux ans — entre lui et Denise venait de débuter. Et comme à l'époque où ces combats se déroulaient presque sur une base quotidienne, la pensée rationnelle disparaissait au profit d'un fort désir de gagner à tout prix. Alice était loin et le but de cette discussion, au fond, n'avait plus rien à voir avec Claire et Daniel. Le temps, entre Denise et Adrien, était revenu à la guerre. Et ni l'un ni l'autre ne supportait de perdre.

« Veux-tu savoir une chose, Denise ?…

— Non mais j'imagine que tu vas me la dire quand même.

— Je sais que jamais je serai comme mon père. Pour deux raisons. La première : parce que j'ai eu le *guts* de partir. Si mon père avait eu la générosité de sacrer son camp, on n'aurait pas vécu riche, ma mère pis moi, mais on aurait été beaucoup plus heureux. La deuxième raison : je serai jamais comme mon père parce que je veux revenir. J'adore mes enfants. Je peux pas vivre sans mes enfants. Pis avoir passé deux ans à les voir seulement à temps partiel m'a fait comprendre jusqu'à quel point. Pour mon père, j'ai jamais été rien d'autre qu'une nuisance. »

Si l'utilisation de son père témoigne d'un talent indéniable pour la manipulation, je n'ai tout de même pas le choix de décerner une prise à Adrien pour la faiblesse de son argument. Il fallait avoir la mémoire courte pour ne pas se souvenir qu'après huit ans de mariage et d'un quotidien passé auprès de ses enfants, Adrien ÉTAIT en train de devenir comme son père et que le *guts* dont il se vantait avoir fait preuve aurait été plus pertinent s'il avait eu l'intelligence de demeurer parti. Malheureusement pour Adrien, l'adversaire en face de lui était dotée d'une excellente mémoire.

Avantage Denise.

« Pis Alice ? Qu'est-ce que t'en fais ? Tu l'aimes autant que tu peux me haïr, Adrien. Es-tu vraiment prêt à faire une croix sur elle ? Parce que si tu penses que tu peux revenir ici, vivre dans ma maison pis continuer de la voir comme si de rien n'était, oublie ça tout de suite ! »

Bon. D'un point de vue stratégique, je ne suis pas certain que j'aurais sorti Alice de mon chapeau aussi rapidement. Il me semble qu'il était trop tôt dans la partie pour le faire. Si j'avais été à la place de Denise, j'aurais fait subir à Adrien le supplice de la goutte, histoire de l'affaiblir pour ensuite l'achever pour de bon en exploitant sans vergogne ses sentiments pour Alice. On a beau avoir Lou Brock[20] dans son équipe, qu'est-ce que ça donne de lui

---

20  Joueur de baseball reconnu pour sa vitesse ayant joué pour les Cubs de Chicago et les Cards de Saint-Louis, entre 1961 et 1979.

faire signe de voler le marbre alors qu'il vient tout juste d'arriver au premier but ?

« Alice, je l'aime. Mais elle mérite mieux que quelqu'un qui peut pas s'engager parce qu'il a la tête ailleurs.

— Pis moi ? Tu penses que je mérite pas mieux que quelqu'un qui est en amour avec une autre mais qui choisit de rester avec moi juste pour les enfants ? »

De toute évidence, la mention d'Alice déstabilisa Adrien. Mais Denise commit l'erreur fatale de sortir ses gros canons en début de match, donnant ainsi à Adrien tout le temps voulu pour reprendre son souffle, retrouver son équilibre et poursuivre jusqu'au bout.

« On s'est pas marié parce qu'on s'aimait, Denise. Ça, je pense que c'est très clair. Pis je te demande pas de faire semblant qu'on est Liz Taylor et Richard Burton. Si tu veux, on peut faire nos affaires chacun de notre côté pis garder au minimum ce qu'il faut mettre en commun. »

Un petit coup sûr par ci…

« C'est pas un couple, ça, Adrien !

— On n'a jamais été un couple, de toute façon ! On n'a jamais su comment. On a été obligés de se marier parce qu'un soir, toi pis moi, on a été trop sans-dessein pour rester habillés !

— Que de romantisme, répliqua Denise sur un ton sarcastique. Donne-moi donc une guenille, Adrien. Il faut que je m'essuie. Le trop-plein d'amour me sort de partout.

— Toi pis moi, on a eu deux enfants ensemble, ajouta Adrien en choisissant d'ignorer le sarcasme. Pis moi, j'ai besoin de ces enfants-là pour vivre. J'ai passé deux ans à essayer de faire mes affaires tout seul, de mon côté. Je suis pas capable. J'ai besoin d'être avec Claire pis avec Daniel.

J'ai besoin d'être leur père pis eux autres ont besoin de moi. »

Un petit coup sûr par là…

« Pis si je veux pas t'avoir ici, Adrien ? Qu'est-ce qu'on fait ? »

Le match avançait ; était presque terminé. Denise menait toujours mais Adrien la rattrapait tranquillement, grugeant son avance, petit à petit, pour ensuite remporter le match à la dernière manche, à sa toute dernière apparition au bâton.

« PAPA ! »

Ce fut lorsqu'elle vit Claire sauter dans les bras de son père que Denise comprit qu'elle s'était fait avoir et qu'elle venait de perdre la partie. Depuis le jour où Adrien avait quitté la rue Robert, elle avait tout mis en œuvre pour redevenir une Légaré et, surtout, oublier qu'elle fut une Mousseau pendant presque huit ans. Mais dans son désir d'effacer le temps, Denise commit une autre erreur tactique qui allait lui coûter cher : en mettant tout en œuvre pour redevenir Légaré, elle oubliait que ses enfants, eux, demeuraient des Mousseau ; que si les liens la retenant à Adrien étaient enfin rompus, ceux qui liaient le père à ses enfants étaient plus forts que l'animosité et la rancune ; plus forts que la peur d'Adrien de devenir comme son père et, surtout, plus forts que le souvenir d'un homme et d'une femme toujours en train de se disputer.

Denise était redevenue Légaré. Mais Claire et Daniel demeuraient Mousseau et si Adrien ne serait jamais rien de plus que le père de ses enfants, cet aspect, négligeable pour elle, fut l'élément faisant pencher la balance en faveur d'Adrien. Si elle n'éprouvait aucun remords à le priver de ses enfants, elle était cependant incapable de priver Claire et Daniel de leur père. La nuance était importante. Et l'erreur stratégique fut fatale.

Une semaine plus tard, sous le regard ahuri de Jean venu lui donner un coup de main, Adrien déménagea ses effets personnels dans la maison de la rue Robert. La trêve était terminée et Denise, défaite, choisit de s'enfuir pour la journée plutôt que de regarder son époux réintégrer le domicile familial. Lorsque Jean demanda à Adrien où était passée son épouse, celui-ci choisit d'éviter le sujet.

Évidemment, peu de temps s'écoula avant que n'éclate la première dispute. Quatre jours, en fait. Pour une peccadille, bien sûr.

« Adrien, aurais-tu vu mon shampooing ?

— La bouteille était vide. Je l'ai jetée.

— En as-tu acheté, hier, à l'épicerie ?

— Oui. La bouteille neuve est dans'salle de bains.

— Du Milk Plus 6… Je prends pas ça.

— Du pareil au même…

— Tu connais quoi, toi, au shampooing ?

— J'en connais qu'avant, j'ai les cheveux gras pis qu'après, je les ai pas. C'est pas assez ?

— Qu'est-ce que ça t'aurait coûté de m'acheter ma sorte de shampooing ?

— Je sais même pas c'est quoi, ta sorte de shampooing.

— C'est ben toi, ça. Si ça t'intéresse pas…

— Coudonc ! Es-tu à'veille d'être menstruée ?

— Franchement ! En as-tu d'autres à dire, des niaiseries de même ?

— Des niaiseries ?… C'est qui, l'hystérique, qui part en guerre pour une sorte de shampooing ?

— Hystérique ?

— Hystérique, oui.

— Ben, vaut mieux être hystérique que sans-dessein, Adrien.

— Sais-tu, Denise ?… Plus je te vois aller, pis plus je me dis que t'auras pas à faire de choix entre les deux.

— Ça fait que je suis sans-dessein, maintenant ?

— C'est toi qui le dis. Pas moi.

— Tu sais, Adrien… Je te retiens pas, han. Je sais que t'as été habitué, depuis deux ans, à vivre avec de grands esprits qui s'encombrent pas de choses triviales comme de prendre une douche. Ça fait que si tu te sens pus capable de vivre ici, libre à toi de t'en retourner.

— Une folle. Une vraie folle ! Doux Jésus, je sais ben pas ce que j'ai pu te trouver ! »

Et comme autrefois, Claire partait se réfugier auprès de ses poupées, recréant avec elles, au mot près, la dispute se déroulant entre Denise et Adrien. Daniel, pour sa part, essuyait ses larmes tout en essayant de se perdre dans un *Bob Morane*, assis dans un coin de sa chambre.

Bien enfermés dans leur petit bungalow de Saint-Léonard, Denise et Adrien s'appliquèrent à devenir un monument à la médiocrité conjugale.

Venant de moi, ce n'est pas peu dire.

Peu avant le début de la crise d'Octobre[21], Adrien annonça à Alice qu'il retournait sur la rue Robert. En fait, elle fut la dernière à apprendre l'heureux événement. Adrien l'avait voulu ainsi parce que de cette manière, il s'enlevait toute possibilité de revenir sur sa décision.

---

21  Série d'événements sociaux et politiques ayant eu lieu en octobre 1970, marquée par l'enlèvement d'un diplomate britannique, d'un ministre québécois et par l'instauration de la Loi sur les mesures de guerre.

La manœuvre, d'une lâcheté presque risible, n'échappa pas à Alice.

«Laisse-moi te dire que je suis pas fière de toi, Adrien. T'as mal planifié tes affaires. Y'a quelqu'un, sur la Côte-Nord, qui est pas encore au courant que t'es retourné avec ta femme! Veux-tu ben me dire comment ça se fait que je l'ai su avant elle?!

— …

— T'aurais pas pu m'en parler avant?! demanda-t-elle, dans un élan de colère qui ne lui ressemblait pas du tout. Ça fait neuf mois qu'on reste ensemble! Me semble que j'aurais eu droit d'apprendre avant le facteur que tu voulais me laisser!»

Avant qu'Adrien puisse répliquer quoi que ce soit, Alice se leva, alla se chercher une bouteille de bière, la déboucha et se mit à faire les cent pas dans sa cuisine.

«Alice…

— Parle-moi pas, Adrien. Je pense que c'est mieux pour toi que tu dises rien. Pis je pense aussi que c'est mieux que je prenne une couple de gorgées pour me calmer. Ça part vite, une claque, tu sais.

— Écoute, je…

— La ferme, Adrien. T'as pas le droit de dire quoi que ce soit. Ton droit de parole, tu l'as perdu à la minute où t'as décidé, tout seul, de retourner chez ton ex.»

Je sais que mon histoire avec Suzanne fait en sorte que je suis mal placé pour critiquer Adrien. Mais je ne suis pas de cet avis, et ce, pour deux raisons: la première étant la suite de mon histoire, qui viendra modifier considérablement mes priorités. Et la deuxième étant que, malgré mes erreurs, je n'ai jamais perdu Suzanne de vue. J'aurais été misérable, tout comme Adrien l'a été.

Alice lui en a longtemps voulu.

« Je suis pas aveugle, Adrien, lui dit-elle, toujours aussi en colère malgré la bière. Je le sais, que tu t'ennuies de tes enfants ! Je le voyais bien que tu souffrais le martyre quand ils partaient d'ici, le dimanche soir ! Mais ça t'est jamais passé par la tête qu'on aurait peut-être pu faire quelque chose pour régler ça ? ! Ça m'aurait pas dérangée, moi, de déménager à Saint-Léonard ! Ça m'aurait même pas dérangée d'acheter la maison à côté de celle de Denise !

— ...

— Mais ç'aurait été bien trop facile, han, Adrien ? ! Tout aurait été beaucoup trop simple ! Dis-moi donc, Adrien, tu vas t'empêcher d'être heureux pendant combien de temps, encore, juste pour te prouver que t'es pas comme ton simonac de père ? ! »

Touché.

« Ah ! Pis laisse donc faire..., poursuivit Alice. Réponds pas. J'ai pas du tout envie, en ce moment, de t'écouter me raconter pour la millième fois ta hantise de finir évaché, tout seul, dans ton salon ! De te voir la face me donne déjà assez mal au cœur comme ça !

— Alice...

— J'aurais donc dû retourner à Cornell, moi, pendant que c'était encore le temps !... Maudit que j'ai été stupide de t'écouter ! »

Retenant ses larmes, Alice partit se réfugier dans sa chambre à coucher. Dès le lendemain, au travail, elle manœuvra pour éviter tout contact avec Adrien. La chose ne fut pas facile. Le PQ étant ce qu'il était à l'époque, les employés y étaient peu nombreux, et les moyens, très limités. Alice eut donc à supporter mon copain pendant encore un moment avant de pouvoir demander à travailler à un endroit où elle le verrait le moins possible. Alors, évidemment, les ragots ont repris de plus belle.

« Ç'a l'air qu'Adrien trompait Alice avec sa femme pis qu'elle les a surpris les culottes baissées.

— Comment veux-tu qu'Adrien trompe Alice avec sa femme ? Lui pis Denise, à ce que je sache, sont encore mariés.

— En tout cas, j'aurais pas voulu être à la place d'Adrien si c'est vrai qu'Alice l'a vu en train de forniquer avec sa femme, qu'ils soient encore mariés ou pas. Y'a dû en manger toute une !…

— Hier, il disait qu'il avait mal à l'épaule droite. Pensez-vous que ce serait à cause de ça ?

— Sûrement. »

Adrien est né avec les regrets lui coulant dans les veines. Consciemment ou non, son père s'en est toujours assuré. Et s'il regretta profondément d'avoir laissé tomber Alice, il ne pouvait oublier les remords éprouvés lors des deux dernières années provoqués par son absence auprès de ses enfants. Peu importe s'il voulait avancer ou reculer, Adrien n'avait jamais de paix ; n'arrivait pas à se mettre les pieds à un endroit sans avoir un pincement au cœur en se souvenant d'où il était avant. Les regrets, jumelés à la lâcheté et la nostalgie, ne font jamais bon ménage. Heureusement, Adrien finit par l'apprendre. Mais pas avant encore longtemps. Malheureusement.

En attendant, lui et Denise s'étaient remis à l'engueulade avec une ferveur renouvelée, Claire et Daniel devaient réapprendre à vivre déchirés entre des parents leur demandant presque de choisir entre les deux et Alice, le cœur en miettes, passa près d'accepter une offre de

UCLA[22], jusqu'à ce qu'une collègue la supplie de changer d'idée en lui promettant de faire tout en son pouvoir pour garder Adrien loin d'elle.

« Ça fait mal, avait confié Alice à sa collègue, de savoir que dans mon couple, y'en avait un qui aimait plus fort que l'autre. J'ai pas envie de me le faire rappeler tous les jours. »

Sur ce point, Alice avait tort. Adrien l'aimait sincèrement et profondément. Autant qu'elle-même pouvait l'aimer. Par contre, je ne suis pas certain que l'amour d'Adrien pour Alice allait au-delà de sa haine pour Denise. Pas à cette époque, du moins. Nuance importante qu'Alice, d'ailleurs, a très bien comprise.

---

22  University of California in Los Angeles.

# 4
## Jean... à propos de Patrick

Paul-Émile l'a déjà dit : le retour d'Adrien dans son mausolée de la rue Robert fut une gaffe monumentale que Denise s'acharnait à vouloir réparer sans, toutefois, passer pour la méchante aux yeux de ses enfants en mettant leur père à la porte. Adrien devait alors, une fois de plus, partir de lui-même. Mais comment faire ? Monsieur Mousseau ne pouvait quand même pas crever une deuxième fois !...

Denise comprit rapidement que le meilleur moyen de stimuler Adrien à prendre la porte était de lui remettre constamment Alice au visage. Une allusion par ci, une photo sortie de nulle part par là... Méthodiquement et avec une patience quasi maniaque, Denise s'acharnait à faire comprendre à Adrien que sa place était auprès d'Alice, de la même manière qu'un hypnotiseur persuadait quelqu'un, pendant un spectacle, qu'il était soudainement devenu un perroquet. Ne manquait plus que le pendule. Adrien, évidemment, n'était pas dupe, comprenant dès le départ où Denise voulait en venir et jouait le jeu en feignant des soupirs de désespoir et en distribuant des regards embués dignes de la dernière des jouvencelles.

Après un certain temps, constatant qu'Adrien n'avait même pas mis un caleçon sale dans une valise, Denise haussa son jeu d'un cran et donna un coup de téléphone à Alice, feignant des larmes qui ne coulaient pas du tout, essayant de la convaincre d'intervenir parce qu'il était clair qu'Adrien ne l'avait pas oubliée. Alice, qui tentait tant bien que mal de se remettre de sa propre déception amoureuse, ne la trouva pas très drôle.

« Je suis désolé, lui souffla doucement Adrien quelques jours plus tard, sincèrement désolé. Denise aurait pas dû t'appeler.

— Non, elle aurait pas dû. Pis ben franchement, Adrien, j'ai autre chose à faire de mon temps que d'être mêlée à vos niaiseries.

— Alice...

— Si ça vous tente de jouer à celui qui est le plus innocent, c'est de vos affaires. Mais gardez-moi en dehors de ça. J'ai assez perdu de temps avec toi, Adrien. Pis j'ose croire que je suis trop intelligente pour être bonne à ce jeu-là. Apparemment, c'est pas ton cas. »

Celle-là, mon pauvre ami l'encaissa très mal. Le regard fermé d'Alice eut l'effet, pour Adrien, d'un coup de poing à l'estomac. Un autre.

Je sais... Je sais... Mon rôle consiste d'abord et avant tout à parler de Patrick. J'y arrive aussi. Seulement, parler de la crise d'Octobre n'a rien de particulièrement joyeux, vous en conviendrez, alors vous me pardonnerez si je me permets d'abord de rire un peu. Même si la situation conjugale d'Adrien n'était pas forcément très drôle.

Quelques semaines plus tard, par un soir d'octobre, le téléphone sonna chez les Mousseau et Adrien fut celui qui décrocha le combiné. Lorsqu'il reconnut la voix à l'autre bout du fil, il figea et sa mâchoire se durcit. Denise, rusée, le remarqua immédiatement mais fit comme si de rien n'était.

« Adrien ?... dit la voix, hésitante, à l'autre bout de la ligne.

— Oui.

— Écoute... Je comprendrai si t'as pas envie de me parler. La dernière fois qu'on s'est vus, j'étais pas de très bonne humeur...

— C'est beau. C'est correct.

— Denise est proche de toi ?

— C'est ça, oui. Mais si tu veux m'attendre une seconde, je vais aller prendre le téléphone dans mon bureau. »

Le regard fuyant, le cœur battant, Adrien raccrocha doucement le combiné alors que Denise, pour sa part, faisait semblant de regarder un bulletin de nouvelles où Gaétan Montreuil évoquait l'application de la toute nouvelle Loi sur les mesures de guerre.

« C'est quelqu'un de la permanence, mentit Adrien, les yeux baissés. Je veux pas te déranger. Je vais aller le prendre dans mon bureau. »

Lorsqu'Adrien fut rendu hors de portée de vue, Denise se mit à improviser une claquette qui fit honte à la danseuse médiocre qu'elle était déjà. Convaincue que le regard fuyant d'Adrien signifiait qu'Alice se trouvait à l'autre bout du fil, Denise se dit, en chantant, qu'il ne lui restait plus qu'à les prendre les culottes baissées. Littéralement. Et elle aurait enfin la paix.

Mais la joie de Denise, malheureusement pour elle, s'avéra être non fondée. Quelques instants plus tard, le récital de claquette s'arrêta d'un coup sec lorsqu'elle apprit, en écoutant à l'autre bout de la ligne, qui se trouvait réellement au téléphone avec Adrien.

« Patrick ? !... Es-tu encore là ?

— Oui, oui. Je suis encore là.

— T'es où ? !

— Je t'appelle d'une cabine de téléphone. Je suis au coin de Papineau pis Mont-Royal.

— Pis Judith ? »

Adrien était un meilleur homme que je ne l'étais. Pour

ma part, je ne me serais pas soucié le moins du monde de ce qui advenait de la pétulante Judith. En ce qui me concerne, le FLQ aurait bien pu l'enfermer dans un coffre de voiture, elle aussi.

« Judith m'attend au Ty-Coq Barbecue. Écoute, Adrien... J'ai besoin d'aide. Pour faire une longue histoire courte, Judith pis moi, on était à une centaine de pieds de chez nous quand on a vu trois de nos colocataires se faire sortir par des gars de l'armée. On a juste eu le temps de se retourner pis de partir sans qu'ils se rendent compte qu'on était là.

— Ouin !... Je pense plutôt, moi, que c'est toi qu'ils cherchaient. »

Oui. Probablement. Mais pourquoi ? Ça faisait deux ans, je vous le donne, que Patrick faisait l'innocent en manifestant comme un enragé et en écrivant aux journaux pour dire qu'il se branlait en pensant à Leonid Brejnev[23]. Jamais, au grand jamais, il ne parlait de la séparation du Québec. Au contraire ! S'il s'était longtemps foutu des opinions politiques d'Adrien, Patrick était revenu du Cameroun avec un mépris absolument foudroyant pour des gens se disant opprimés mais qui, selon lui, ne manquaient d'absolument rien. Dans ce contexte, que l'amitié entre Patrick et Adrien ait survécu relève, pour moi, d'un mystère digne de la construction des grandes pyramides d'Égypte. Parce que si Paul-Émile et Adrien étaient capables de faire valoir leurs arguments sans se traiter mutuellement de face de rats, ce ne fut jamais le cas de Patrick, qui perdait automatiquement les pédales lorsqu'une discussion portait sur n'importe quelle question

---

23  Dirigeant de l'Union soviétique, de 1964 à 1982.

sociale. Ce qui était souvent le cas, comme vous pouvez l'imaginer. Mais l'indépendance du Québec?... Patrick n'en parlait jamais. Il s'en fichait autant qu'il était possible de se foutre de quoi que ce soit. Alors pourquoi le mettre dans le même panier qu'une poignée de felquistes? Je ne comprenais pas.

«Écoute..., reprit Patrick. Tout ce que je sais, c'est que j'ai vu des amis à moi se faire embarquer dans des fourgons. Du monde à qui on pouvait absolument rien reprocher.

— As-tu de l'argent sur toi?

— Non. J'ai pas une cenne.

— OK. Inquiète-toi pas avec ça. Prends un taxi pis viens tout de suite chez moi. Appelle le taxi de la cabine pis bouge pas de là.

— Faut que j'aille chercher Judith au restaurant. C'est à deux ou trois coins de rue d'ici. Je me ferai pas remarquer. Ça devrait aller.

— Tu vas la chercher, t'appelles un taxi du restaurant pis tu t'en viens tout de suite ici. C'est clair?

— Oui, c'est clair. »

Je n'ai rien su de tout ça. Pas tout de suite, en tout cas. Et lorsqu'Adrien m'annonça la nouvelle, mon premier réflexe, mis à part de me verser un verre de gin, fut de me demander pourquoi je ne fus pas celui que Patrick avait contacté. Le gars paqueté répondrait que Patrick, en appelant Adrien, évitait ainsi de devoir s'excuser pour être parti de mon appartement comme un voleur. L'homme sobre, par contre, aurait plutôt l'intelligence de vous répondre que Westmount était bien le dernier endroit où Patrick, avec la réputation douteuse dont il jouissait à l'époque, chercherait à se cacher.

« Adrien ?...

— Quoi ?

— Adrien, j'oublierai jamais ce que tu fais pour moi. C'est dans des moments comme ça qu'on voit qui sont nos vrais amis, pis...

— *Slacke* les remerciements, Patrick, pis dépêche-toi d'arriver chez nous. Le reste, on s'en occupera après.

— OK. Je vais chercher Judith, pis on s'en vient tout de suite.

— Dépêchez-vous. »

C'était dans des moments comme celui-là que j'arrivais, malgré l'abondance de preuves démontrant le contraire, à me convaincre que nous n'avions pas réellement vieilli. Pensez-y un peu. En cet instant précis, Patrick et Adrien ressemblaient parfaitement à deux *bums* faisant tout pour ne pas se faire prendre d'un mauvais coup comme nous en avions tant fait dans nos belles années. Que Patrick se cache de la police dans une cabine téléphonique de la rue Papineau ou qu'il court à travers les rues du bas de la ville pour échapper à Marie-Yvette et à son rouleau à pâte, la différence n'était pas si grande. Toutes proportions gardées, la terreur était la même, le cœur battait aussi vite et l'adrénaline montait tout autant au plafond. Et je demeure convaincu que c'est pour cette raison qu'Adrien accepta d'aider Patrick : parce qu'il ne sut jamais le voir autrement que comme le ti-cul de la rue de la Visitation, avec son chandail taché des Red Wings de Détroit. Et aussi parce que s'il n'avait rien vu d'autre que le Patrick aigri et franchement désagréable qui était revenu du Cameroun, Adrien lui aurait, à coup sûr, raccroché la ligne au nez.

En écoutant Patrick le supplier de lui venir en aide,

c'était notre enfance qu'Adrien revoyait. Notre adolescence, aussi, ignorant tout au-delà de nos vingt ans, au-delà de nos rires et de nos parties de hockey. Ignorant tout au-delà des soirées d'été passées à jaser, assis sur la première marche de l'escalier menant à la porte des Marchand. Ignorant tout au-delà de notre amitié.

Denise, évidemment, ne vit pas tout à fait les choses de cette manière.

# 5
## Paul-Émile… à propos d'Adrien

« Adrien Mousseau, as-tu idée de ce que tu me demandes ? ! As-tu idée de ce qui risque de nous arriver si les mauvaises personnes apprennent que Patrick se cache ici ? ! »

Quelqu'un m'a déjà dit — je ne me souviens plus qui, exactement — que d'entrer chez Adrien et Denise équivalait à mettre le pied dans un igloo par une journée humide de juillet. La relation entre les deux était devenue si froide qu'elle en avait imprégné les murs de leur maison.

« Simonac, Denise ! … Pourrais-tu, pendant deux minutes, penser à autre chose qu'à ta petite personne ? On peut pas le laisser se faire embarquer comme ça, sans raison !

— Sans raison ? ! Ça fait deux ans qu'il se promène à droite pis à gauche en criant qu'il faut faire la révolution ! Que c'est en faisant couler le sang qu'on va réussir à se purifier !

— Que Patrick ait une couple de bardeaux de lousse, je veux ben. Mais il a rien à voir avec le FLQ. L'indépendance du Québec, ça l'intéresse pas. Y'a toujours été ben clair là-dessus.

— Pourquoi ils veulent l'arrêter, d'abord ?

— Je sais pas… La seule réponse que je peux trouver, c'est qu'ils vont se servir de ça pour faire le ménage.

— Le ménage ? … Franchement, Adrien ! Lâche-moi la paranoïa, veux-tu ?

— Pourquoi ils s'en prendraient à Patrick, d'abord ? As-tu une autre explication ?

— Je le sais pas pourquoi ils s'en prendraient à lui, pis je veux pas le savoir. Mais ce que je sais, par exemple, c'est que je ne veux pas de Patrick dans ma maison. Pas avec les enfants.

— Denise… Patrick, je le connais. Il ferait jamais de mal à Claire pis Daniel.

— Regarde, Adrien… Je sais que c'est ton chum… Je sais que vous avez grandi ensemble… Mais ce Patrick-là, moi, je le connais pas. Je l'ai jamais vu. Le seul que je connais, c'est le fou furieux qu'on voit à'télé. Pis fie-toi sur moi que j'ai pas envie d'aller consoler les petits à trois heures du matin parce qu'un débile que tu connais depuis trente ans aura eu la brillante idée, pour les endormir, de leur raconter l'histoire des enfants morts du Biafra.

— On pourrait installer Patrick pis Judith au sous-sol.

— Pis les petits vont aller jouer où ? Dans'salle de bains ? »

Pour ma part, j'aurais dit à Claire et Daniel d'aller jouer dans la chambre à coucher de leurs parents. Ce n'est pas comme s'il s'y passait grand-chose, de toute façon.

« Denise, peux-tu essayer de comprendre, juste pour une fois ? Patrick pis moi, on se connaît depuis la petite école. Il me demande de l'aider… Je peux pas le laisser tomber. »

Adrien avait déjà laissé tomber Patrick. Une fois. Alors qu'il avait nié le connaître devant un collègue de la permanence. Et si Patrick n'était au courant de rien, Adrien, lui, se souvenait de tout. Ça le rongeait. Et c'est pour racheter sa conscience, à mon avis, qu'il accepta de l'aider. Pas pour ce que nous avions déjà été et que nous n'étions plus. Si je veux bien admettre que la nostalgie peut déformer la réalité, encore faudrait-il que le Patrick Flynn de la fin des années soixante et du début des années soixante-dix corresponde à un quelconque souvenir de notre enfance. Dois-je préciser que ce n'était pas le cas ? Patrick ne ressemblait plus en rien à cet ami de jeunesse avec qui nous avions grandi. Et Jean peut bien invoquer Marie-Yvette Flynn et le Cameroun pour justifier le comportement de Patrick en 1970 mais rien ne vient changer le fait qu'à cette époque, il était carrément insupportable. Il ne ressemblait plus du tout au garçon que nous avions connu et aimé.

Patrick avait perdu les pédales. Point à la ligne. Et Adrien se sentait coupable de n'avoir pas su ou voulu tenir le guidon pour l'empêcher de tomber.

J'ignore pourquoi, mais Denise finit par céder après un peu plus d'une heure de négociations. Plus par fatigue, j'imagine, que par un quelconque élan d'altruisme. Et pas avant d'avoir obtenu d'Adrien une promesse formelle que Patrick et Judith ne passeraient pas plus de deux jours sur la rue Robert. Entre-temps, il fut décidé que Claire et Daniel iraient passer la fin de semaine chez leur grand-mère Mousseau, sur la rue Montcalm.

« Merci, Denise, soupira Adrien à sa femme, sincèrement ému.

— Je t'avertis, Adrien : si ton chum se met à délirer sur les joies de vivre en Albanie, je le passe à la tronçonneuse ! C'est-tu assez clair ? »

Adrien hocha de la tête en riant. Pour ma part, j'ai toujours trouvé ironique que ce rare moment d'entente entre lui et Denise, cet instant relevant presque de la science-fiction où ils réussirent à s'entendre sur quelque chose, eut lieu lors d'un événement aussi critique que la crise d'Octobre. Comme si la tension ambiante suffisait à alimenter leur couple, qui en avait besoin pour éventer un quotidien aux allures de presto.

«Parlant du réfugié politique, il devrait être ici à quelle heure ? »

Le réfugié politique aurait dû se trouver sur la rue Robert depuis un bon moment, déjà.

« C'est où, le Ty-Coq Barbecue ? demanda Denise.

— Sur Mont-Royal. Proche de Papineau. Ça prend à peu près une vingtaine de minutes, en auto, pour se rendre jusqu'ici.

— Mon Dieu! Il devrait déjà être ici depuis longtemps. »

Comme cela lui arrivait souvent lorsqu'il se trouvait avec Denise, Adrien ne dit rien, adoptant un mutisme que son père n'aurait pas renié. Pour une rare fois, Denise, consciente de la gravité de la situation, démontra envers son époux un signe de compassion.

« Écoute… Y'a probablement eu de la misère à trouver un taxi. Tu vas voir. Il va arriver d'une minute à l'autre. »

Adrien, ne voulant prendre aucun risque, fila en direction du Ty-Coq Barbecue, espérant malgré tout apercevoir un taxi rouler tranquillement sur la rue Robert avec Patrick à l'intérieur. Pourtant, Adrien savait, d'instinct, que les choses n'allaient pas se passer ainsi.

« Dis pas un mot de ça à ma mère! cria-t-il à Denise avant de partir. Je voudrais pas qu'elle en parle à monsieur Flynn! »

Une heure plus tard, Adrien revint chez lui sans Patrick, qui ne s'est jamais pointé au Ty-Coq Barbecue. Judith s'y trouvait, par contre. Et Adrien la ramena chez lui, ce qu'il regretta pas plus tard que vingt minutes après son arrivée. Lui et Denise, d'ailleurs, durent se retenir à deux mains pour ne pas l'assommer d'un coup de poêle en fonte. Convaincue — avec raison — que Patrick se trouvait en prison à l'heure actuelle, Judith commença une envolée lyrique aberrante où elle se mit à comparer la Loi sur les mesures de guerre aux arrestations massives de Juifs par la Gestapo[24], pendant la Deuxième Guerre mondiale. Sans blague.

«Prendrais-tu une bonne bière, Judith? lui demanda Adrien, sarcastique.

— Non, merci. Ce que je vis en ce moment, je veux le vivre à froid. Je veux me souvenir de chaque seconde lorsque mon mari est devenu un héros pour le reste du monde entier. Je veux pouvoir me souvenir que Patrick aura payé de sa VIE sa conviction de vivre dans une société pourrie! Mon mari va devenir le Che Guevara du Québec! Le nouveau Martin Luther King!

— Tu sais, Judith… Même avec une bière, tu t'en souviendrais.

— Penses-tu que je le sais pas ce qui se passe, Adrien? Le FLQ, c'est juste un prétexte pour cacher que le même complexe militaro-industriel qui s'est débarrassé des frères Kennedy veut aussi se débarrasser de Patrick. Parce qu'il est trop dangereux! Mais prends-en ma parole: Patrick va être reconnu à sa juste valeur, pis il va être célébré dans le monde entier! Des livres vont être écrits sur lui!»

Bon. Je comprends pourquoi Jean trouvait Judith insupportable. Mais Adrien et Denise n'avaient pas affaire, ici, seulement à une personne déplaisante. Adrien et Denise venaient d'ouvrir les portes de leur maison à une femme carrément débile. Comparer Patrick à Martin Luther King… Pourquoi pas à Jésus Christ, un coup parti?

---

24  Police secrète sous le régime nazi d'Adolf Hitler.

Refusant de supporter seul le poids de Judith, Adrien, de manière hypocrite, invita Jean à souper. Avoir été dans les souliers de Jean, j'aurais sacré à Adrien la volée de sa vie. Mais, de manière habile, celui-ci mit l'accent de la discussion sur Patrick. Et Jean s'était laissé faire.

« Qu'est-ce qu'on fait, maintenant ? demanda Adrien entre deux bouchées de lasagne. Comment on le sort de là ?

— Je vais faire des appels, répondit Jean. Je vais faire tout ce que je peux mais sans rien garantir. La situation est exceptionnelle. D'un point de vue légal, y'a pas grand-chose que je peux faire. Pas tout de suite, en tout cas. Tous les gens qui pourraient m'aider, tous les contacts que j'ai, en ce moment, ça me sert à rien.

— On pourrait pas aller au palais de justice ?

— Aïe ! s'écria Denise. Si vous pensez que vous allez me laisser toute seule avec Jeanne d'Arc dans le salon, j'ai des petites nouvelles pour vous autres, moi ! »

Installée dans la chambre de Claire, Judith passait toutefois son temps au salon, occupée à écrire des lettres aux journaux et à répéter que Patrick était devenu un martyr ; que la révolution bolchévique de 1917 était à nos portes. Personnellement, j'aurais appelé la police à la mention des mots « Che » et « Guevara ». Tout de même !… Il y a des limites à la loyauté. Surtout lorsque celle-ci ne nous est pas retournée.

« En allant au palais de Justice, prévint Denise, vous allez perdre votre temps. Même toi, Jean. Tu vas te cogner le nez à des portes closes.

— On peut quand même pas rester les bras croisés, répliqua Adrien, irrité.

— Votre meilleure chance de sortir Patrick de là, c'est d'appeler Paul-Émile Marchand. Vous le savez. Pis pourquoi vous l'avez pas déjà fait, ça, je comprends pas pantouté. »

Alors, voilà. Après des années d'une absence soigneusement planifiée, Adrien et Jean allaient m'imposer un retour sur scène que je ne souhaitais pas. Pourtant, eux non plus ne voulaient pas me revoir et ce fut en baissant les yeux qu'ils rejetèrent la suggestion de Denise du revers de la main, soit dit en passant. Parce que si le Patrick revu et amélioré du Cameroun était déjà difficile sur le système, mon propre retour, après des années d'absence, risquait de porter un coup fatal à leur entêtement à faire comme si rien n'avait changé. Comme si j'allais toujours être pour eux celui qui ne les avait pas encore abandonnés.

Malheureusement, Jean et Adrien, s'ils voulaient aider Patrick, n'avaient d'autre choix que de me contacter. La situation étant ce qu'elle était à l'époque — et je n'ai pas l'intention de débattre à propos de la suspension des droits civils —, leur meilleure chance de faire libérer Patrick passait inévitablement par moi.

Peu de temps après, lorsque la voiture de Jean s'arrêta devant mon domicile de la rue Pratt, celui-ci émit un commentaire sur son étonnement à se souvenir du trajet après tant d'années. Adrien, pour sa part, fronça les yeux devant son complexe d'infériorité qui faisait un retour en force. S'il y avait une chose inchangée depuis notre jeunesse, c'était celle-là. Cet indécrottable complexe du petit pain qui ne l'empêcha pas de faire mieux que son père — bon, ce ne fut pas très difficile — mais qui, néanmoins, le faisait sentir comme le dernier des imposteurs lorsqu'il se trouvait ailleurs qu'en pays de connaissance.

Adrien a déjà affirmé qu'il n'était jamais venu chez moi

à l'époque où j'habitais Outremont. C'est faux. Il y est venu, ce soir-là. Brièvement, mais il y est venu.

« Oui ?... »

Mireille ne les a pas tout de suite reconnus. Jean, avec ses airs de jovialiste sur les stéroïdes, ne lui inspira aucune crainte. Mais Adrien, avec son dos courbé, ses sourcils froncés et ses airs d'adolescent attardé sur le point d'être pris en faute, l'indisposa davantage.

Quiconque ayant vécu à cette époque se souviendra que l'heure n'était pas à la fraternité entre étrangers. Pas dans mon coin, en tout cas.

« On a tellement entendu parler de cette cabane-là... observa Jean en sifflant d'admiration. Ça fait drôle de se trouver ici.

— Paul-Émile est pas là, mais voulez-vous entrer quand même ? Prendriez-vous quelque chose à boire ?

— Non, merci, refusa Adrien. On est pressé. »

Je n'ai jamais compris comment Adrien pouvait travailler autant pour la séparation du Québec alors qu'il était aux prises, en même temps, avec un tel complexe du petit pain. Comment pouvait-il aspirer à faire du Québec l'égal de n'importe quel autre pays alors qu'il n'était même pas capable de mettre les pieds à Outremont sans trembler dans sa culotte ? C'est bien beau de dire que son équipe est la meilleure, mais encore faut-il être en mesure d'avoir ce qu'il faut pour ne pas en être retranché. À cet égard, la remarquable carrière d'Adrien au PQ — il fut, entre autres, l'un des principaux artisans de la victoire du 15 novembre 1976 — demeurera un mystère pour moi.

« Écoute, Mireille... commença Jean. Il faudrait qu'on parle à Paul-Émile. C'est important. »

Pendant nos années de mariage, Mireille ne sut jamais

quoi faire de Patrick, Jean et Adrien. Comme je ne parlais pas d'eux, elle en avait déduit qu'ils appartenaient à mon passé. Et comme je n'étais pas du genre à ressasser des souvenirs… Pourtant, tous les trois refaisaient surface, à l'occasion, dans des circonstances où Mireille pouvait deviner l'importance qu'ils avaient déjà eue pour moi. Toutefois, je demeurais muet, refusant de revenir inutilement en arrière alors que Mireille se grattait la tête en posant des questions qui restaient sans réponse. Pauvre elle. Je ne lui ai pas facilité les choses. Pour ma défense, je me suis souvent excusé auprès d'elle, depuis, pour avoir été un mauvais mari.

« Paul-Émile est pas ici. Y'est à Ottawa. Avec ce qui se passe en ce moment, vous comprendrez qu'il est pas mal occupé. Mais je peux vous donner son numéro de téléphone, si vous voulez.

— Ça nous prendrait plutôt son adresse, demanda Adrien. Ce serait mieux si on pouvait lui parler en personne.

— Ça fait tellement longtemps, ajouta Jean, sonnant toujours comme un vendeur itinérant pressé de se débarrasser de ses encyclopédies. Pis ce qu'on a à à lui dire, c'est vraiment important. On peut pas lui dire ça par téléphone.

— Écoutez… Je sais pas… »

Mais Mireille savait. Juste à voir l'air d'Adrien qui voulait manifestement quitter Outremont le plus vite possible, elle savait tout ce qu'il y avait à savoir. Adrien et Jean ne voulaient pas me revoir, eux qui m'en voulaient encore de les avoir forcés à me rayer de leur carte lorsque j'avais choisi de tirer un trait sur le faubourg à mélasse.

Au fil des ans, jamais je n'avais présenté à mon ex-femme ces trois pans de ma vie pour ce qu'ils furent réellement. Aux noces d'Adrien, Mireille avait eu de moi l'image de quelqu'un qui s'emmerdait, impatient d'aller ailleurs. Lors de parties de balle-molle jouées au parc Iberville, elle avait surtout eu devant elle un joueur forcé par Jean, en échange de sa voiture, à exhiber ses talents de lanceur — assez considérables — plutôt qu'un jeune se permettant, pour une rare fois, de retrouver ses vieux copains. Et tout ça sans parler de mon propre mariage, où Jean et Adrien furent tout bonnement ignorés...

Je m'étais si bien appliqué à ne pas mêler qui j'étais et ce que je m'apprêtais à devenir que Mireille n'eut jamais droit à cette partie de moi-même qui fut marquée, à mon corps défendant, par les rues de mon enfance. Elle n'eut droit qu'à Jean et Adrien qui m'en voulaient de les avoir tous tenus à l'écart. Et elle savait, à travers ça, qu'il devait s'agir de quelque chose d'urgent si Adrien s'était donné la peine de sourciller sa rancune et son inconfort jusque sur la rue Pratt.

« Je vais vous donner son adresse à Ottawa. Je sais pas quand vous aviez l'intention d'y aller...

— On va y aller maintenant, répondit Jean. C'est urgent. Ça peut pas attendre.

— Bon... Ben... Il se couche tard, de toute façon. Inquiétez-vous pas. À l'heure où vous allez arriver, vous le réveillerez pas.

— Oh! On s'inquiète pas, répliqua Adrien, sarcastique. Même s'il était en train de ronfler, ça changerait pas grand-chose. »

Hésitante, Mireille tendit à Jean un bout de papier et leur souhaita une bonne route à tous les deux. Jean la remercia en souriant — de manière plus naturelle que lors de son arrivée —, tandis qu'Adrien se contenta de hocher la tête pour mieux se sauver au pas de course.

Je déteste les lieux communs mais je veux bien m'en permettre un, pour une fois : la vie, parfois, fait drôlement les choses : en cherchant à ramener Patrick vers eux, Jean et Adrien n'eurent d'autre choix que de passer par moi.

Évidemment, je n'en fus pas très heureux.

# 6
## Patrick... à propos des quatre

Contrairement à ce qu'une certaine époque de ma vie pourrait laisser croire, je ne fus jamais porté à attirer la lumière des projecteurs sur moi. L'idée de vivre ma vie pour ensuite mourir sans avoir laissé la moindre trace ne me faisait absolument pas peur. Bien au contraire. Lorsque vint le temps où je me trouvai en position de faire le bilan de mon existence, la pensée que viendrait un jour où plus personne ne se souviendrait et ne s'intéresserait à mes erreurs fut, pour moi, d'un extraordinaire réconfort. Et comme je ne ressentis jamais un urgent besoin de publiciser mes quelques bons coups, l'oubli — pour ne pas dire le vide qu'amène le passage du temps pour la plupart d'entre nous — fut, pour moi, un cadeau inespéré et apprécié.

De nous quatre, je ne fus jamais le plus extraverti. Même Paul-Émile, à sa manière et malgré la croyance générale, l'était plus que moi. Il est, d'ailleurs, totalement faux d'affirmer que Paul-Émile ne parlait pas. En réalité, il parlait bien plus fort et bien plus clairement que la plupart d'entre nous. Bien plus que Jean, par exemple, qui se donnait des airs de Mardi Gras, mais qui ne se révélait finalement que très peu. Paul-Émile, contrairement à lui, se dévoilait énormément, mais à condition de le décoder, de saisir son langage plutôt nuancé. Un peu comme une toile que l'on apprend à lire avec le temps.

Pour ma part, le semblant de célébrité — ou de notoriété, plutôt — que m'amena ma période contestataire fut, pour moi, bien plus un mal nécessaire qu'un désir de faire connaître mon nom aux quatre coins du Québec.

Peut-être parce qu'à travers ma mère, ayant vu où le besoin démesuré d'attention pouvait mener, je me sentis, toute ma vie, plus à l'aise là où je serais en mesure de ne déranger personne. Alors il fut d'autant plus frustrant, pour moi, d'être au cœur des retrouvailles, même forcées, de Paul-Émile, Jean et Adrien. Des années plus tard, étant en mesure d'analyser les choses avec plus de recul, je ressens encore un certain malaise au souvenir de cette rencontre. Pas parce que les choses prirent une mauvaise tournure — ce qui fut le cas —, mais plutôt parce que les choses prirent une mauvaise tournure à cause de moi.

Si je ne fus jamais du genre à rechercher l'attention, je ne l'étais pas davantage pour rechercher la nostalgie. Pourtant, à l'âge où je suis rendu, je m'étonne souvent de la trouver quand même sur mon chemin, que je le veuille ou non. Une note de musique qui me ramène en arrière… Une odeur qui me retourne à ce que je fus, un jour… Une personne croisée, quelque part, venant m'en rappeler une autre qui n'existe plus… Cette nostalgie, toutefois, se voulait différente de celle étouffant Jean et Adrien, qui peinaient énormément à laisser le passé devenir ce qu'il était appelé à être. Ce fut pour cette raison, entre autres, que la rencontre avec Paul-Émile ne se déroula pas très bien. Je m'en suis longtemps voulu, d'ailleurs. Mais seulement des années plus tard. À l'époque, mon besoin de ne pas attirer l'attention sur ma personne étant sérieusement malmené, je me sentis incapable d'assumer ce rôle de jeune premier dans ces retrouvailles.

La lâcheté aussi, parfois, fait bien les choses.

Jean et Adrien roulèrent sur l'autoroute 40, discutant de la saison de hockey qui venait de débuter et de la saison de baseball qui, elle, venait de prendre fin. Tous deux cherchaient activement à ignorer la nervosité, toujours plus étouffante à mesure qu'Ottawa approchait, et décompresser en silence était, bien sûr, tout à fait hors de question. Adrien, d'une part, en aurait été très certainement incapable. Alors un curieux croisement de conversation entre Carl Yastrzemski et Henri Richard, ponctuée de statistiques et de commentaires sur la carrière de l'un et de l'autre, les poussa jusqu'aux portes de la résidence de Paul-Émile sans avoir eu à reconnaître, ne serait-ce que pendant quelques secondes, l'étendue de la nervosité qui les tenaillait.

Lorsqu'il frappa à la porte, Jean laissa échapper un rire nerveux, glissant à Adrien qu'il se sentait comme un écolier essayant de vendre du chocolat pour financer un quelconque projet scolaire. Plus tard, Adrien affirmera que l'image n'était pas si mauvaise. Qui allait leur ouvrir la porte, exactement ? Et dans quel état d'esprit ?... Tous deux n'en avaient absolument aucune idée. Pour eux, Paul-Émile était, désormais, un parfait inconnu, un étranger. Alors comment savoir si cet inconnu était capable de bonté ? Comment savoir s'il n'allait pas plutôt faire preuve d'une retentissante indifférence ?

Quelques secondes plus tard, lorsque Paul-Émile ouvrit enfin la porte, le teint pâle et les traits tirés, le choc fut grand pour Jean et Adrien alors qu'ils prirent conscience qu'ils n'auraient fort probablement pas reconnu un de leurs plus vieux amis s'ils l'avaient croisé dans la rue. Le visage de Paul-Émile avait, d'un seul coup, perdu les traits d'un souvenir de jeunesse.

« Entrez. Je vous attendais. Mireille m'a appelé. Elle aurait dû vous dire de rester chez vous. Vous venez de faire deux heures de route pour rien. »

Malgré le ton froid, presque brutal, employé par Paul-Émile, Adrien et Jean furent frappés par l'attitude familière dont celui-ci fit preuve à leur endroit. Neuf ans, neuf longues années s'étaient écoulées depuis leur dernière rencontre et Paul-Émile s'adressa à eux de la même manière que si Jean et Adrien s'étaient pointés sur la rue Wolfe pour lui emprunter le tout dernier exemplaire d'*Action Comics*. Et malgré le ressentiment quasi instantané s'emparant d'eux à ce moment-là, ce fut cette même familiarité, précisément, qui encouragea Jean et Adrien à empêcher Paul-Émile de leur fermer la porte au nez.

Jean, qui ne fut jamais réputé pour être quelqu'un de particulièrement rancunier, se surprit à durcir la mâchoire d'une manière plutôt rude à la simple vue de Paul-Émile. Si je pus toujours, pour ma part, bénéficier d'un certain capital de sympathie fortement nourri par les excès passés de ma mère, ce ne fut jamais son cas. Pourtant, madame Marchand avait forgé la personnalité de son fils d'une manière tout aussi forte que la mienne mais de cela, personne ne parlait jamais. Je suppose que le départ de Paul-Émile du faubourg à mélasse, volontaire et planifié, en comparaison au mien qui me fut cavalièrement imposé, venait me donner un avantage non négligeable. Parce que tout comme mon vieil ami, je mis beaucoup de temps à essayer de tirer un trait définitif sur mon passé. Et en dépit de mes nombreuses tentatives, les gens ayant fait partie de mon histoire refusaient de m'oublier. À mon très grand chagrin, d'ailleurs, quelquefois.

Adrien, plus sensible à ces choses-là, avait compris que Paul-Émile n'était peut-être pas aussi fermé à cette visite qu'il ne voulait le laisser paraître. Mireille l'avait prévenu… Paul-Émile était au courant de leur arrivée et il aurait très bien pu ne pas répondre. Ou alors quitter son domicile — scandaleusement cossu, selon la rumeur — pour aller longuement siroter un café dans un quelconque restaurant d'Ottawa. Mais Paul-Émile était resté chez lui, indiquant à Jean et Adrien le chemin du salon. Ce dernier, à tort ou à raison, y avait vu un signe d'ouverture.

« Écoute, Paul-Émile… commença Adrien, doucement. On n'aurait pas fait deux heures de route si ç'avait pas été important.

— Je sais pas pourquoi vous êtes ici, mais aussi ben vous le dire tout de suite : la réponse est non. »

Adrien se trouva, bien malgré lui, dans la position peu enviable de celui qui devait tout faire pour que l'entretien ne dérape pas. Logiquement, c'était entre lui et Paul-Émile que les choses auraient dû mal tourner. Tout les séparait, désormais. Surtout concernant les opinions politiques et Dieu sait que la crise d'Octobre fut un terreau particulièrement fertile en échauffourées de toutes sortes entre indépendantistes et fédéralistes, venant ainsi jeter les bases, j'imagine, aux ruptures familiales plus ou moins sérieuses ayant eu lieu pendant la campagne référendaire de 1980. Mais, curieusement, c'est Jean qui fut amer, en colère et qui en voulait visiblement à Paul-Émile alors que celui-ci usait d'un ton condescendant, forçant ainsi Adrien à jouer à l'arbitre.

« Vraiment, Paul-Émile… éclata Jean en fermant les poings. Tu changes pas, toi, han ? Toujours aussi affable qu'une planche de *plywood*. Ben franchement, à force de te tenir avec Trudeau, j'aurais pensé qu'il aurait pris un cinq minutes pour t'enseigner les bonnes manières. Juste pour ça, ça aurait valu la peine de payer mes impôts.

— T'en veux, des bonnes manières ? Ben je vais t'en donner, moi. Pourrais-tu, s'il te plaît, prendre la porte et la refermer en sortant ? Je t'offrirais ben du thé pis des biscottes mais tu conviendras qu'un avocat à putes dans mon salon, c'est pas très bon pour ma réputation. »

Ce fut d'une puérilité à faire pleurer, digne d'une escarmouche de cour d'école et ni l'un ni l'autre ne sortit de cette rencontre — la première en neuf ans, dois-je le rappeler — avec le blason particulièrement redoré. Mais honnêtement, je ne crois pas que ni Jean ni Paul-Émile n'auraient pu reprendre contact sans un minimum de bousculade. Si Jean, comme je l'ai déjà dit, n'était pas du type rancunier, il était celui d'entre nous qui tenait le plus à garder intact notre groupe d'amis — sa seule vraie famille, à laquelle Lili et madame Bouchard se sont plus tard greffées — et, forcément, en voulut beaucoup à Paul-Émile d'avoir choisi de partir ; comme si le départ de celui-ci venait imposer à Jean un autre rejet des Taillon.

Paul-Émile, quant à lui, croyait sincèrement avoir réussi son départ et parvenait, sans trop de difficulté, à lire mes péripéties dans les journaux comme si je n'eus été rien d'autre qu'un détraqué qu'il n'avait aucune envie de rencontrer. Mais la présence de Jean et d'Adrien dans son salon vint plutôt lui rappeler le lien l'unissant à ce fou furieux qu'il avait déjà, un jour, bien connu. Et Paul-Émile, en bon petit roi que sa mère avait élevé, réagit plutôt mal à cette contrariété.

« Pour la dernière fois, prévint-il Jean et Adrien, je sais pas ce que vous êtes venus faire ici pis je veux pas le savoir. En passant, de quel droit vous vous êtes pointés ici ? C'est pas comme si je vous avais invités…

— Parle-moi d'un enfant de chienne !… s'exclama

Jean, échappant un rire sec au passage.

— Jean, calme-toi, l'enjoignit Adrien.

— Me calmer ?! Comment ça, me calmer ?! Je suis calme, moi ! Serein comme un pigeon ! Pis ça irait encore mieux si Monseigneur, ici présent, pouvait comprendre une fois pour toutes, même s'il fait tout pour l'oublier, qu'il vient de la même place que nous autres, qu'il mange comme nous autres, pis qu'il chie par le même trou que nous autres ! Y'a beau se draper dans le *cash* de son beau-père, y'a beau se donner la plus belle face de fendant, il pourra jamais cacher d'où il vient ! Pis surtout, il pourra jamais cacher qu'il est un maudit parvenu ! »

Le visage fermé de Paul-Émile n'exprimait absolument aucune émotion mais, à sa simple respiration, Adrien comprenait que ses limites étaient dangereusement près d'être atteintes. Jean, pour sa part, ne se formalisa de rien du tout et poursuivit sa diatribe.

« Dis-moi donc, Paul-Émile : il te paie combien, Albert Doucet, pour coucher avec sa fille ? Pis à ta place, je cracherais pas trop sur les putains de la rue Sainte-Catherine. Entre ce qu'elles font pis ce que toi, tu fais, sais-tu, je vois pas grand différence. »

Adrien, sachant l'inévitable sur le point de se produire, tenta bien futilement de s'interposer mais Paul-Émile fut plus rapide, administrant à Jean un magnifique crochet au menton.

Ce coup de poing au visage aurait dû n'être rien d'autre qu'une insignifiante note en bas de page ; un vulgaire fait divers dans l'histoire d'une amitié qui n'en avait jamais manqué. Si souvent, dans nos années de jeunesse, avions-nous fait étalage de nos dons pugilistiques qu'il m'apparaît presque insignifiant d'en faire mention. Un garçon grandissant dans les rues du faubourg à mélasse et ne sachant pas se servir de ses poings se voyait aux prises avec un sérieux problème à régler, et chacun de nous avait été un jouvenceau beaucoup trop fier pour laisser la chance à qui que ce soit de croire que tel était notre cas. Alors nous frappions fort, et nous frappions beaucoup. Sur un menton… Sur un nez… Dans le ventre… Nous frappions quelquefois avec notre tête, à la manière d'un bouc, ou encore avec nos pieds, lorsque les poings ne suffisaient pas. Mais jamais, au grand jamais, un coup porté par l'un d'entre nous avait pour but de heurter l'un de nous quatre. C'était toujours nous contre les autres. Nous contre les jeunes du quartier voisin. Nous contre l'équipe de hockey affrontée, par un après-midi de février, au parc Berri. Nous n'étions évidemment pas seuls contre le reste du monde mais tous savaient, néanmoins, que Jean, Paul-Émile, Adrien et moi formions une espèce de microgroupe, une entité à part au sein de la bande dont nous faisions partie. Et si nous nous battions volontiers pour préserver l'honneur de cette même bande, tous savaient que la profonde amitié qui nous unissait depuis l'enfance passait avant tout le reste. Si l'un de nous quatre était frappé, les trois autres répliquaient avec une hargne sans merci, comme si c'était leur propre fierté qui venait d'être entachée.

Ce lien, si fort, m'émut longtemps et plus que je ne saurais l'exprimer.

Ce fut peut-être pour cette raison, quand j'y pense, que j'eus d'énormes difficultés à reconnaître ma part de responsabilité — réelle ou non — dans ce qui venait de se passer. Un lien s'était brisé. Une rupture eut lieu. Et j'en fus la cause.

« T'es un bel écœurant, toi ! lança Adrien à Paul-Émile

tandis que Jean, la fierté fortement endommagée, luttait pour demeurer debout.

— Quand quelqu'un arrive chez nous sans se faire annoncer pis qu'il me balance des insultes par la tête, c'est comme ça qu'il se fait recevoir.

— Mais tu t'attends à quoi, au juste ? Qu'on se mette à genoux ?… C'est ça que tu veux ?

— Écoute, Adrien… J'ai aucune idée de quoi tu parles pis ben franchement, ça m'intéresse pas. La porte est là. Si vous voulez bien la prendre… »

Au ton condescendant adopté par Paul-Émile, Adrien fut à nouveau aux prises avec cette désagréable impression d'avoir quinze ans sur la rue Pratt et de ne souhaiter rien d'autre qu'être ailleurs. Après toutes ces années, le sentiment d'infériorité était toujours aussi fort, aussi cuisant. Et s'il n'avait jamais su quoi faire pour combattre ce sentiment lorsqu'il se trouvait en terrain inconnu, l'envie d'une bonne bagarre, elle, ne lui faisait jamais défaut lorsqu'il se trouvait en terrain familier. Et Paul-Émile, malgré des années d'absence, demeurait une présence familière dans la vie d'Adrien.

« Je vais partir, Paul-Émile, seulement quand j'aurai fini de te dire ce que j'ai à dire. Quitte à t'enfoncer les mots dans le fond de ta gorge. C'est-tu assez clair, ou s'il faut que je te fasse un dessin ? »

Certains comprennent très tôt, dans leur vie, la signification réelle du mot « amitié », alors que d'autres ne la saisissent, malheureusement, que beaucoup plus tard. L'aspect mondain des relations que nous entretenons, au fil du temps, vient souvent brouiller les cartes, compliquer les choses en nous portant à croire qu'une solide amitié se définit par un bon nombre d'activités sociales communes, jumelé à une propension à rire aux mêmes blagues et à aimer les mêmes bières. Alors, j'aime croire que les différents obstacles posés sur notre route le sont pour que nous arrivions non seulement à trouver le bon en nous, mais à le trouver chez les autres aussi ; à voir en eux de manière plus claire. Comme si les épreuves cherchaient à faire le ménage à notre place, aidant à discerner les compagnons de taverne des quelques autres ayant plus de profondeur. Et de loyauté, aussi.

Mon grand-père Chénier disait souvent qu'un être humain se définissait par-dessus tout à la richesse de ses amitiés et qu'un homme ayant un seul véritable ami, dans le sens le plus noble du terme, était plus comblé que le dernier des millionnaires.

J'étais le plus fortuné des hommes et je ne le savais pas.

À l'époque, je ne fus très certainement pas en état de comprendre la profondeur des liens qui m'unissaient à Jean, Paul-Émile et Adrien. Tout comme je ne crois pas qu'eux furent plus en mesure de les décoder. Une amitié aussi longue que la nôtre n'est jamais planifiée, discutée, analysée. Paul-Émile réussit peut-être à orchestrer son départ de la rue Wolfe avec une brillante minutie mais il échoua lamentablement, comme la suite des choses le démontrera, à ignorer la profondeur de liens ayant racine dans le sol d'un quartier qu'il s'acharnait à ne pas reconnaître. Et Adrien, l'ayant regardé partir il y a longtemps avec une résignation hostile, s'éleva devant Paul-Émile, ce soir-là, comme il ne le fit jamais plus afin que celui-ci puisse se souvenir de ce que j'avais, un jour, représenté pour lui.

Jean, grandement touché, assista à la scène en ayant l'impression d'avoir remonté le temps et pourtant, personne n'avait rien remonté du tout. Adrien fit valoir ses arguments non pas à la manière d'un enfant essayant de combler sa peur du vide, comme il l'avait si souvent fait dans le passé, mais en greffant plutôt mon passé au présent de Paul-Émile; en utilisant ce que celui-ci était devenu, sans jamais toutefois chercher à le diminuer, pour lui rappeler l'enfant qu'il avait déjà été. Et si l'amitié nous ayant unis avait réussi, jusqu'à ce jour, à survivre principalement à travers les souvenirs d'une époque disparue, cette même amitié, pour la première fois, grandissait en tenant compte de ce que nous étions devenus. Pas de ce que nous n'étions plus.

Le rapprochement définitif n'aurait lieu que plus tard, bien plus tard. Mais le pont entre notre passé et notre présent, à tous les quatre, était maintenant construit, même si sa traversée ne se ferait que bien malgré nous.

Comme je l'ai affirmé un peu plus tôt, il fut un temps où je culpabilisai énormément sur ce qui se déroula dans le salon de Paul-Émile, ce soir-là. Parce qu'il me prit un temps fou à en comprendre le sens et la profondeur, mais aussi parce qu'il m'importait très peu de le faire. Je ne voulais pas de mes amis. Je ne les voulais pas dans ma vie et je ne voulais très certainement pas qu'ils aient une incidence, quelle qu'elle soit, sur celle-ci. Je ne pouvais me le permettre.

À mon retour d'Afrique, je m'étais juré que ma vie entière allait commencer et se terminer par cette rage de changer le monde qui m'habitait depuis que j'avais mis les pieds sur ce continent. Je voulais que les deux mondes que j'avais connus changent de place. Je voulais donner aux miséreux toute la richesse dont la plupart d'entre nous abusaient sans le moindre remords. Et surtout, je voulais étaler toute ma haine pour un monde convaincu qu'il n'y en avait aucun autre en dehors du sien, aussi superficiel et chimérique soit-il. Alors, forcément, je luttais de toutes mes forces pour éloigner de moi ce qui aurait pu me distraire de mes ambitions. Incluant, malheureusement, Jean, Paul-Émile et Adrien.

Pourtant, loin de m'éloigner de mon but, ils m'en rapprochaient.

Je fus trop ignare pour le comprendre.

# 7
## Adrien... à propos de Paul-Émile

Je ne fus pas du nombre des personnes arrêtées et emprisonnées sans raison pendant la crise d'Octobre. Incroyablement, je ne fus même pas fouillé, contrairement à Denise qui s'était fait demander, par un militaire particulièrement zélé, d'ouvrir son sac à main et de vider ses poches de manteau alors qu'elle sortait du Complexe Desjardins.

J'en ai ri pendant des semaines! L'air complètement ahuri et insulté de Denise — qui vouait un culte quasi passionnel à Pierre Elliott Trudeau — alors qu'elle m'expliquait ce qui s'était passé me fit à peu près le même effet qu'un numéro d'Olivier Guimond.

Les emprisonnements sans raison d'Octobre 70, par contre, n'avaient rien de burlesque et encore aujourd'hui, une envie me prend de fesser sur à peu près n'importe quoi lorsque j'entends ou je lis sur les conditions des prisonniers à cette époque. Et la seule pensée que Patrick eut à endurer les bruits de gâchette, l'obscurité et les coups de matraque sur les barreaux de sa cellule à trois heures du matin, entre autres, fait carrément pousser en moi des envies de lynchage. Il avait beau être, disons, particulier, il n'en restait pas moins notre ami et notre frère. Même si, bien franchement, j'aurais été heureux de le voir laisser ses opinions probolchéviques dans un coin de sa cellule.

Honnêtement, je ne sais pas comment je m'y suis pris pour convaincre Paul-Émile de le sortir de là. Il était tellement clair que celui-ci ne voulait pas nous voir, Jean et moi, que je me suis demandé, pendant quelques instants, si nos chances ne seraient pas meilleures en allant directement faire notre demande au 24, Sussex[25]. C'est dire! Et encore, nous avons appris que notre mission auprès de Paul-Émile avait réussi seulement lorsque Patrick téléphona chez moi deux jours plus tard pour dire qu'il était libre. À Jean et moi, Paul-Émile n'avait rien voulu dire.

Des années plus tard, alors que le recul procuré par les années vint faciliter les discussions, j'ai pu me faire ma petite idée sur les conséquences que notre rencontre avait eues pour Paul-Émile. Tout comme j'ai été en mesure de comprendre pourquoi, à l'époque, il ne nous a rien dit.

Paul-Émile se rendit à la prison Parthenais, où Patrick se trouvait, à la toute dernière minute. Presque sur un coup de tête. Lorsque Jean et moi sommes partis de chez lui, ce soir-là, sa seule intention était d'aller se coucher, espérant futilement que la crise soit résolue à son réveil.

Politiquement, Paul-Émile était reconnu pour ses talents de gestionnaire en temps de crise, pour son sang-froid, et pour sa capacité à tordre des bras lorsque la situation l'exigeait, tout en préservant les apparences d'harmonie et de joie pour la galerie. Mais tout ce qui s'était passé depuis l'enlèvement de James Richard Cross allait au-delà même de ce que Paul-Émile était en mesure de supporter et sous des airs d'homme stoïque admirablement au-dessus de ses affaires, il développa, à cette période, de formidables problèmes d'ulcères qui n'allaient plus jamais le quitter.

Depuis que Patrick s'était mis en tête de… hum… purifier l'Occident, il arrivait souvent à Paul-Émile de lire ses dernières frasques dans les journaux en secouant la tête, à

---

25  Résidence officielle du premier ministre.

la manière d'un lecteur découragé devant la prise de poids d'Elvis ou les déboires matrimoniaux d'Elizabeth Taylor. La transformation de notre ami était trop brutale pour ne pas en faire une sorte de spectacle morbide, où détourner les yeux était une tâche colossale à accomplir. Mais Paul-Émile, bien évidemment, y arrivait en se disant que le Patrick de la rue de la Visitation et celui s'étant marié tout nu sur une ferme des Cantons-de-l'Est n'étaient pas la même personne ; que de les relier par souvenirs était aussi ridicule qu'inutile.

Alors qu'ai-je pu bien dire pour le convaincre de se compromettre en faisant libérer Patrick ? Quel fut le moment exact où un déclic, si petit soit-il, se produisit dans la tête de mon ami ? Je ne saurais même pas répondre. Je me souviens d'avoir insisté sur l'aspect illégal et immoral de son arrestation. Je me souviens lui avoir dit que même si le rêve de Patrick était de faire revivre la Révolution française en sol québécois, jamais n'avait-il été préoccupé par des idées d'indépendance ; que si l'on m'avait emprisonné, cela aurait fait infiniment plus de sens que son incarcération à lui. Je me souviens aussi avoir dit à Paul-Émile d'oublier les apparitions quasi hebdomadaires de Patrick dans *Photo-Police* pour mieux se concentrer sur l'amitié qui les avait un jour unis ; qu'il eût un temps où l'un aurait fait n'importe quoi pour l'autre.

En dépit de mes talents d'orateur dont je venais tout juste de faire la découverte, Paul-Émile ne me laissa aucune occasion de voir si j'avais réussi à l'atteindre. Sans dire un mot à personne, il se pointa à Parthenais où il signa l'ordre de libération de Patrick, sous le regard tout à fait ahuri d'un gardien de prison qui demandait pourquoi on s'apprêtait à remettre en liberté un personnage aussi fêlé. Paul-Émile ne répondit pas à la question, se contentant d'exiger qu'on lui emmène le détenu avant de le faire sortir.

« Parfait, répliqua le gardien. C'est vous le *boss*. De toute façon, je serais prêt à gager mes bretelles de culotte qu'il va retourner en prison pas plus tard que la semaine prochaine. »

Quelques instants plus tard, un Patrick épouvantablement cerné fut emmené dans la pièce où Paul-Émile se trouvait. Pour tous les deux, le choc fut énorme. Mais Paul-Émile, pour une rarissime fois, eut plus de difficulté à le cacher, n'ayant rien d'autre pour le guider que le souvenir de ce que Patrick avait déjà été et qu'il n'était manifestement plus. Pour Patrick, par contre, la situation fut quelque peu différente : du souvenir de Paul-Émile — et de ce que Paul-Émile était devenu —, il s'en fichait comme de l'an quarante.

« Salut, Patrick. »

Au début, Paul-Émile crut que son envie de se retrouver face à face avec Patrick n'était due qu'à la curiosité ; qu'à un désir d'apposer un « après » au visage de notre ami, pour mieux effacer le « avant ». Mais lorsqu'il ouvrit la bouche, Paul-Émile fut le premier surpris par ce qui en sortit.

« Écoute… commença-t-il. Je m'excuse… Je veux que tu saches que j'ai rien à voir avec ton arrestation. »

Voilà. Paul-Émile avait un cœur, après tout. Je ne crois pas que quiconque en ait jamais douté. Sauf lui-même, évidemment. Et je suis d'avis qu'il m'en a voulu, pour un temps, d'avoir réussi à secouer l'essence de ce qu'il croyait être.

Patrick, pour sa part, ne fut pas du tout impressionné.

« Regarde… confronta-t-il Paul-Émile, camouflant le choc de le revoir, après tant d'années. Je me fais plus beaucoup d'illusions sur les manières de fonctionner du gouvernement. Fédéral, provincial ou municipal. Est-ce que c'est toi qui m'as fait enfermer ? Est-ce que c'est un autre ? Je m'en balance. Tout ce que je sais, c'est que j'ai été mis dans le même panier qu'une gang de clowns indépendantistes, pis qu'on m'a arrêté uniquement à cause de mes convictions. »

Plus tard, Paul-Émile nous dira qu'il fut stupéfié, à l'époque, de voir à quel point Patrick n'avait pas vieilli ; qu'avec la mèche rousse lui tombant sur les yeux au moment où il affirmait se foutre de tout, Patrick donnait plutôt l'impression de se taper une rébellion adolescente qu'aucun d'entre nous n'aurait reniée vingt ans plus tôt.

« Tu dis que t'as rien à voir avec tout ça, poursuivit Patrick d'un ton suffisant. Paul-Émile, t'as pas à te cacher. Au contraire, je voudrais te remercier. Parce que les derniers jours m'ont montré à quel point le monde où on vit est vraiment pourri, pis que j'ai raison de me battre comme je le fais. Sens-toi pas mal, Paul-Émile. Tu m'as rendu un grand service. »

Normalement, Paul-Émile aurait ri devant autant d'arrogance. Il se serait levé de sa chaise pour ensuite indiquer à Patrick la porte de sortie, tout en lui faisant clairement comprendre de ne pas outrepasser les limites d'une générosité qui ne lui venait pas facilement. En gros, Paul-Émile aurait écrasé Patrick d'une réplique assassine afin de lui enlever toute chance de le rabaisser à son tour, chose qu'il n'avait jamais acceptée de qui que ce soit. Surtout pas de ses subordonnés du bas de la ville.

Mais, voilà. Patrick ne ressemblait plus en rien au jeune

homme désespérément soumis à sa mère, à l'amateur des Red Wings de Détroit et au prêtre chroniquement incompétent faisant rire aux éclats une paroisse au grand complet. Et Paul-Émile, quoique bien malgré lui, fut complètement subjugué par cette totale transformation, au point où il eut l'impression de discuter avec un homme rencontré pour la première fois, tout en ne se rendant même pas compte du ton franchement fendant que Patrick employait en lui parlant.

Pendant de longues minutes, Paul-Émile s'employa à chercher des bribes du jeune homme qu'il avait déjà connu et fut sidéré de constater qu'il n'y arrivait pas.

« Pourquoi tu te compliques la vie comme ça ? demanda-t-il à Patrick. T'as eu le *guts* de lâcher la prêtrise parce que tu savais que c'était pas pour toi. Tu t'es marié. Pourquoi t'en profites pas pour vivre une petite vie tranquille avec ta femme ? Tu pourrais te trouver une job, avoir des enfants… »

Patrick répliqua à Paul-Émile en émettant un rire qu'il aurait voulu méprisant. Toutefois, Paul-Émile n'arrivait qu'à entendre une immense tristesse ; une tristesse allant bien au-delà du désarroi dans lequel sa famille le plongeait sur une base presque quotidienne et dont il parvenait à s'échapper à travers le temps passé avec nous. À ce moment précis, alors que tous les deux se trouvaient face à face pour la première fois en dix ans, Paul-Émile n'entendait rien d'autre que la tristesse d'un homme n'ayant plus aucune échappatoire et qui, surtout, s'était résigné à ne plus jamais en trouver.

Pour Patrick, le faubourg à mélasse et ses souvenirs disparurent de manière encore plus expéditive qu'ils ne l'avaient fait pour Paul-Émile.

«Penses-tu sincèrement que je fais exprès? Penses-tu vraiment que j'aime ça, vivre comme ça? Fie-toi sur moi, Paul-Émile: j'aimerais ben mieux être capable de me lever, le matin, de me dépoussiérer le nombril, de prendre ma tasse de Maxwell House, d'aller travailler à*'shop*, de revenir chez nous, de boire ma bière, de coucher avec ma femme pis d'écouter mon hockey. J'aimerais ça, être capable de m'effouarer sur un divan, pis de penser à rien. J'aimerais ça, moi aussi, être capable de perdre mon temps. J'aimerais ça, moi aussi, avoir rien dans'tête, pis d'être heureux juste parce que je me lève le matin. Mais veux-tu en savoir une bonne, Paul-Émile? Je suis pas capable. Je trouve ça trop difficile.

— C'est un choix, ça, Patrick. T'as pas à vivre ta vie comme si la fin du monde arrivait tous les jours. T'as pas à être sombre tout le temps. T'étais pas comme ça, avant.»

À ce stade-ci de la conversation, Patrick n'essayait plus de rire et toute trace de mépris avait maintenant disparu. Ne restait plus que cette immense détresse dont Jean et moi étions témoins depuis deux ans et qui venait, désormais, frapper Paul-Émile de plein fouet.

«Je suis pas comme toi, Paul-Émile. Je serai jamais capable de programmer qui je suis en fonction de ce qui m'arrange le plus. Mais si tu savais à quel point je t'envie, des fois…»

Paul-Émile, refusant de poursuivre le malaise, fit signe au gardien d'escorter Patrick aux portes de la prison avant de lui-même quitter la pièce sans jamais laisser paraître à quel point cette rencontre l'avait secoué.

La crise d'Octobre, comme tout le monde le sait, connut son dénouement avec un homme mort, un autre libéré après plus de deux mois de captivité et une poignée de ravisseurs en exil à Cuba. Paul-Émile, pour sa part, en ressortit avec une détermination renouvelée à avancer sans jamais se laisser distraire par le passé et, surtout, sans rien voir d'autre que son présent qui n'avait pas d'histoire et qui ne nous incluait pas du tout. Quelques jours après la remise en liberté de Patrick, Jean et moi avons tenté de contacter Paul-Émile pour le remercier. Bien franchement, personne ne fut plus surpris — pour ne pas dire estomaqué — que nous d'apprendre ce qu'il avait fait pour sortir notre ami de prison et, en garçons bien élevés, nous tenions à le lui faire savoir. Mais Paul-Émile n'était jamais là. Toujours trop occupé. Ou parti ailleurs. Saisissant le message sans aucun problème, Jean et moi avons tout simplement laissé tomber.

À partir de ce moment, Paul-Émile se mit à fuir le bas de la ville avec encore plus d'ardeur qu'auparavant. Sa rencontre avec Patrick vint lui jeter au visage un sentiment de résignation, un complexe du petit pain qu'il a craint toute sa vie mais qu'il s'était permis d'oublier avec les années. À tort ou à raison, madame Marchand avait brûlé son énergie à convaincre Paul-Émile de ne jamais rien accepter, de ne jamais se contenter de ce que lui-même avait décidé. Cette attitude, que je lui envie encore aujourd'hui, lui donna la force d'aller se chercher tout ce qu'il a toujours voulu. Par contre, cette même attitude vint également lui donner, de façon détournée, une certitude que l'herbe du faubourg à mélasse ne serait jamais aussi verte qu'ailleurs. Après avoir vu sa mère, pendant les vingt premières années de sa vie, lui pointer les gens du quartier un à un en disant qu'il se destinait à une existence aussi misérable que la leur s'il ne devenait pas quelqu'un d'autre, Paul-Émile ne sut jamais prendre en compte que le faubourg à mélasse avait tellement plus à offrir que des Marie-Yvette Flynn et des gens comme mon père. Lui-même en était la preuve vivante, mais il refusait de le comprendre.

La résignation ayant émané des propos de Patrick eut tôt fait de rappeler à Paul-Émile que peu importe la distance parcourue, peu importe les allures de hippie qui tranchaient nettement avec son visage d'enfant de chœur, peu importe les citations de Lénine et d'Abbie Hoffman, Patrick n'avait rien su faire d'autre de sa vie que de la subir, convaincu qu'il ne pourrait jamais rien y changer. Tout au long de leur face-à-face, Paul-Émile avait cherché des traces du Patrick d'autrefois, alors que ce fut Marie-Yvette Flynn, dans toute sa spectaculaire amertume, qui s'était pointée à la prison Parthenais. Et Paul-Émile en fut pétrifié.

Malgré ma volonté — discutable, je le reconnais aujourd'hui — de demeurer auprès de Denise en raison des enfants, et malgré tout ce que Paul-Émile peut raconter, je ne crois pas avoir vécu ma vie selon quelque précepte de résignation. Si tel avait été le cas, je n'aurais certainement pas consacré la presque totalité de ma vie professionnelle au mouvement indépendantiste. Surtout après deux référendums perdus et quelques élections difficiles. Et Dieu sait que Jean s'imposa, de manière continue, une ignorance totale de ce que signifiait le terme même de résignation. Mais Paul-Émile ne voulut jamais le reconnaître et nous n'avons rien fait pour l'en convaincre. De toute façon, madame Marchand s'acharnait tellement à mouler son fils de manière à ce qu'il puisse la retourner en 1929 que nous aurions tous pu parader sur la rue Sainte-Catherine, habillés en *dandy* tout en chantant *Puttin' on the Ritz*, que Paul-Émile aurait fini par nous ignorer quand même. Nous ne faisions pas partie de l'histoire des Marchand. Pas de celle de sa mère, en tout cas. Et c'est ce qui comptait le plus aux yeux de Paul-Émile.

L'apparente résignation de Patrick devant son incapacité à être heureux et, surtout, à ne pas se soustraire au destin de sa mère, vint brutalement rappeler à Paul-Émile que malgré la rue Pratt, malgré la famille Doucet, malgré son poste à Ottawa et malgré sa mère qui jouait les Norma Desmond à Outremont, les racines de Paul-Émile, celles qui le définissaient bien au-delà de ce qu'il voulait reconnaître, n'étaient jamais très loin. Et comme il n'y avait plus rien chez lui à réinventer, sa rencontre avec Patrick lui indiqua qu'il ne restait plus rien d'autre que le déni, la fuite en avant.

Pour la deuxième fois, Paul-Émile allait disparaître de nos vies.

# 8
## Jean... à propos de Patrick

Une fois de plus, je tiens à dire que je n'ai absolument rien contre les femmes. Au fil de l'histoire, je me suis souvent fait un malin plaisir à casser du sucre sur le dos de quelques-unes d'entre elles — la bonne femme Flynn; ses filles; Florence Marchand... — mais ce n'était jamais fait, à mon avis, de façon gratuite. Soyez honnêtes: aucune de celles-là ne venait vraiment faire honneur à son sexe, contrairement à des perles du genre féminin telles que ma merveilleuse Muriel, Mireille, Lili, madame Mousseau ou encore Denise Filiatrault — mon fantasme ultime; jamais assouvi, malheureusement.

Mais parmi les femmes que j'ai passionnément détestées au cours de ma vie, personne ne fut haï avec autant d'exaltation que Judith Léger, dont je devrai, à mon très grand chagrin, parler pendant encore un bon moment.

Heureusement, je n'ai pas eu à me trouver dans la même pièce qu'elle trop souvent dans ma vie. Mais lorsque c'était le cas, la savoureuse épouse de Patrick faisait toujours pousser en moi de fortes envies de faits divers où les journaux m'auraient fait le bonheur de rapporter sa disparition. Rien de violent, rassurez-vous. Seulement un peu de chloroforme, un aller simple pour le Turkménistan et un geôlier s'assurant qu'elle ne retrouve plus jamais le chemin de Montréal. Et donnez-moi un peu de crédit, tout de même!... J'en connais qui ont déjà souhaité pire à de bien meilleures personnes.

Mais revenons à nos moutons...

Lorsque Patrick sortit de prison, c'est moi qui fus chargé d'aller le chercher et de le ramener chez Adrien.

« Judith ?… Elle est où ?…

— Chez Adrien. Inquiète-toi pas. Denise s'en est bien occupée. »

De tout le trajet, ces mots furent les seuls échangés entre nous. Je ne sais pas si Patrick était préoccupé, ou s'il n'avait tout simplement pas envie de jaser, mais reste qu'à l'exception de ces quatre petits mots, il n'ouvrit pas du tout la bouche, de la rue Fullum jusqu'à la rue Robert. Pour ma part, alors que l'avocat en moi crevait d'envie de connaître les détails entourant son incarcération, est-ce que je peux vous dire que je trouvais le temps assez long, merci ?

Lorsque nous sommes entrés chez Adrien, mon cœur se mit soudainement à battre d'anticipation : je regardais tout autour de moi et ne voyais Judith nulle part. Doux Jésus, était-ce possible qu'une âme charitable se soit chargée de catapulter la chipie en Asie Mineure sans que j'aie à mettre en jeu ma toute modeste contribution au Barreau québécois ?

« Judith est dans la chambre de ma fille, révéla Denise à Patrick, s'approchant pour tenter de lui serrer la main. C'est la deuxième porte à gauche. Elle dort encore. »

Tabarn !…

D'un air superbement détaché, Patrick se contenta de hocher la tête, pour ensuite prendre la direction de la chambre de Claire et y retrouver sa tête à claques. Évidemment, Denise ne fut pas très impressionnée par ces manières qui laissaient plutôt à désirer. Même pour un mal embouché comme moi.

« Aïe ! s'exclama-t-elle. Je te dis que lui, c'est pas la politesse qui l'étouffe ! Adrien pis toi, vous vous démenez pour le faire sortir de prison !… Moi, je m'occupe de son hystérique de femme!... Faudrait surtout pas qu'il se sente obligé de dire merci!»

J'aimais bien Denise. Malgré le fait qu'elle et Adrien cherchaient régulièrement à s'entretuer de manières toujours plus loufoques — elle lui servit, un jour, un café à base d'eau de Javel en prétextant avoir oublié de vider la bouilloire qu'elle avait nettoyée, la veille; pas sûr, moi... —, j'avais beaucoup d'affection pour cette femme foncièrement authentique qui ne cherchait jamais à donner le change. Mais les quelques jours où elle eut à héberger Judith tout en réussissant à ne pas l'égorger me commandèrent une admiration pour Denise qui ne verra jamais de fin.

Pendant que Patrick croupissait en prison, Judith avait passé le temps en rédigeant le brouillon d'un livre portant sur son grand révolutionnaire de mari, hurlant à pleine page que Patrick allait marquer à jamais la mémoire collective occidentale. Trois jours après son arrivée sur la rue Robert, elle se planta devant Denise, assise à la table de la cuisine, et exigea que celle-ci jette un coup d'œil au premier chapitre. *Pronto.*

«Je suis occupée, Judith. J'ai des bulletins à remettre bientôt, pis...

— Franchement, Denise! Tu penses quand même pas qu'une gang de petits baveux de quatrième année est plus importante que mon mari, probablement mort torturé, à l'heure où on se parle?»

Si j'avais été à la place de Denise, j'aurais été prêt à téléphoner à la police pour leur avouer que j'étais membre fondateur du FLQ en échange de ne plus avoir à endurer Judith. Mais infiniment plus patiente que moi, Denise se mit à lire le premier chapitre et fit aller son stylo rouge en durcissant sa mâchoire.

Le jour de sa sortie de prison, regardant Patrick prendre le chemin de la chambre pour y retrouver sa femme, j'ai tout à coup ressenti un puissant besoin de détourner les yeux, de regarder ailleurs et de porter mon attention sur autre chose. Pour la première fois en deux ans, je prenais conscience que je n'arrivais plus à endurer le personnage grotesque que mon ami était devenu — j'avais bien assez de me supporter moi-même —, que je ne voulais plus accepter ses airs supérieurs et son ton cassant, alors que je devais continuellement faire mon deuil d'une amitié s'enfonçant toujours plus dans la folie d'un souvenir traumatisant, folie nourrie par une pauvre fille qui l'était encore plus.

Il nous est souvent arrivé, à Adrien et à moi, de détourner les yeux devant ce que Patrick était devenu. De soupirer d'impatience et de sacrer allègrement, aussi. Mais jamais avons-nous brisé les liens qui nous unissaient de manière officielle parce que, quelque part, nous espérions toujours, comme les deux innocents que nous étions, que notre copain allait finir par émerger. Et si nous étions prêts à reconnaître que le Cameroun avait pris une partie de Patrick qu'il ne rendrait à personne, nous étions tout aussi disposés à nous contenter d'un rire, d'une tape dans le dos ou de n'importe quel autre signe visant à nous faire comprendre qu'Adrien et moi n'étions pas dans ses bonnes grâces uniquement lorsqu'il avait besoin de nous. Pourtant, il était clair, alors que Patrick passa devant Denise et moi comme si nous avions été deux crottés en train de lever la patte sur une borne-fontaine, qu'aucun signe ne nous serait jamais envoyé.

Exaspéré d'être constamment pris pour un moins que rien — ce que j'étais parfaitement capable de faire moi-même, merci —, je pris alors une décision qui me brisa le cœur en mille morceaux mais qu'Adrien endossa complètement: pour nous, c'en était fini de Patrick. S'il avait besoin d'aide, nous serions là pour lui. De loin, de manière détachée, sans plus jamais essayer d'obtenir les vingt premières années de sa vie en retour. Nous qui en avions tellement voulu à Paul-Émile d'être parti sans jamais se retourner, nous étions sur le point de faire exactement la même chose. Patrick avait ri de nous pour la dernière fois.

Pourtant, alors qu'il s'approchait d'une Judith endormie, Patrick allait vivre un moment troublant, bref mais déterminant, qui aurait des conséquences sur des années à venir et qui, surtout, aurait nécessité notre présence, à Adrien et à moi.

Avec le temps, Adrien et moi avons fini par comprendre que le Patrick d'autrefois était toujours vivant. Seulement, il ne l'était jamais avec nous, réservant plutôt ses sourires et sa bonne humeur pour sa commune de la rue Boyer, qui en était tout bonnement venue à prendre notre place. Ces gens-là avaient su accepter d'emblée le Patrick qui était revenu d'Afrique, chose que ni moi ni Adrien n'avons su faire convenablement. Et parmi ses nouveaux amis, personne ne sut tirer profit de la transformation de Patrick autant que Judith. Patrick ne l'aimait pas. De ça, je serai toujours convaincu. Mais elle le comprenait, l'acceptait et, surtout, n'essayait jamais de lui faire comprendre la futilité des gestes qu'il posait. Ce qui était moins apparent, toutefois, et beaucoup plus malsain, est que Judith a su se servir de la rébellion de Patrick pour nourrir la sienne, plus grosse et plus destructrice, à l'égard du monde entier. Aussitôt, l'emprisonnement de celui-ci motiva Judith à en faire un héros, un martyr venant carburer davantage sa haine envers un monde où elle n'avait jamais su s'adapter et qu'elle s'était juré de mouler selon sa vision des choses, peu importent les sacrifices que cela nécessiterait. Et par le fait même, un Patrick mort devenait aussi essentiel à la survie de Judith que l'air lui passant par les poumons. La perte de son mari, pour elle, serait le sacrifice ultime venant justifier cette bataille qu'elle menait, envers et contre tous. Patrick serait son propre Che Guevara, en ce sens où sa mort, injuste, lui donnerait la force de se battre jusqu'à la fin.

Alors, qu'aurait dû faire Patrick à sa sortie de prison ? Aurait-il dû se planter un couteau dans le ventre parce qu'il avait eu le malheur de survivre à la Loi sur les mesures de guerre ? Aurait-il dû se jeter devant un train parce qu'une vieille connaissance avait détourné le destin en le sortant de sa cellule ? Si au moins, dans le genre activiste, Judith avait ressemblé le moindrement à Jane Fonda, j'aurais pu comprendre. Mais je ne comprenais rien. Pas plus qu'Adrien. Et à cause de ça, nous avons laissé Patrick couler. Parce que lorsqu'il s'est retrouvé face à face avec Judith et qu'elle se réveilla enfin, celle-ci figea, regarda longuement son mari alors que Patrick fut consterné par ce qu'il lut dans les yeux de sa femme.

Il était revenu. Il était vivant et en bonne santé. Et Judith en fut catastrophée.

Adrien et moi nous étions démenés pour faire sortir notre ami d'enfance de prison alors que Judith, sans jamais nous dire le moindre mot, espérait que nous allions retrouver son cadavre dans un coin de sa cellule pour mieux se donner la force de poursuivre son combat.

Mais le Che de la rue de la Visitation est mort-né. Et Judith s'est éteinte.

# 9

## Adrien... à propos de Paul-Émile

Politiquement, Paul-Émile et moi en étions venus à ressembler à deux pions adverses sur un jeu d'échecs. Il est vrai qu'en ce qui concerne le statut du Québec — question particulièrement chère à mon cœur —, nous n'avons jamais logé à la même enseigne et j'avoue qu'il m'est souvent arrivé, délibérément, d'ennuyer Paul-Émile en monologuant sur les incompatibilités historiques de la Belle Province avec le reste du Canada. Je me souviens tout particulièrement d'un soir où j'étais allé lire, sous la fenêtre de chambre de Paul-Émile, un texte d'une merveille indescriptible sur la nécessité, pour le Québec, de faire l'indépendance. Exaspéré, Paul-Émile finit par me balancer une chaudière d'eau froide par la tête alors que son voisin, monsieur Desrosiers — le père de Suzanne —, me suggéra de rentrer chez nous au pas de course si je ne voulais pas en recevoir une autre. Eh! Seigneur! Ce que j'ai pu en ennuyer, des gens, avec mes monologues d'un kilomètre de long! Pourtant, je ne regrette rien. Malgré les revers et les déceptions, l'indépendance du Québec demeure, pour moi, la cause de ma vie. Tout comme l'unité du Canada restera toujours un principe fondamental aux yeux de Paul-Émile.

Avec tout ce qui s'est passé au Québec sur le plan politique, dans les années soixante-dix, je me suis souvent demandé si l'amitié entre Paul-Émile et moi, eut-elle été vigoureuse à l'époque, aurait survécu. Probablement pas. Mais nos relations étant ce qu'elles étaient à l'époque — c'est-à-dire inexistantes —, je ne le saurai jamais.

À l'époque de la conférence de Victoria[26], alors que je commençais moi-même à jouir d'une certaine réputation à Québec et à Ottawa, je n'avais pu m'empêcher de sourire en apprenant les misères que causait Robert Bourassa à mon ami d'enfance. Paul-Émile avait négocié serré pour une plus grande centralisation des pouvoirs et notre délicieux premier ministre provincial, en exigeant un élargissement des pouvoirs sociaux, était quelque peu venu mettre du sable dans l'engrenage, provoquant ainsi l'échec de la conférence.

Ici, je tiens à préciser que, pour des raisons d'étiquette et de moralité, je ne répéterai pas les différentes injures, riches en vocabulaire sacerdotal, que Paul-Émile proféra à l'endroit de Robert Bourassa, ce jour-là. Au cas où un enfant lirait ceci… On ne sait jamais.

À son retour de Victoria, Paul-Émile, la pression au plafond, n'avait toujours pas réussi à se calmer. Ayant pris l'échec de la conférence de manière très personnelle, il ressentait le besoin de penser à autre chose, de se regarder dans le miroir et de voir un autre homme que le conseiller politique venant tout juste de se faire passer un sapin. Tout naturellement, il pensa à Suzanne.

« Vous allez où ? lui demanda le chauffeur de taxi, alors que la voiture quittait l'aéroport de Dorval.

— 6677, rue Étienne-Bouchard », répondit Paul-Émile.

Paul-Émile détestait le quartier où Suzanne habitait. Trop à l'est… Pas assez riche… Trop quelconque… Il avait longtemps essayé de la convaincre de déménager à l'ouest, dans un coin plus luxueux et nettement au-delà de ce que

---

26  Ayant eu lieu en 1971, cette conférence se voulait une tentative du premier ministre Trudeau de rapatrier la Constitution du Canada et d'y ajouter une charte des droits et libertés.

Suzanne pouvait se payer. Et lorsqu'elle lui fit remarquer que ce n'était pas tout le monde qui, comme lui, jouissait d'un contact direct avec son banquier, Paul-Émile, avec une maladresse qui m'aurait fait passer pour le roi des gants blancs, tenta d'offrir à Suzanne un appartement, tous frais payés, dans une tour résidentielle du centre-ville avec vue sur le fleuve et la Place Ville-Marie. La réplique ne se fit pas attendre.

«Franchement, Paul-Émile!... J'ai-tu l'air d'une guidoune?

— Qui te parle de guidoune?

— Moi. Parce que c'est comme ça que je me sentirais.

— Simonac, Suzanne! Tu travailles, tu payes pour toutes tes dépenses…

— Et ça va rester comme ça.

— Laisse-moi donc faire ça pour toi. Je veux te faire cadeau d'un bel appartement, dans un des plus beaux quartiers de la ville…

— Je SUIS dans un des plus beaux quartiers de la ville.

— Aïe! Ris pas de moi, veux-tu? Tu trouves ça beau, toi, des rangées de petits duplex collés les uns sur les autres?

— Moi, j'aime ça. J'ai de bons propriétaires, le monde est gentil, pis je suis proche de tout. Le centre-ville, Paul-Émile, c'est pas tout le monde qui trouve ça beau. Outremont non plus, soit dit en passant.

— OK, d'abord. Mais laisse-moi au moins t'acheter une maison où…

— Paul-Émile, le jour où je vais me faire entretenir, il va pleuvoir des cochons sur la ville de Montréal. Pis si je finis par être propriétaire d'une maison, un jour, c'est parce que je vais me l'être payée moi-même.»

Suzanne était foncièrement indépendante, pas de doute là-dessus. Elle l'avait toujours été. Mais je me suis souvent demandé si sa propension à refuser systématiquement l'offre de Paul-Émile — parce qu'elle se répétera plusieurs fois au fil des années — ne cachait pas également la nécessité de camoufler la présence de Guy Drouin dans sa vie. Parce que celui-ci, deux ans après leurs retrouvailles, était toujours dans le portrait. Et comment Suzanne s'y est prise pour que Paul-Émile, pendant longtemps, n'en ait pas connaissance, je ne l'ai jamais su. D'accord, Drouin et Paul-Émile vivaient dans des univers complètement différents mais il y avait toujours bien monsieur Marchand qui se trouvait à cheval entre les deux! Avec monsieur Desrosiers roucoulant littéralement son bonheur à voir Guy Drouin de retour dans la vie de sa fille, il était absolument impossible que le père de Paul-Émile n'en ai rien su. Se pouvait-il que la relation entre le père et le fils ait pu se briser à ce point? À moins que ce ne soit monsieur Marchand qui prit la décision de ne pas se mêler de la vie privée de Paul-Émile… Essayer de comprendre tout cela, bien franchement, me donne des maux de tête chaque fois.

Toutefois, l'ignorance de Paul-Émile connut une fin brutale à son retour de Victoria. Trop plongé dans ses dossiers pour se rendre compte qu'il était arrivé sur la rue Étienne-Bouchard, ce fut le chauffeur de taxi qui dût lui faire signe qu'il était temps de se faire payer.

«Déjà?

— Déjà.

— Heu… OK. Laissez-moi juste le temps de ranger mes papiers. Vous pouvez laisser votre compteur rouler.»

Le chauffeur envoya un sourire forcé à Paul-Émile,

qui, lui, s'affairait à remettre ses dossiers dans sa mallette, trop occupé pour voir qui était en train de sortir du 6677 de la rue Étienne-Bouchard.

« Aïe ! s'écria soudainement le chauffeur de taxi, tout excité. C'est Guy Drouin, ça ! »

Paul-Émile, le cerveau subitement réduit à l'état de purée, leva brusquement la tête pour apercevoir enfin, à son tour, Guy Drouin se diriger vers sa Buick Le Sabre. Quelques secondes à peine s'écoulèrent entre le moment où celui-ci s'installa dans sa voiture, démarra le moteur, pour ensuite avancer vers le nord et tourner à gauche sur la rue Bélanger. Atterré, Paul-Émile eut pourtant l'impression d'avoir été assis sur la banquette arrière du taxi depuis les dix dernières années. Comme s'il n'avait jamais rien fait d'autre que de revivre cet instant où il aperçut, pour la première fois, Suzanne et Guy s'embrasser devant le domicile des Desrosiers sur la rue Wolfe et que sa propre relation avec Suzanne n'avait jamais existé. Comme s'il n'avait jamais rien pu faire d'autre que de les subir, tous les deux, en se marchant sur le cœur et en faisant abstraction de ses propres sentiments. Bref, Paul-Émile goûta enfin à sa propre médecine, celle qu'il administrait à Suzanne depuis dix ans. Affirmer qu'il en trouvait le goût désagréable décrivait sa réaction, d'ailleurs, de manière assez pauvre. Et au regard fermé qu'il affichait, il était plutôt clair qu'il n'allait pas tolérer l'arrière-goût très longtemps.

Paul-Émile ne fut jamais le plus bavard d'entre nous. Pour bien comprendre, il fallait connaître son code personnel, savoir déchiffrer ses gestes et lire ses regards. Et lorsque Suzanne ouvrit la porte, après que Paul-Émile eut frappé trois coups de la manière la plus impersonnelle qui soit, sa lecture de lui se fit en un quart de seconde.

Paul-Émile avait vu Guy Drouin sortir de chez elle. Il savait tout et Suzanne n'essaya même pas de le convaincre du contraire.

«Qu'est-ce que tu fais ici?» se contenta-t-elle de lui demander.

La réponse ne fut rien de moins qu'expéditive. Et lorsque la main de Paul-Émile atteignit la joue de Suzanne, celle-ci perdit l'équilibre, sa tête allant frapper le plancher de son hall d'entrée. Mais plutôt que de se mettre à pleurer ou de chercher à se justifier, Suzanne se releva, s'approcha de Paul-Émile qui la regardait toujours comme si elle était la dernière des traînées et lui administra une forte claque du revers de la main.

«Ne lève plus jamais la main sur moi, avisa-t-elle d'une voix brisée. Est-ce que c'est clair?»

Paul-Émile, le cœur brisé, humilié et confus, n'étant pas en mesure de voir clairement quoi que ce soit, gifla Suzanne une seconde fois. En larmes et la joue enflée, celle-ci laissa échapper un grand cri avant de décocher un superbe crochet au menton de Paul-Émile qui, déconcerté par la violence du coup qu'il venait de recevoir, s'écroula par terre.

Je n'ai pas su quoi faire de cette histoire lorsqu'on me l'a racontée. Tout comme je ne le sais pas plus maintenant. Si mon père ne fut jamais en mesure de m'élever comme il aurait dû le faire, j'avais cependant été vite à comprendre, à travers les mots et les agissements des hommes de mon quartier, que l'on ne devait pas lever la main sur une femme. En ce sens, jamais je ne pourrai excuser, aussi isolé et unique fût-il, ce geste de Paul-Émile.

Cela étant dit, je peux tout de même comprendre l'état

d'esprit dans lequel il se trouva lorsqu'il finit par apprendre que Suzanne jouait sur deux tableaux à la fois. Même s'il était loin d'être un expert dans l'art de le démontrer, Paul-Émile aimait sincèrement et profondément Suzanne et le choc de la savoir avec Guy Drouin, jumelé à son humeur depuis son retour de Victoria, fut plus qu'assez pour lui faire perdre les pédales. Et pour être honnête, je ne peux m'empêcher d'admirer la façon dont Suzanne réagit aux frappes de Paul-Émile. Avec ses cinq pieds et un pouce et ses cent livres mouillées, Suzanne n'avait absolument rien d'un Gino Brito, s'attaquant aux deux cent quinze livres de Paul-Émile comme s'ils avaient été son *punching bag* personnel. Curieusement, Paul-Émile ne l'en aima qu'encore plus.

« Pourquoi ?… » demanda celui-ci en massant sa mâchoire.

Suzanne mit quelques secondes à répondre. Elle pleurait et sa main droite lui faisait affreusement mal.

« Si tu savais à quel point ça fait longtemps que j'essaie de couper les ponts avec toi, Paul-Émile. Mais je suis pas capable. Quand je m'imagine sans toi, j'ai mal au cœur pis je pleure comme une Madeleine. »

Et là, après être descendu aussi bas que d'administrer deux claques à Suzanne en plein visage, Paul-Émile crut bon d'en rajouter une couche supplémentaire en lui servant la réplique qui suit :

« Fais-moi plaisir pis lâche les violons, veux-tu ? J'arrive ici pis je tombe sur ton ex qui sort de chez vous ! Que tu me dises à quel point t'es pas capable de te passer de moi, ben franchement, ça me passe cent pieds par-dessus la tête ! »

Paul-Émile tout craché. Du grand cru. Si j'avais été là, moi aussi je l'aurais frappé.

« Va-t'en, Paul-Émile.

— Quoi ?… Qu'est-ce que j'ai dit ?

— Est-ce que ça te fait du bien, Paul-Émile, quand tu te grattes le nombril ?

— Essaie pas de me faire sentir coupable, Suzanne Desrosiers, quand c'est toi qui m'as fait un coup de cochon ! »

J'aurais bien voulu savoir de quel coup il s'agissait, exactement. Ou de quelle réalité. Suzanne, malgré tout l'amour qu'elle vouait à Paul-Émile, était la seule personne de son entourage — à l'exception de monsieur Marchand — qui refusait de céder à ses moindres caprices; qui s'obstinait à ne pas le traiter comme le grand seigneur qu'il croyait être devenu. Cela étant dit, elle devait tout de même subir le mariage de Paul-Émile comme un rappel constant de tout ce qu'elle perdait à mesure que le temps passait. Et s'il est vrai qu'elle acceptait de plein gré son rôle secondaire dans la vie de Paul-Émile, le temps et les années me révélèrent que tous deux auraient préféré, et de loin, vivre leur vie séparés, qu'ils ont souvent essayé, toujours en vain. Et au fil du temps, Suzanne regardait les photos de famille des Marchand, voyait Lisanne, Marie-Pierre et Louis-Philippe grandir tout en sachant, du même coup, que ses chances de se bâtir une famille bien à elle diminuaient à chaque minute passée auprès Paul-Émile. Ce constat lui était insupportable. Mais l'absence de Paul-Émile, pour sa part, l'était encore plus.

« J'essaie pas de te faire sentir coupable pantoute, Paul-Émile. Pis avant de me sacrer une volée en pleine face parce que t'as vu Guy sortir d'ici, pourquoi tu réfléchis pas, trente secondes, pour essayer de comprendre comment ça se fait que j'en suis rendue là ?

— J'aurais ben voulu te voir à ma place, Suzanne! Je viens d'apprendre que monsieur Art-Ross'57 se tape ma femme! Tu veux que je réagisse comment?

— De la même manière que je réagis depuis dix ans, Paul-Émile: en prenant ton trou. »

Cette réplique de Paul-Émile, encore aujourd'hui, ne m'est jamais sortie de la tête. Monsieur Art-Ross'57 qui se tapait sa femme… Mais sa femme, Suzanne ne l'était pas et pourtant, au plus profond de lui-même, malgré son air détaché et toute sa négligence, je demeure convaincu que Paul-Émile ne la considérait pas autrement. Suzanne était sa véritable épouse, l'amour de sa vie, sa compagne d'une manière que Mireille, malgré le contrat de mariage et les trois enfants, ne serait jamais. Et alors qu'il s'enfonçait toujours plus profondément dans cette réalité déformée, Paul-Émile, forcément, réussit à se faire croire que Mireille n'existait pas vraiment; qu'il n'avait toujours été fidèle qu'à Suzanne. D'où sa colère de voir Guy Drouin revenir dans le portrait et le constat, inévitable, de n'avoir pas su donner suffisamment de sa vie à Suzanne pour qu'elle puisse s'en bâtir une à elle qui l'aurait rendu heureuse.

« Est-ce que c'est là qu'on est rendus? demanda Paul-Émile, sans vraiment vouloir connaître la réponse. Est-ce qu'on est rendus au point où tu veux un mari?… Des enfants?…

— J'en suis rendue au point où j'ai besoin de choses que tu peux pas me donner, Paul-Émile. J'ai besoin d'avoir une vie de famille. Pis j'ai surtout besoin d'en avoir une avec un homme qui me met en haut de sa liste.

— T'as toujours été en haut de ma liste, Suzanne.

— Non, Paul-Émile. C'est pas vrai. Je passe après

Albert Doucet. Je passe après tes enfants. Pis je passe après le Parlement. Ça fait dix ans que je me contente de tes restants. J'ai beau être patiente, j'ai beau t'aimer mais je suis plus capable de faire comme si ça me coûtait rien du tout.

— Pis Drouin ?… Il te fait passer en premier, lui ?

— Oui, je passe en premier. Avant tout le monde. Pis après avoir passé dix ans à t'entendre me dire de rester cachée, tu peux pas savoir à quel point ça fait du bien. »

J'ai déjà dit, précédemment, que de raconter la vie de Paul-Émile, c'était surtout raconter celle des autres ; que c'était, aussi, raconter l'incidence que ses propres choix avaient pu avoir sur l'existence des gens qui l'entouraient. Mais le retour de Guy Drouin dans la vie de Suzanne vint radicalement changer cette situation. À compter de cette période, ce fut au tour de Paul-Émile d'apprendre à se plier au destin, à se laisser emporter par le courant, tout en faisant des efforts titanesques pour ne pas s'y noyer. Je ne crois pas qu'il y soit jamais parvenu et la suite des choses, malheureusement, viendra me donner raison.

Enfin… Ce n'est pas le moment de commencer l'un de mes captivants monologues.

« Si t'as trouvé le bonheur parfait, qu'est-ce que tu fais encore avec moi ?

— Je te l'ai dit, Paul-Émile. Je suis pas capable de vivre sans toi. Pis crois-moi : c'est pas parce que j'ai pas essayé. »

Ce serait facile, pour moi, de dire que Paul-Émile, ce jour-là, n'eut rien d'autre que ce qu'il méritait. Ce serait sans doute très vrai, aussi. Mais la peine vive et profonde qu'il ressentit, à ce moment-là, m'empêchera toujours d'élaborer là-dessus. Un homme a beau avoir ce qu'il mérite, ce n'est jamais agréable de voir quelqu'un souffrir de la sorte. Et Paul-Émile, par sa propre faute — et un peu par celle des autres, comme il en sera question plus tard —, allait certainement vivre sa part de souffrance dans les années à venir.

« On s'est jamais parlé comme ça, toi pis moi, ouvrit Suzanne. Là, je pense qu'il est temps qu'on se dise les vraies affaires. J'aimerai jamais quelqu'un d'autre comme je peux t'aimer, Paul-Émile. Pis je sais que c'est la même chose pour toi. Mais j'ai pas de vie. Ça fait dix ans que tout ce que je fais, c'est de t'attendre. Je me lève le matin, je m'habille, je vais travailler, je reviens ici, pis j'attends que tu m'appelles. Des fois, mes parents viennent me voir… Des fois, je vais chez Rolande… J'existe, Paul-Émile, mais je vis pas. Pis si je me retrouve à soixante ans en me disant que c'est tout ce que j'ai fait de ma vie, je vais me tirer une balle dans la tête.

— L'aimes-tu ?

— Je pourrai jamais l'aimer autant que toi, mais oui, je l'aime. À ma manière. »

Au fil des années, Jean, Patrick et moi avons souvent été découragés devant cette volonté toute stupide de Paul-Émile de faire comme si Suzanne n'était qu'un caprice, simplement parce qu'il était trop snob pour marier une fille du bas de la ville. Tout le monde savait que pour lui, Suzanne était beaucoup plus que ça et je crois que ce jour-là, alors qu'il était assis par terre, près de la porte d'entrée, la mâchoire estropiée, Paul-Émile était enfin prêt à le reconnaître.

« Qu'est-ce qu'on fait, maintenant ? » capitula-t-il.

Cette question, à elle seule, vient parfaitement résumer toute l'ampleur de l'amour que Paul-Émile ressentait pour Suzanne. Je sais que ça peut être difficile de comprendre pour qui que ce soit ne les ayant jamais vus ensemble. Mais n'importe qui ayant connu un tant soit peu Paul-Émile Marchand ne peut qu'être bouleversé par cet aveu d'impuissance totale et par le point d'interrogation semblant dire à Suzanne qu'il l'aime au point de se laisser guider par elle. Encore aujourd'hui, je n'en reviens toujours pas parce que je connais suffisamment Paul-Émile pour savoir qu'à cet instant précis, son instinct premier aurait été de foutre le camp, de classer Guy Drouin, bien puérilement, parmi les pires joueurs de toute l'histoire de la LNH et de faire comme si Suzanne n'avait jamais existé. Alors à mes yeux, son inertie représentait bien davantage et avait mille fois plus de valeur que n'importe quelle déclaration d'amour moche et éphémère. Suzanne aussi l'avait compris.

« J'ai besoin que tu m'aimes assez pour me laisser avoir une vie en dehors de toi, soupira-t-elle, doucement. J'ai besoin que tu fasses pour moi ce que je fais pour toi depuis dix ans. Pis j'ai surtout besoin que tu saches que je te quitterai jamais. Peu importe ce qui va se passer.

— Tu veux que je te laisse te marier avec lui ? Avoir des enfants ?…

— J'ai pas à attendre que tu me laisses faire quoi que ce soit, Paul-Émile, répliqua Suzanne, un brin irritée. Ce que je veux, c'est que t'assumes ton choix de pas avoir fait ta vie avec moi. Quand on a commencé à être ensemble, j'ai pas eu le choix de prendre le *package deal* qui venait avec. Mireille… Tes enfants, par après… Au fond, j'espère seulement que tu vas m'aimer assez pour me laisser vivre, même si c'est pas toujours avec toi. Comme je fais depuis longtemps. »

Sur le coup, Paul-Émile essaya de se faire croire qu'il

avait le choix; qu'il aurait très bien pu partir mais qu'il avait fini par opter pour la situation qui l'arrangeait le plus. Ce n'était pas vrai et il le comprit rapidement. Dévisageant Suzanne en silence, il comprenait, après toutes ces années, que cette impression d'avoir son mot à dire sur quoi que soit concernant leur relation n'était qu'illusoire. Suzanne, pour mon vieil ami, fut toujours l'exception à la règle voulant que sa tête ait préséance sur tout le reste.

Pour la première fois, Paul-Émile subissait et acceptait en ne faisant rien.

# 10
## Jean... à propos de Patrick

Même dans la mort, James Martin ne put se débarrasser de son côté pathétique qui en avait fait un triste personnage de son vivant. Le père de Patrick — et époux de la très peu regrettée Marie-Yvette — mourut chez lui, d'un arrêt cardiaque, dans la nuit du 2 au 3 juin 1971, dans une mise en scène tellement ridicule qui ne fut pas sans me rappeler la fin loufoque de mon grand-père Taillon.

Ce fut Maggie — la sulfureuse Margaret, déjà saoule à 6 h 30, le matin; avouez que c'était pire que moi — qui fit la découverte: James Martin gisait sur le plancher de la salle de bains, une bouteille de bière vide dans une main et un *Playboy* dans l'autre. Le vieux cochon!... Par la suite, la famille apprendra qu'il ne s'était rien passé de particulier. Pas de chute dans laquelle James Martin se serait frappé la tête... Pas de scénario à la John Bonham où il se serait étouffé dans son vomi. Son cœur avait tout simplement cessé de battre. Fin de l'histoire. Par ailleurs, Maggie me dira, au salon funéraire, qu'elle aurait bien souhaité que le cœur de son père cesse de battre pendant qu'il était encore habillé. Difficile de la contredire là-dessus. Et vous me connaissez... Je n'ai pu m'empêcher de rire.

Ici, je tiens à préciser une chose: si vous pensez que la famille Flynn s'est empêchée de faire virer les funérailles de James Martin en carnaval simplement parce que ses membres se trouvaient entre les quatre murs d'un Alfred Dallaire, détrompez-vous tout de suite. Le salon était bondé, rempli à craquer, alors pourquoi ne pas utiliser ce public — consentant ou pas; *who cares?* — pour offrir un tout dernier rappel du *Flynn Clowns & Freak Show* ? Avec, en vedette, nul autre que Teresa la Terrible et Patrick le Pouilleux !

Les minutes précédant la levée du rideau se déroulèrent dans une atmosphère de convivialité plutôt surprenante pour un salon funéraire. Les gens présents — et ils étaient nombreux, je tiens à le rappeler ; James Martin ne comptait que des amis — discutaient, riaient et se rappelaient le défunt en souriant tristement. Justine et Gérard se remémoraient, en ricanant, les prises de bec publiques de Marie-Yvette et de James Martin qui avaient nourri, pendant des années, tout le quartier en potins… Adrien jasait avec Luc Desrosiers et son épouse Mary, l'une des sœurs de Patrick… Plusieurs compagnons de taverne de James Martin étaient aussi venus faire leur signe de croix devant sa tombe, tandis que les fils Flynn, Gavin et Thomas, se tenaient dans un coin, essayant de faire passer leur envie de boisson en discutant des chances du Canadien de remporter la prochaine Coupe Stanley alors que la saison de hockey venait tout juste de s'achever. Pour ma part, en dépit de mon très grand malaise à me trouver dans un salon funéraire, j'essayais de faire comprendre à Maggie, qui me suivait partout en me faisant des clins d'œil, que je commençais sérieusement à en avoir ma claque ; que je n'étais pas très porté sur les femmes ayant un taux d'alcool supérieur au pourcentage d'eau que l'on retrouve dans le corps humain. Et pas besoin de me rappeler que j'étais plutôt mal placé, merci, pour passer une pareille remarque à qui que ce soit. Je ne l'ai pas fait, d'ailleurs — enfin… pas dans ces mots-là —, même si ce n'était pas l'envie qui manquait. Comme Maggie, je buvais peut-être l'équivalent d'un tonneau d'alcool par jour, mais contrairement à elle, je n'en dégageais pas l'odeur, ayant au moins la considération de me frotter avec du Old Spice en sortant de la douche, le matin.

Tout ça pour dire que, pendant que nous étions réunis devant la tombe de James Martin pour exprimer notre tristesse d'avoir perdu un bon diable, sa fille aînée, la toujours séduisante Teresa, ressemblait davantage à Joe Louis trente secondes avant un combat, plutôt qu'à une enfant endeuillée, alors qu'elle faisait les cent pas comme une obsédée à l'entrée du salon funéraire.

« *Don't you think you should be in there with your father?* lui avait d'ailleurs demandé Joe Healy, son époux. *People are asking questions. They're wondering why you're not with your family.*

— J'aurai tout le temps de parler à mon père une dernière fois avant la fermeture de la tombe. Mais si mon frère essaie de rentrer ici, je veux pouvoir lui dire moi-même que ce serait dans son meilleur intérêt de revirer de bord.

— *You know, James Martin was his father, too. And whether he wants to see him or not, I don't think it's up to you to decide.* »

Pauvre, pauvre Joe ! Le regard que lui lança Teresa débordait tellement de vitriol qu'il baissa instantanément les yeux, tout en mettant les mains dans ses poches avant d'aller rejoindre ses beaux-frères. Mais entre vous et moi, ça prenait bien un amateur pour tenter de raisonner avec Teresa à ce moment-là. N'importe qui la connaissant le moindrement savait parfaitement que, lorsqu'il s'agissait de Patrick, elle était intraitable.

« Pis en plus, cria-t-elle à Joe en le regardant partir, tu pourrais pas te forcer un peu pour parler français ?! Depuis le jour où je t'ai marié que je me fends en quatre pour te montrer à parler comme du monde ! Ça te tente-rait-tu, s'il te plaît, de me prouver que je me suis pas reproduite avec un zouave ? *Speak french !* »

Comme toujours, Teresa faisait preuve d'une délica-tesse digne du derrière d'un hippopotame et le pauvre Joe, dos courbé et mains dans ses poches, faisait vraiment pitié à voir. Cependant, Teresa, et ça me fait mal de le dire, avait raison de refuser la présence de Patrick au salon funéraire. Après avoir négligé, renié et levé le nez sur son père depuis son retour d'Afrique, il aurait été rien de moins que révoltant que Patrick s'y pointe.

Bien franchement, Adrien et moi croyions que Teresa perdait son temps à faire le pied de grue devant la porte d'entrée du salon funéraire. Rien, absolument rien, ne laissait présager que Patrick allait y faire acte de présence. Depuis le jour où Paul-Émile l'avait fait libérer de prison, nous ne l'avions plus revu et les seules nouvelles que nous avions de lui provenaient des journaux, comme c'était le cas avant la crise d'Octobre. Quoique ces nouvelles se faisaient de plus en plus rares, comme si les gens s'étaient fatigués de lui et qu'à force de crier toujours la même chose, il était devenu une caricature de lui-même, n'inspi-rant plus aucune crainte à personne. L'enlèvement de James Richard Cross et de Pierre Laporte avait causé une onde de choc monumentale mais comme Patrick n'y était associée d'aucune façon, plusieurs disaient qu'une grande gueule incitant à la violence n'ayant jamais touché à per-sonne ne pouvait certainement pas être pire qu'une bande d'exilés ayant laissé un mort dans un coffre de voiture en route vers Cuba. En gros, la crise d'Octobre avait rendu Patrick inoffensif et son absence de plus en plus fréquente dans les journaux nous donnait l'impression, à Adrien et à moi, de le voir, comme Paul-Émile, disparaître pour la deuxième fois.

Alors, pas besoin de dire que lorsque nous l'avons vu, à notre très grande surprise, faire son apparition au salon funéraire, accompagné de sa nénette qui avait l'air encore plus mal en point que le pauvre James Martin dans son cercueil, nous savions que la rencontre entre le frère et la sœur était un classique en devenir dont nous allions parler pendant longtemps. Je vous jure, les yeux de Teresa, en voyant Patrick approcher, se sont mis à cracher du feu !

« Salut, Teresa, dit Patrick.

— Je t'attendais. »

À ce moment-ci, je regrettais amèrement de ne pas avoir avec moi un bon bol de pop corn et un verre de Pepsi. Le spectacle s'annonçait palpitant.

« Écoute… proposa Judith à Patrick. Je vais te laisser parler à ta sœur. Faut que j'aille aux toilettes. »

Sur le coup, je remarquai que Patrick semblait agacé de voir Judith prendre le chemin de la salle de bains mais je n'en fis pas de cas, moi qui ne voulais surtout rien manquer de ce qui s'annonçait aussi palpitant qu'un combat de coqs.

« Teresa, reprit Patrick, d'un air superbement condescendant. Je veux pas faire de chicanes. Je suis venu offrir mes sympathies, c'est tout. Judith pis moi, on va s'en aller tout de suite après. »

Cet appel au calme, plutôt curieux venant de la part d'un gars ayant passé les trois dernières années à vanter les vertus d'une bonne révolution sanguinaire, eut plutôt comme effet d'enrager davantage Teresa. Et une fois de plus, malgré toute l'amitié qu'Adrien et moi avions toujours pour Patrick, nous n'avons pas eu d'autre choix que de comprendre la colère de sa sœur aînée.

«Écoute-moi comme il faut, Patrick, parce que je me répéterai pas: il est hors de question, comprends-tu, que tu t'approches de la tombe de mon père.

— Teresa…

— Je veux pas te voir ici. Si tu penses que tu vas venir jouer à l'hypocrite aujourd'hui, je te conseille fortement de te trouver autre chose à faire.

— Papa est mort. Je suis simplement venu le voir une dernière fois. Y'est où, le problème?

— MON père, à moi, est mort. Celui de Mary, de Maggie, de Gavin pis de Thomas. Le tien, je sais pas où il est, mais y'est pas ici.

— Si ça te tente de faire une scène, fais-en une toute seule. Je m'abaisserai certainement pas à ton niveau.»

À ce moment-ci, Patrick essaya de se diriger vers la pièce où le corps de James Martin était exposé mais Teresa lui barra rapidement le chemin. Plusieurs curieux s'approchèrent alors que le pauvre Joe se tenait debout derrière sa femme, au cas où il aurait à intervenir.

«Va-t'en, Patrick. T'as pas d'affaire ici.

— Ôte-toi de mon chemin, Teresa.

— T'étais où quand papa était vivant? T'étais où quand le seul temps où il pouvait avoir de tes nouvelles, c'était en lisant les journaux?

— C'est pas parce que je voyais pas papa que…

— Que tu l'aimais pas?! Ris pas de moi, veux-tu? Si t'avais voulu voir papa, tu l'aurais vu. Pis maintenant qu'il est mort, viens pas essayer de te donner bonne conscience, parce que ça marchera pas. Fie-toi sur moi que tu te rendras pas jusqu'au cercueil. Je vais t'arracher la tête avant!»

J'ai eu beau essayer autant comme autant, je ne comprenais pas pourquoi Patrick s'était pointé au salon funéraire; pourquoi il se donnait la peine d'accorder à James Martin une attention qu'il lui refusait de son vivant. D'autant plus que Patrick, l'air franchement méprisant, regardait Teresa comme s'il lui était à des années-lumière supérieur et qu'il faisait un sacrifice digne de sa propre grandeur en s'abaissant, ce jour-là, à se pointer au salon funéraire.

« Je suis venu voir mon père, répéta-t-il d'un air chiant qui lui aurait valu mon poing dans la face si c'est à moi qu'il avait parlé. Si tu penses que tu vas pouvoir faire quoi que ce soit pour m'en empêcher… »

La bouche ouverte, le souffle court, tous attendaient avec impatience la réplique à venir de Teresa. Joe, Gavin, Thomas, Mary, Justine, Gérard… Adrien et moi aussi, évidemment. Comme tous les autres.

« Je suis maman d'un petit garçon, Patrick. Ben franchement, je sais pas pourquoi je te dis ça. Ça doit te passer cent pieds par-dessus la tête. Mais à cause de toi, Joey aura jamais la chance de connaître son grand-père. Chaque fois que je voyais papa ouvrir le journal pis tomber sur une photo de toi, je le voyais mourir à petit feu. Maman est morte en criant ton nom, pis papa a pété au frette à cause de toi. J'ai pas pu faire grand-chose pour empêcher mon père de crever, mais fie-toi sur moi, Patrick, que je vais faire tout ce que je suis capable de faire pour que personne manque de respect à sa mémoire. »

Ces mots, Teresa les avait dits les poings fermés, grinçant des dents. Jamais n'était-elle apparue plus la fille de sa mère qu'à ce moment-là et pourtant, malgré le souvenir pour le moins… ambivalent que Marie-Yvette nous

avait tous laissé, nous ne pouvions faire autrement qu'ap-
puyer Teresa à cent pour cent. Malgré le désir tout légi-
time d'un fils de faire la paix avec son père — comme
Patrick nous l'expliquera, d'ailleurs, quelques années plus
tard —, personne n'arrivait à oublier la souffrance sincère
de James Martin et ce sentiment indéniable que le rejet de
son fils avait effectivement précipité son décès. Même si
ce n'était pas entièrement vrai. Le cœur et le foie de James
Martin, dans un piètre état depuis probablement sa petite
enfance — il serait né avec le goulot d'une bouteille de
bière dans la bouche que je n'en serais pas surpris —,
n'avaient tout de même rien à voir avec son fils cadet.
Mais je suppose que de le croire, avec tout le ressentiment
que Patrick inspirait en nous à l'époque, faisait bien notre
affaire. Et comme Adrien et moi avions longtemps été en
manque de notre propre père, de nous demander de comprendre le comportement de Patrick envers le sien était
au-dessus de nos forces.

Au bout du compte, Teresa sortit victorieuse du
combat de coqs l'opposant à son frère. Patrick finit par
battre en retraite, sourire en coin, l'air de vouloir tous
nous laisser à notre médiocrité. Mais pas avant d'avoir
tenté de rallier à sa cause les deux seules personnes ne lui
ayant, de toute sa vie, jamais fait défaut : Adrien et moi.

Tout en essayant d'ignorer superbement sa sœur aînée
qui continuait de l'injurier devant tout le monde, Patrick
se mit à nous regarder avec insistance, comme s'il nous
demandait de la faire taire et de lui montrer le chemin jusqu'à la tombe de James Martin. Après tout, si nous avions
été prêts à contacter Paul-Émile pour le faire sortir de
prison, nous étions certainement capables de venir à bout
de l'hystérique lui barrant le chemin. *One for my baby,*

*and one more for the road !* Mais Adrien et moi, refusant de briser la résolution prise après la sortie de prison de Patrick, n'avons pas levé le petit doigt. Ce fut difficile. Sur le coup, nous nous sommes, tous les deux, sentis comme les deux jumeaux de Judas. Cependant, le souvenir de Teresa dans mon bureau, enceinte jusqu'aux oreilles, me racontant son père qui pleurait en cachette, était trop vif pour que je me découvre des envies de passe-droits envers Patrick. Tout comme je savais qu'Adrien n'avait pas encore digéré de le voir, lui et sa greluche, quitter la rue Robert sans la moindre parole ou le moindre merci.

Pendant toutes ces années, Adrien et moi, à l'opposé de Patrick et de Paul-Émile, n'avons jamais cessé de considérer nos souvenirs de jeunesse comme un trésor à sauvegarder. Tout comme nous n'avons jamais cherché à les renier. Ce qui, par le fait même, nous libérait de toute dette envers le Patrick qui était revenu du Cameroun.

Ce Patrick-là, nous ne le connaissions pas. Et donc, forcément, nous ne lui devions rien du tout.

Lorsqu'il comprit enfin ce qui se passait, Patrick nous regarda, Adrien et moi, comme si nous venions tout juste de lui scier les deux jambes. Pour la première fois de sa vie, il prenait conscience de ne plus pouvoir avancer sans ce filet de sécurité qui le protégeait depuis son enfance et qu'il tenait scandaleusement pour acquis, contrairement à Paul-Émile qui, lui, avait au moins eu la décence de ne pas revenir sur ses pas lorsqu'il en aurait eu besoin. Adrien, moi et même Paul-Émile ne voulions plus être là pour Patrick. Pas par esprit de vengeance, ce que je tiens à préciser. Mais si je ne suis pas vindicatif ou rancunier, Adrien et moi, par contre, en avions plus qu'assez de faire rire de nous.

Ce fut à ce moment-là — lorsqu'il comprit qu'il ne pouvait plus compter sur ses deux plus vieux amis — que Patrick choisit de partir en nous offrant, en guise de cadeau d'adieu, son sourire le plus fendant, nous regardant avec des yeux suintant le mépris. Comme si nous tous — Adrien, moi, Teresa et tous les autres — avions été trop zouaves, trop innocents pour apprécier la lumière qui irradiait de sa présence.

Est-ce que son mépris ne cachait pas plutôt un mécanisme de défense pour dissimuler sa peine causée par deux amis d'enfance ? Ça se peut. Tentative de camoufler le choc de ne pouvoir dire au revoir à James Martin comme il l'aurait voulu ? Je m'en balance comme de l'an quarante ! Adrien et moi avions besoin de faire comprendre à Patrick que nous n'étions pas à son service et qu'il ne pouvait surtout pas nous manipuler en invoquant nos souvenirs de jeunesse, alors qu'il faisait tout pour faire comme si ces souvenirs n'avaient jamais existé.

Il y a quand même des limites à se faire prendre pour des crétins.

Notre message a passé. Très bien, même, parce que neuf ans — NEUF ANS ! — allaient s'écouler avant que Patrick ne se manifeste à nouveau. Et bien franchement, alors que nous le regardions quitter le salon funéraire presque au pas de course, je crois qu'Adrien et moi savions très bien, à ce moment-là, que Patrick venait de nous rayer de sa carte. Pour un temps, en tout cas. Le risque de perdre son amitié en est un que nous avons pris avec une volonté presque comique. Comme deux enfants se faisant demander s'ils avaient envie d'une journée au Parc Belmont.

Et Judith, me direz-vous ? Non, je ne l'ai pas oubliée.

Au moment où Patrick s'éloignait du salon en nous adressant presque un doigt d'honneur, sa dulcinée était toujours aux toilettes, occupée à faire ce qu'elle y faisait depuis dix minutes : s'envoyer de la coke dans le nez.

# Chapitre III
## *1976*

### 1
### Paul-Émile... à propos d'Adrien

Encore aujourd'hui, la mémoire collective québécoise retient que ce fut le référendum de 1980 qui divisa des familles et mit fin à des amitiés. C'est vrai. Mais les élections provinciales de 1976, à mesure que les gens prenaient conscience que le PQ allait prendre le pouvoir, ne furent pas de tout repos, non plus, pour les relations interpersonnelles. Le mariage de Denise et Adrien, justement, en fut un bel exemple et le rôle principal que joua Adrien dans la victoire du PQ vint pulvériser ce qui restait de civisme entre deux personnes qui peinaient déjà à se supporter.

« Qu'est-ce que je peux faire pour vous convaincre, une fois pour toutes, que je suis pas une espionne à la solde des péquistes ? demanda Denise à un bénévole libéral, à l'autre bout du fil. Je veux juste faire ma part pour la campagne des libéraux, c'est tout.

— Je veux pas vous faire de peine, Madame Mousseau, mais mettez-vous à notre place, trente secondes : votre mari est l'organisateur principal de la campagne du PQ.

— Écoutez... Je suis une fédéraliste convaincue. Je l'ai toujours été. J'ai ma carte de membre du PLQ depuis les élections de 1973. Pis je vous prierais de me croire quand je vous dis que je partage absolument pas les convictions séparatistes de mon mari.

— Ça doit être beau, chez vous, à l'heure du souper ?...

— Je suis prête à faire n'importe quoi pour vous aider. Des téléphones… Du porte-à-porte… Je suis enseignante. Me semble que je pourrais aider pour la préparation des discours du candidat libéral dans mon comté…

— Madame Mousseau, je suis très content de savoir que vous allez voter pour Aimé Brisson. Et dites-vous bien qu'en votant pour le Parti libéral, vous nous aidez de la meilleure manière qui soit.

— *&% !#. »

Denise avait vraiment mal au cœur à l'idée qu'un parti souverainiste forme le prochain gouvernement — qui pouvait l'en blâmer ? — et rageait en voyant Adrien quitter la maison, le matin, sifflant et giguant vers sa voiture. Celui-ci, pour sa part, n'avait rien à faire des états d'âme de sa femme et souffrait de ne pouvoir vivre la frénésie ambiante aux côtés d'Alice. Celle-ci était candidate dans un comté de l'est de Montréal et je n'apprendrai rien à personne en disant qu'elle fut élue, pour ensuite être nommée ministre par René Lévesque. Adrien était heureux pour elle, bien sûr, mais il était clair pour tout le monde que les deux auraient voulu partager les événements de novembre 1976. Malgré les efforts d'Alice pour être loin d'Adrien, tous les deux se croisaient régulièrement, surtout pendant la campagne électorale, et leur malaise évident à se retrouver face à face faisait le bonheur des mêmes commères qui bavassaient sur eux depuis maintenant six ans.

« Avez-vous vu le nouveau chum d'Alice ?

— Non. Il a l'air de quoi ?

— Une vraie copie carbone d'Adrien.

— Encore ?! Coudonc ! Elle fait exprès !

— Pas que je veux être méchante, mais est-ce que la

copie carbone d'Adrien a, lui aussi, trente livres en trop ?

— Ouin… C'est vrai qu'il devrait *slaquer* un peu sur les cheeseburgers.

— Ç'a l'air que son menton est tombé de trois pieds quand il a rencontré le nouveau chum d'Alice.

— Pourtant… Il devrait être habitué. C'est le troisième qui lui ressemble comme deux gouttes d'eau.

— Pauvre lui. Y'avait l'air de quelqu'un qui venait de recevoir toute une claque sur la gueule ! »

Concernant sa tristesse à voir Alice avec d'autres hommes, Adrien n'eut que lui à blâmer, s'obstinant à croire que Claire et Daniel, maintenant âgés de treize et quinze ans, avaient toujours besoin que leurs parents demeurent mariés. La vérité, pourtant, est que tous deux n'auraient rien demandé de mieux que de voir Adrien et Denise partir chacun de leur côté. Pour eux aussi, l'élection de 1976 ne fut pas facile. Tout comme les quatre élections précédentes[27], soit dit en passant, où les liens entre leur père et leur mère devenaient encore plus tendus qu'ils ne l'étaient habituellement. Solidement campés sur leurs positions, persuadés du bien-fondé de leurs opinions, Adrien et Denise devenaient carrément insupportables. Ce fut d'ailleurs avec les cheveux dressés sur la tête que Claire et Daniel apprirent qu'une nouvelle campagne électorale était sur le point de commencer. Et lorsque tous les deux reçurent une invitation à aller vivre ailleurs pendant les semaines qu'allait durer la campagne, ils sautèrent dessus sans se poser la moindre question.

« Qu'est-ce que vous faites ? leur avait demandé Denise

---

27  Les élections fédérales de 1972 et 1974, ainsi que les élections provinciales de 1970 et 1973.

en les voyant près de la porte d'entrée avec leurs valises.

— Je m'en vais passer une couple de jours chez mon ami Alain, répondit Daniel, tendu comme une corde de violon.

— Pis moi, ajouta Claire, je m'en vais chez grand-maman.

— C'est hors de question! opposa Adrien à ses enfants. Vous avez de l'école, vous avez vos leçons pis vos devoirs à faire. Vous restez ici.»

Cet épisode se déroula un matin du mois d'octobre, alors que la campagne électorale était sur le point d'être déclenchée.

«Je vous jure, papa, que mes notes s'en ressentiront pas, plaida Daniel. Les parents d'Alain sont encore plus à cheval sur les études que vous l'êtes. Pendant que je vais être là-bas, je vais probablement être encore plus dans mes livres qu'ici.

— Pis les parents d'Alain sont d'accord avec ça? demanda Denise, sceptique.

— Oui. Vous pouvez les appeler. Ils vont vous le dire.

— Je me fous complètement de ce que les parents d'Alain vont dire, répliqua Adrien. La réponse est non. Point final. À votre âge, les enfants partent pas pendant des semaines loin de leurs parents.»

Défait, Daniel prit sa valise et s'apprêtait à retourner à sa chambre lorsque Claire lui fit signe de ne pas bouger.

Les enfants Mousseau, malgré une ressemblance physique étonnante, avaient des personnalités aux antipodes l'une de l'autre. Daniel était effacé, marchait la tête baissée avec les bras le long du corps et longeait les murs. Comme s'il avait toujours su être le résultat d'une nuit moche et que sa confiance en lui en souffrait. Maladivement timide, il ne se faisait des amis qu'avec difficulté et passait la majorité de son temps à dévorer des livres d'histoire médiévale. Lors d'un voyage à Paris, un collègue d'Adrien tomba, par hasard, sur une école où une plaque indiquait que le roi Clovis — qui était-il, je n'en ai aucune idée — était enterré à cet endroit. Le collègue photographia la plaque et donna le cliché à Daniel, en cadeau. En guise de remerciement, celui-ci se contenta de sourire et de serrer la main du collègue qui crut, à tort, que Daniel n'avait rien à cirer de la photographie.

«Fie-toi sur moi: il est fou comme un balai, révéla Adrien au collègue. Il a souri. D'habitude, quand sa mère et moi on lui donne un cadeau, il fait juste nous serrer la main. Compte-toi chanceux.»

Claire, par contre, était tout le contraire de son frère aîné. Extravertie et douée pour l'avant-scène, elle avait passé son enfance à traîner Denise et Adrien dans des récitals de chant, de danse et dans des pièces de théâtre où elle réussissait toujours à se faire donner le premier rôle. Ému, Adrien était persuadé d'avoir une nouvelle Ethel Merman[28] sur les bras alors qu'il m'apparaît évident que Claire n'avait aucune envie de gagner sa vie en chantant *There's No Business Like Show Business*; qu'elle cherchait plutôt à attirer l'attention sur elle en distrayant ses parents de leurs batailles quotidiennes. Son stratagème, d'ailleurs, fonctionna pendant un temps et Claire dut se résoudre à passer à autre chose le jour où Denise et Adrien s'engueulèrent au beau milieu d'un spectacle de danse pour une question de chaussons apparemment mal

---

28  Actrice et chanteuse américaine reconnue pour ses rôles dans des comédies musicales.

lacés. La carrière de Claire à Broadway venait de prendre le bord mais pas sa propension à attirer l'attention sur elle, si ça lui évitait les disputes de ses parents. Et pour y arriver, la confrontation fut tout indiquée.

« C'est pas que je veux être mal polie, contrecarrat-elle, alors qu'elle et son frère se tenaient debout, avec leur valise, mais Daniel pis moi, on aimerait mieux aller vivre dans une niche avec un doberman enragé plutôt que de subir une autre campagne électorale avec vous autres. Celle-là est même pas commencée pis c'est déjà pus vivable, ici dedans !

— Claire... lui glissa Daniel, la suppliant du regard de se taire.

— Quoi ?... C'est vrai ! J'ai juste treize ans mais j'ai tout le temps l'impression qu'un des deux va falsifier mes cartes d'identité, juste pour m'envoyer voter pis faire chier l'autre !

— Claire, change de ton ! » l'avertit Denise.

Claire ne voulait pas changer de ton. À treize ans, elle avait déjà compris que, lorsque ses parents se disputaient avec elle, ils ne se disputaient pas entre eux. Et que de cette manière, la vie sur la rue Robert était moins pénible. C'était triste.

« C'est pas juste d'avoir à choisir un camp ou l'autre ! On n'est même pas en âge de voter, câlique, pis vous faites déjà de l'endoctrinement ! Pis essayez même pas de me convaincre du contraire parce que c'est ça que vous faites ! Si Daniel avait pas peur de vous comme la peste, il vous dirait la même chose. »

Le pauvre Daniel se contentait de ravaler sa salive et de regarder par terre.

« L'idée de partir pour une couple de jours, c'était pas la

mienne. Ni celle de Daniel. Grand-maman a été la première à nous demander si on voulait aller chez elle pendant la campagne. Une heure après, ç'a été au tour de monsieur pis madame Cossette de demander à Daniel s'il voulait aller chez eux. Savez-vous pourquoi ? Parce qu'ils trouvent qu'on fait pitié. »

Difficile de contredire Claire sur ce point. Pendant longtemps, le tout Saint-Léonard allait se souvenir de l'engueulade épique entre Denise et Adrien pendant la campagne électorale de 1973. Irritée de constamment voir arriver des stratèges péquistes dans son salon, Denise en avait fait part à Adrien, qui essaya de lui expliquer que leur maison était le seul endroit suffisamment grand pour accueillir tout le monde. Évidemment, la dispute escalada en guerre ouverte, avec Denise balançant par la fenêtre des pizzas fraîchement livrées de chez Joe le Roi de la Patate pour inciter les collègues à partir. Adrien, de manière prévisible, la traita de tous les noms en l'incitant elle-même à prendre la porte. Le tout se déroulant sous les yeux de voisins bouche bée devant le spectacle de pizzas volantes, de collègues stupéfiés et de Claire et Daniel qui regardaient, en pleurant, leurs parents se déchirer une fois de plus.

« Pis est-ce que j'ai besoin de vous dire que je me ferai pas humilier devant tout le quartier, comme c'est arrivé y'a trois ans, rappela Claire, toujours sur un ton de confrontation.

— Votre père sera pas souvent à la maison, dans les prochaines semaines… Il va tout le temps être sur la route avec monsieur Lévesque.

— Papa était souvent parti, aussi, la dernière fois . Mais même quand y'appelait ici pour avoir de nos nouvelles,

Daniel pis moi, on se retrouvait quand même pris pour entendre vos engueulades.

— C'était pas si pire que ça, quand même…, répliqua Adrien en esquissant un sourire.

— Oui, c'était si pire que ça! C'est tout le temps aussi pire que ça! Vous aimez peut-être ça, vous deux, vos chicanes politiques, mais pas nous autres. »

Des années plus tard, alors qu'Adrien lui expliqua qu'elle et Daniel furent la seule raison pourquoi lui et Denise étaient restés mariés, Claire entra dans une colère mémorable, causant ainsi un froid de quelques semaines entre le père et la fille. Plutôt que de voir l'aveu d'Adrien comme une preuve d'amour envers elle et Daniel, Claire le perçut plutôt comme une marque de lâcheté ayant marqué son enfance au fer rouge pour le reste de ses jours. Encore aujourd'hui, malgré une relation qui dure depuis dix-sept ans, Claire se fige à la mention du mot mariage et ne veut rien savoir de la maternité. Comme quoi l'idée de demeurer mariés pour le bien des enfants… Et s'il est vrai que je n'ai jamais été amoureux fou de ma femme, je mets au défi n'importe qui de prouver que nous nous sommes déjà disputés devant qui que ce soit. Même pas à propos de ce que nous allions manger pour souper. Quand j'étais à la maison, évidemment…

Bon. Revenons plutôt à l'histoire…

Robert Bourassa déclencha des élections générales deux jours après le départ de Claire et Daniel. Parce qu'Adrien et Denise ont fini par les laisser partir. Et heureusement. Comme prévu, la campagne de 1976 ne fit rien pour redorer le blason de leurs parents.

« Je t'avertis, Adrien. Si t'as encore l'intention de tenir des réunions dans mon salon, j'ai des petites nouvelles pour toi. Je suis prête à sacrer les meubles aux vidanges, s'il le faut, mais je veux pas voir un seul de ta gang d'insignifiants arriver chez nous.

— La Terre à Denise : je te ferai remarquer que c'est mon salon, aussi. Si je veux tenir des réunions ici, je vais le faire. T'auras juste à te calmer en allant fumer tes Du Maurier dans'cabane à jardin.

— Je suis écœurée de marcher sur mes principes ! Es-tu capable de comprendre ça ? ! Pis c'est pas vrai que je vais continuer à recevoir des nationaleux dans mon salon pendant que je prépare des cocktails weiners dans'cuisine !

— Pour ce qu'ils goûtaient… Pis c'est vrai que c'est ben mieux d'aller faire du porte-à-porte pour une gang de corrompus qui fait du patronage à droite et à gauche ! Faudrait surtout pas se débarrasser de ça en élisant un gouvernement intègre ! Au cas où on se tiendrait debout !…

— Fais-moi pas rire, veux-tu ? Vous avez même pas été foutus de gérer un journal comme du monde[29]. Pis vous voulez qu'on croit, après ça, que vous seriez capables de gérer une province au grand complet ? !

— Parce que ton sacro-saint Bourassa a été capable, lui ? !

— Tu peux ben dire ce que tu veux, Adrien, je m'en sacre. C'est surtout pas toi qui vas m'empêcher de voter libéral.

— Fais-en donc à ta tête, Denise… Si tu penses que c'est ton vote qui va faire une différence… Mais je t'avertis : j'ai deux sondeurs qui vont être ici dans moins d'une heure. Si tu fais l'hystérique, je t'attache pis je t'enferme dans la garde-robe !

---

29  Le quotidien *Le Jour*.

— *Over my dead body!*

— Ça peut s'arranger, si tu y tiens…

— Tes sondeurs, va les rencontrer ailleurs! Allez donc vous louer une chambre de motel à l'heure, tiens! Même un parti de pouilleux comme le PQ devrait être capable de se payer ça!

— Pourquoi ce serait pas toi qui partirais d'ici? Tu disais que tu voulais faire du bénévolat pour les libéraux… Il doit bien y avoir une couple de petits vieux, dans le comté, à qui il faut que t'ailles faire peur, aujourd'hui. »

Je suis conscient de raconter, plus souvent qu'autrement, l'histoire d'Adrien en m'y insérant au passé conditionnel. Si j'avais été là, j'aurais fait ci… Si j'avais été là, j'aurais dit ça… Mais, bon. Je dois assumer mon absence. Je n'étais pas là et je l'ai voulu comme ça. Inutile de revenir là-dessus. On peut bien raconter le passé, mais on ne peut pas le changer. Cela étant dit, si j'avais été là pour Adrien, à l'époque, je lui aurais foutu un solide coup de pied au derrière. Il aurait eu besoin de quelqu'un pour lui faire comprendre qu'il était devenu une victime de ses propres habitudes. Ses enfants n'en étaient plus, mais il se servait d'eux, de leur supposé besoin de lui pour éviter de reconnaître que le match de lutte avec Denise durait depuis si longtemps qu'il n'arrivait plus à vivre autrement; qu'il aurait perdu ses points de repère, aussi tordus soient-ils. Les disputes le laissaient vidé, épuisé mais les habitudes le tenaient avec une force allant même au-delà de ce qu'il ressentait toujours pour Alice.

Et parlant d'Alice, Denise entendit, pendant la campagne, un sondeur péquiste dire à Adrien qu'elle se dirigeait vers une bonne majorité. Sur le coup, Adrien n'avait rien dit, hochant la tête d'un air satisfait. Un député de plus dans le camp du PQ. Mais quelques heures plus tard, pendant la nuit, Denise se leva pour aller à la salle de bains et aperçut Adrien, assis au salon, marmonnant les mots suivants en tenant une feuille de pointage entre ses mains : « Elle va être ministre… Ma belle Alice va être ministre. »

S'il me reprocha longtemps d'avoir renié mes racines, Adrien aurait eu tout intérêt à faire de même. Pour lui, pour ses enfants et pour Alice, il aurait été vital de mettre derrière lui le silence et l'immobilisme que lui a légué son père. Il aurait perdu moins de temps et aurait appris à être heureux bien avant.

## 2
## Jean... à propos de Patrick

Il y a bien des choses que je déteste, dans la vie. Un grand verre d'eau, par exemple. Les Weetabix... Les péteux de broue... Les Maple Leafs de Toronto, aussi. Et Johnny Hallyday !... Ne me demandez pas pourquoi, chaque fois que je l'entends à la radio ou le vois à la télévision, j'ai envie de me mettre à hurler ! J'imagine que ses pantalons de cuir et ses airs de rebelle provoquent, chez moi, une quelconque réaction chimique que je ne comprends pas.

Mais il n'y a rien, absolument rien, que je déteste plus que les hôpitaux. Je vous en ai déjà parlé, d'ailleurs, et si vous ne lisez pas en diagonale, vous vous en souvenez sûrement. Encore aujourd'hui, je préfère souffrir le martyre plutôt que d'aller à l'urgence. Je suis d'ailleurs convaincu — et là-dessus, je m'attends à me faire lancer des tomates — que de passer du temps à l'hôpital est néfaste pour la santé. Prenez Charlotte, par exemple. La sœur de maman Muriel. Au mois de mai 1975, alors qu'elle était en pleine forme et qu'elle continuait de s'occuper de sa ferme, son médecin l'envoya passer quelques tests de routine à l'hôpital. Un mois plus tard — UN MOIS ! —, elle était morte. Cancer généralisé. Quatre semaines plus tôt, elle trayait encore ses vaches. On viendra me dire, après ça, que les hôpitaux servent à soigner les gens.

Tout ça pour vous dire que Patrick aussi détestait les hôpitaux. Pas viscéralement comme moi, ni depuis aussi longtemps. Mais le souvenir des enfants morts au centre de Yaoundé lui avait fait cadeau d'une nausée perpétuelle lorsqu'il se trouvait à moins d'un kilomètre d'un département de soins intensifs. L'hospitalisation de sa douce, à l'automne 1976, ne fit rien pour arranger les choses.

Adrien et moi n'avions plus de nouvelles de Patrick depuis la mort de James Martin. Les journaux non plus, d'ailleurs. Notre copain avait complètement disparu de la circulation sans donner de nouvelles à personne. Nul ne savait où Patrick se trouvait et je ne suis pas certain que lui non plus le savait.

Six mois après les funérailles de James Martin, Adrien était passé, par hasard, sur la rue Boyer et avait vu une affiche indiquant que le logement où Patrick, Judith et les autres habitaient était maintenant vide et à louer. Depuis la crise d'Octobre, il ne restait d'ailleurs plus grand-chose de l'Armée rouge *made in Quebec* ayant élu domicile sur le Plateau Mont-Royal : Claude — le fameux Claude qui avait rencontré Patrick dans une épicerie — partit travailler pour l'entreprise familiale et renia complètement ses idéaux de gauche. Un autre — je crois qu'il s'appelait Martial, mais je n'en suis pas certain ; Martin, peut-être… — qui s'envoyait autant de cochonnerie dans le nez que le faisait Judith croupissait dans un pénitencier pour une série de vols à main armée, alors que d'autres s'étaient carrément volatilisés dans la nature. À quoi ça sert de rêver à la révolution quand plus personne n'y croit, à commencer par soi-même ?

Mais dans toute cette bande de débiles gonflée aux niaiseries soviétiques, personne ne fut plus désillusionné que Judith elle-même. Personne ne tomba de plus haut. Elle qui s'était imaginée mariée à un sacrifié de type Che Guevara dut se rendre à l'évidence que Patrick n'était pas un surhomme ; qu'il ne suintait pas la noblesse et la pureté. Qu'il n'était peut-être pas si prêt que ça, au fond, à mourir pour récurer l'Occident. Bref, que Patrick était humain, ni plus ni moins, avec ses qualités et ses défauts. Ce que nous avons tous essayé de lui faire comprendre, soit dit en passant.

La pauvre créature, comme nos arrière-grands-parents auraient dit, ne s'en est jamais remise.

Patrick, pour sa part, refusa vaillamment de baisser les bras et jurait de poursuivre le combat. Mais comme je l'ai dit plus tôt, plus personne ne voulait se battre, à commencer par sa dulcinée, qui usait tout ce qui lui tombait sous la main pour oublier ses échecs: pot, mescaline, héroïne, cocaïne... Et comme les choses à oublier s'empilaient toujours un peu plus, peu de temps s'écoula avant que Patrick ne se rende compte qu'il était maintenant pris avec une junkie sur les bras. D'où l'hospitalisation de Judith à l'automne 1976, alors qu'elle passa très proche de mourir d'une surdose de cocaïne.

On était loin d'Abbie Hoffman. Quoique...

«Pouvez-vous me dire quelque chose, demanda Patrick au médecin en exercice ce soir-là. Elle a pas encore repris conscience...

— Vous êtes son mari?

— Heu... Oui.

— Sa respiration est régulière. Elle a passé proche de mourir mais d'après ce que je peux voir, elle est hors de danger.»

Malgré la bonne nouvelle, le médecin, qui se demandait où il avait déjà vu Patrick, eut l'impression que celui-ci fut presque déçu d'apprendre que Judith allait s'en sortir.

«Je vais être franc avec vous, poursuivit le médecin. Si votre femme continue comme ça, elle se rendra pas jusqu'à la fin de l'année.»

Alors aussi bien faire crever Judith tout de suite! Cela faisait des années que Patrick essayait de la convaincre d'entrer en cure de désintoxication; de ramener vers lui la *pasionaria* gauchiste d'autrefois, prête à passer tout le monde au bulldozer pour s'assurer la réalisation de ses idéaux! Est-ce que j'ai besoin de vous dire qu'il n'y est jamais arrivé? La fille qui était allée jusqu'à se marier à poil, devant des journalistes, pour prouver sa pureté — celle-là, je n'en suis jamais revenu —, avait baissé les bras pour faire place à une loque humaine qui se complaisait dans l'abandon, préférant mourir lentement plutôt que de faire face à ses échecs. La Judith de 1968 — le poing en l'air, forte en gueule et en idéologie marxiste — mourut en octobre 1970 dans la maison des Mousseau lorsqu'elle comprit que mon vieil ami ne serait jamais Saint-Patrick-de-la-Gauche. Pourquoi s'acharner à faire comme si cette Judith-là vivait encore?

Quelques instants plus tard, lorsque Judith ouvrit les yeux et qu'elle porta son regard sur Patrick, celui-ci, exténué, fut incapable de le soutenir. Sans dire un mot, il s'assit sur une chaise près du lit, regrettant presque de ne pas avoir vu mourir sa femme.

« N'importe quoi, se dit-il, pour ne plus avoir à me supporter dans ses yeux. »

À l'époque, je ne crois pas que j'aurais pu comprendre pourquoi Patrick s'obstinait tellement à demeurer aux côtés de Judith, alors qu'elle ne voulait rien d'autre que de passer le temps à se geler la face. Mais avec les années, j'en suis venu à réaliser qu'il s'était donné comme mission de réussir là où il croyait avoir échoué avec Agnès: lui sauver la vie. La loque humaine que Judith était devenue donnait à Patrick l'occasion de se racheter et de continuer à se battre pour quelque chose de concret, alors que toutes ses batailles n'avaient rien donné. Malheureusement pour lui, Judith refusait d'être sauvée. Et si Agnès aurait vraisemblablement croqué dans la vie avec Patrick qui se serait fait un plaisir de jouer au père Ingalls à ses côtés, Judith n'était intéressée à survivre d'aucune façon. Que Patrick ne l'ait pas remarqué relève d'un aveuglement total. Ou d'un égoïsme fini. Comme vous voulez.

Par contre, son refus de laisser Judith à elle-même allait porter un coup presque fatal à son besoin de changer le monde.

On ne fréquente pas les ténèbres, même par personne interposée, sans y laisser une partie de soi-même. Et je suis très bien placé pour le savoir.

# 3
## Adrien... à propos de Paul-Émile

Je me sens presque honteux d'admettre ceci, surtout à mon âge, mais je viens tout juste de découvrir les sushis. J'en ai presque fait honte à ma fille, l'autre jour, lorsqu'elle m'a emmené manger dans un restaurant japonais. À la seconde où j'ai pris ma première bouchée, j'en ai presque vu des étoiles ! Jésus, Marie, Joseph que c'est bon ! J'en bave rien qu'à y penser. C'est la nourriture des Dieux, il n'y a pas d'autres mots. D'ailleurs, en partant d'ici, je pense que je vais aller faire un tour au restaurant japonais où ma fille m'a emmené. J'ai un petit creux pour des sushis aux crevettes... Quoique tous ceux qui me connaissent diront que mon petit creux n'a pas de fond, que je suis toujours en train de manger ou grignoter quelque chose. J'ai longtemps carburé aux burgers, à la friture, à la pizza au bacon, au chocolat et autres divinités du même genre mais disons seulement qu'une bonne crise de foie incite fortement à changer son alimentation. Au début, j'en pleurais presque, m'imaginant devoir manger des feuilles de salade et boire du lait écrémé pour le reste de mes jours. Et après avoir avalé ma première bouchée de sushis, j'en ai oublié pour de bon mes envies de pogos et de biscuits aux pépites de chocolat !

Au diable, la malbouffe !

Vive les sushis aux crevettes !

Enfin...

Je pourrais continuer à parler de sushi pendant des heures parce que bien franchement, je n'ai pas très envie de parler de Paul-Émile. Les années soixante-dix et quatre-vingt, pour diverses raisons, furent difficiles pour lui. C'est déjà suffisamment ardu de commenter les misères d'un ami mais quand, en plus, cela nous renvoie à nos propres malheurs!...

Une chose à la fois. Je ne voudrais pas trop en dire en même temps.

Plus tôt, j'ai fait mention de la conférence de Victoria et de Guy Drouin, deux belles grosses taches noires dans la vie de mon ami. Notons que les choses ne se sont pas forcément améliorées par la suite. À son très grand chagrin, Paul-Émile dut se résoudre à partager Suzanne avec monsieur Art-Ross'57, comme il appelait son rival avec mépris, et apprendre à vivre avec la possibilité très réelle que Suzanne l'épouse et ait des enfants avec lui. Juste à y penser, Paul-Émile en avait des brûlements d'estomac et devait avaler des quantités quasi industrielles de lait de magnésie pour se soulager. Quant à moi, je demeure, encore aujourd'hui, complètement pantois devant l'abstraction qu'il faisait de ses choix passés. Malgré la douleur évidente que lui causait la présence de Guy Drouin dans la vie de Suzanne, jamais Paul-Émile ne s'attardait à regretter son mariage avec Mireille. Comme il l'a déjà dit, on peut raconter le passé mais on ne peut pas le changer. Conséquent avec lui-même, il ne se permettait jamais de se demander de quoi serait fait son présent s'il avait pris un chemin différent. En fait, la seule réflexion à laquelle il pouvait s'attarder concernait Suzanne; s'il voulait continuer de la voir, ou non. Malgré sa frustration, Paul-Émile choisit de continuer de l'aimer et assumait entièrement sa décision. Sa tranquillité d'esprit, toutefois, ne venait pas diminuer sa douleur de vivre ce qu'il avait fait endurer à Suzanne pendant dix ans. Crachez en l'air et ça vous retombe sur le nez, comme le disait ma grand-mère Bissonette.

Professionnellement aussi, les choses n'étaient pas faciles pour Paul-Émile. Je me souviens qu'à l'époque, il avait plutôt mal réagi à l'élection imminente du PQ. Malgré le coup de main qu'il donna aux libéraux provinciaux, rien ne semblait vouloir nous arrêter et il le prenait personnel. Pourtant... Quand le climat ambiant est tellement pourri que le premier ministre de la province ne peut même pas sortir sans gardes du corps !... Devait-on blâmer Paul-Émile pour ça ? Lui se blâmait, en tout cas, parce qu'il rageait de voir que son travail ne semblait pas donner quoi que ce soit de valable, et considérait notre victoire prochaine comme une atteinte grave à sa crédibilité.

Si j'aime bien croire que la nature ne m'a pas accablé du défaut d'être mesquin, disons seulement que je n'ai pas pleuré longtemps lorsque j'ai su que l'expatrié de la rue Wolfe était blessé dans son amour-propre.

Toutefois, Paul-Émile reçut, à peu près à la même époque que les élections de 1976, une autre claque au visage. Une qu'il n'a pas vu venir du tout.

« Paul-Émile ?... lui demanda Mireille lors d'un souper, une semaine avant les élections.

— ...

— Paul-Émile, pourrais-tu, s'il te plaît, mettre tes dossiers ailleurs pendant le souper ? T'as même pas encore touché à ta lasagne. »

Ce soir-là, Mireille s'était occupée de tout, avait tout préparé elle-même, et confié les enfants à madame Marchand pendant quelques heures. Une lasagne fut préparée, une bouteille de vin rouge fut servie et, surtout, un discours fut répété encore et encore dans les heures précédant le souper.

Ce soir-là, Mireille annonça aussi à Paul-Émile qu'elle le quittait. La réflexion avait été longue, très longue, amorcée lorsque Mireille avait su pour Suzanne. Mais la certitude de vouloir autre chose de sa vie s'était imposée d'elle-même lors de sa rencontre avec l'inoubliable Veronica Quinlen, huit ans auparavant. Qu'est-ce que Mireille voulait, exactement? Elle ne l'a pas su tout de suite. Elle eut, par contre, la volonté de ne pas faire les choses impulsivement, refusant de quitter Paul-Émile si cela voulait dire qu'elle redeviendrait cette même personne qu'elle était avant son mariage. Alors tranquillement, elle s'est bâti une autre personnalité, basée sur un fort désir d'indépendance. Elle est retournée aux études pour y décrocher une maîtrise en psychologie, elle qui n'avait jamais vraiment accordé d'importance à l'école, histoire de se perfectionner dans un domaine particulier pour plus tard être en mesure de subvenir elle-même à ses besoins. Et surtout, elle s'est lentement détachée de Paul-Émile, délaissant peu à peu la vie qu'il lui offrait pour s'en bâtir une nouvelle où elle occuperait toute la place. Où elle n'arriverait plus derrière qui que ce soit. Dorénavant, Mireille se ferait un devoir de vivre pour elle-même, en compagnie des gens qu'elle aimait. Jamais plus elle ne vivrait uniquement pour eux. À ce niveau, elle se rappelera toujours la leçon servie par Veronica Quinlen.

Mireille n'a plus jamais entendu parler de la star déchue de Broadway. Pour ce qu'elle en savait, l'ambassadeur avait très bien pu catapulter sa femme au fin fond de la Mongolie après cette soirée où il fut humilié devant tout ce qu'Ottawa comptait de politiciens et de diplomates.

Peu de temps après, Mireille entreprit des recherches sur la vedette que Veronica Quinlen — Veronica Bates, à l'époque — avait été dans une autre vie, et fut choquée par l'information amassée. La comédienne des années trente ne ressemblait pas du tout — mais alors là, pas du tout — à la femme pitoyable rencontrée ce soir-là, et Mireille en fut profondément secouée. Veronica Bates était extraordinairement belle, douée pour la comédie musicale et dansait, selon les critiques de l'époque, avec la grâce d'une déesse. Veronica Quinlen, par contre, sentait le fond de tonneau, peinait à tenir debout et rotait jovialement son verre de vodka. Juxtaposant l'image de la comédienne au souvenir qu'elle gardait de l'épouse de l'ambassadeur américain, Mireille s'était mise à pleurer, tellement la peur de connaître le même sort la terrifiait. Ce fut à ce moment-là, précisément, qu'elle commença à bâtir les fondations d'une nouvelle vie. Mireille Marchand devait disparaître. De ça, elle était certaine. Mais elle ne voulait pas, comme je l'ai déjà dit, redevenir la Mireille Doucet qu'elle était avant son mariage.

En novembre 1976, Mireille était enfin en paix avec elle-même. Sa relation avec ses enfants était au beau fixe, elle exerçait un métier qui la passionnait et, surtout, elle ne voulait plus rien savoir de son mari. Il était maintenant temps, pour elle, de le lui faire savoir.

« Je comprends qu'on se voit pas souvent, ces temps-ci, lui dit Paul-Émile. Mais si je fais pas quelque chose, un gouvernement séparatiste va être élu dans une semaine. Ce que t'as à me dire pourrait pas attendre après le 15 ?... »

Cette affirmation de Paul-Émile, je l'ai toujours considérée d'une arrogance et d'une suffisance à faire hurler. S'il ne faisait rien... Il se prenait pour qui, au juste ?

Batman? Il ne pouvait tout de même pas arrêter une vague populaire à lui tout seul! Et malgré la volonté toute libérale de nous faire passer pour des clowns, nous n'étions quand même pas le Joker. Franchement!…

« Tu sais, Paul-Émile, si quelqu'un, un jour, est intéressé à savoir pourquoi notre mariage a pas fonctionné, y'aura juste à ouvrir un livre d'histoire. Les sacrifices que t'as pu faire au nom de l'unité canadienne… »

Bang! Pris de court par cette rare démonstration de sarcasme dont Mireille faisait preuve, Paul-Émile ne sut pas y répliquer.

— Moi aussi, mon temps est compté, Paul-Émile. Avec le travail pis les enfants, j'ai pas beaucoup de temps à moi. Ça fait longtemps que je veux te parler mais j'avais jamais le temps.

— Quel travail?

— Ça fait un an que j'ai une job, Paul-Émile. Tu le savais pas?

— Écoute, Mireille… Je suis ben content que tu fasses du bénévolat, mais… »

Ouf! Honnêtement, Paul-Émile aurait dû continuer de se taire. Même lorsqu'il n'essayait pas, il réussissait à être condescendant. Quel talent incroyable!

« Je fais pas du bénévolat, Paul-Émile. Je suis rémunérée. Comme une grande. J'ai un salaire bien à moi depuis un peu plus d'un an, maintenant. Tu devrais lâcher les péquistes, trente secondes, pour t'occuper plus de tes finances. Si tu le faisais, tu saurais que ça fait très exactement quatorze mois que je subviens toute seule à mes besoins; que je touche plus du tout à ton argent.

— L'argent a jamais été un problème entre nous autres, Mireille. Pis je comprends pas pourquoi tu ressens le besoin, tout d'un coup, de séparer les comptes de banque. »

Mais Paul-Émile comprenait. Beaucoup plus qu'il ne le laissait paraître.

« C'est justement ça, le but, Paul-Émile. C'est pas juste les comptes bancaires que je veux séparer. »

Oui, Paul-Émile comprenait. Il n'en eut pas moins le souffle coupé. Cela faisait tellement longtemps qu'il vivait sa vie sans jamais tenir compte de Mireille que lorsque ce fut à son tour à elle de s'emparer du volant, il ne sut pas quoi faire. Une fois de plus, Paul-Émile allait devoir subir, et une fois de plus, il en fut complètement désorienté. Pas parce que Mireille le quittait — ç'aurait bien été le comble du ridicule — mais parce que mon vieil ami, pour la première fois en quinze ans, voyait le château de cartes, dont il avait lui-même dressé les plans, sinon s'effondrer, au moins se transformer. Par le fait même, il comprenait aussi que cette transformation toucherait inévitablement ses enfants, Lisanne, Louis-Philippe et Marie-Pierre.

La claque en plein visage, c'est de là qu'elle est venue.

« C'est fini, Paul-Émile. Ça fait quinze ans que je me fais croire qu'on a un vrai mariage mais là, c'est terminé. Je me suis assez culpabilisée en me disant que c'était de ma faute si tu m'aimais plus. Sauf que tu m'as jamais aimée, Paul-Émile. Y'a rien que je peux faire pour changer ça. Pis franchement, ça me tente pas. Ça me tente plus. Je mérite mieux que ça.

— Mireille, je… Qu'est-ce que tu veux que je te dise ?

— Rien. Y'a rien à dire. »

Il y a une chose, ici, que je tiens à spécifier. Oui, Paul-Émile fut blessé par la fin de son mariage, et uniquement en raison de ses enfants. Pendant longtemps, il s'inquiéta des conséquences de sa séparation sur leur vie — en 1976, Louis-Philippe n'avait pas encore dix ans — et chercha à surcompenser pour ses absences de toutes les manières qui soient.

Il peut bien parler de moi, il n'était pas mieux.

Mais jamais, en dépit de sa peine à l'égard des enfants, n'a-t-il cherché à convaincre Mireille de revenir sur sa décision. Paul-Émile comprenait — et là-dessus, je lui lève mon chapeau — le besoin de sa femme, après quinze ans d'un mariage plus qu'ordinaire, d'être heureuse ailleurs. Après tout, Mireille avait toujours su respecter sa part du marché et si lui ne s'était jamais donné la peine de le faire, Paul-Émile refusait d'être méprisable au point de refuser la liberté à sa femme. Le respect qu'il n'avait pas eu dans son mariage, il saurait en faire preuve dans sa séparation.

« Qu'est-ce qu'on fait, maintenant ? lui demanda-t-il. Tu veux que je parte ?

— Non. Ici, c'est la maison de ta famille. J'ai pas d'affaire à te demander de partir.

— Ç'a quand même pas d'allure que ce soit toi qui déménages…

— Pourquoi pas ? Je me suis jamais sentie chez nous, ici, Paul-Émile. Aussi bien recommencer ailleurs. Même si c'est pas loin. Tu sais, la maison qui était à vendre, au coin de la rue…

— C'est toi qui l'as achetée ?!…

— Oui. J'ai pensé que notre séparation pourrait être moins traumatisante, pour les enfants, si on habitait pas loin l'un de l'autre. Évidemment, j'aimerais que les petits viennent vivre avec moi. »

Plusieurs politiciens et conseillers ont souvent affirmé

que la politique était toxique pour la vie de famille. Paul-Émile et moi pourrions difficilement prétendre le contraire. Au moment où Mireille lui annonçait son départ, celui-ci prit conscience, pour la première fois, qu'il ne voyait pas grandir ses enfants. Ottawa avait pris toute la place. Au point où Lisanne, l'aînée, dira un jour à Paul-Émile qu'elle ne ressentit rien du tout à l'annonce de la séparation de ses parents. À quatorze ans, elle était déjà assez vieille pour comprendre que sa mère ne faisait qu'officialiser une situation qui durait depuis déjà longtemps. Sur le coup, Paul-Émile n'avait rien dit, mais après l'avoir vu ravaler sa salive trois fois en trente secondes, Lisanne comprit qu'elle venait de toucher une corde sensible.

« Je veux pas causer de problèmes, Mireille. Mais je veux voir les enfants aussi souvent que possible.

— T'es jamais là, Paul-Émile. Nous deux séparés, à part pour le déménagement, les petits verront probablement même pas la différence.

— Ça va changer. »

Et ça a effectivement changé. Paul-Émile devait subir, tenter de vivre sa vie selon celle des autres, alors que le contraire avait prévalu pendant si longtemps. Et il le fit avec une surprenante bonne volonté. D'accord, le cœur n'y était pas toujours et il demeurait catégorique dans son intention de vivre sa vie à sa manière. Mais Paul-Émile, à travers Suzanne, ses enfants et sa séparation d'avec Mireille, apprenait à considérer autrui dans les choix qu'il faisait. Pour lui, c'était déjà énorme.

Cependant, la transformation n'était pas terminée. En fait, elle ne prendrait fin que des années plus tard, alors que Paul-Émile dut se relever d'une expérience aussi paralysante que terrifiante. Et il ne fut plus jamais le même.

C'est pour ça que je tournais en rond, plus tôt. Parce que c'est de plus en plus difficile de parler de Paul-Émile; parce que j'ai l'impression de raconter un coucher de soleil alors que le ciel se couvre. D'un côté comme de l'autre, il n'y a qu'obscurité et c'est lourd à raconter.

Sur ce, je m'en vais manger mes sushis.

# 4
## Patrick... à propos de Jean

« Pis ?... Savez-vous pour qui vous allez voter ? »

LA question de l'heure, en cet automne de l'année 1976. Et la question, surtout, à laquelle Jean prenait un malin plaisir à répondre en affirmant qu'il ne voterait tout simplement pas. Qu'il ne l'avait jamais fait.

Au fil des années vécues ensemble, Adrien, Jean, Paul-Émile et moi avons abordé une kyrielle de sujets. Par le biais de ses monologues sans fin, Adrien nous avait souvent amenés à discuter de trucs tous plus variés les uns que les autres. Et s'il adorait parler de politique, il avait appris, comme nous tous, qu'il valait mieux ne pas en parler devant Jean. Celui-ci, en dépit de toute l'affection portée à Adrien, qu'il considérait comme un frère, vouait un mépris foudroyant — et je pèse mes mots — à l'ensemble de la classe politique québécoise, canadienne et américaine. Pour Jean, Pierre Elliot Trudeau n'était rien d'autre qu'un fils de riche qui considérait le poste de premier ministre comme son dû et qui voyait le Parlement comme son joujou personnel. René Lévesque ? Un complexé de Napoléon qui cherchait à compenser pour sa petite taille en s'emparant du pouvoir. Richard Nixon ? Watergate[30]. Tout simplement. Rien d'autre à ajouter.

De mon point de vue, je n'ai jamais cru que Jean détestait autant la politique qu'il ne voulait le laisser paraître. Si je suis prêt à affirmer que le sujet lui puait au nez, je suis d'avis, aussi, que l'agitation sociale ayant marqué les

---

30  Scandale politique ayant mené à la démission du président des États-Unis.

années soixante et soixante-dix vint un peu trop faire obstacle à sa volonté de vivre sa vie en parfait hédoniste et qu'il en fût profondément secoué. Alors Jean s'insurgeait tout simplement en rejetant violemment ce qu'il ne voulait pas reconnaître. Ironiquement, il réagissait plus ou moins avec la politique comme un alcoolique ayant pris la décision de cesser de boire : en faisant comme si la bière et le gin étaient les pires calamités envoyées par Dieu sur Terre.

Parlant des problèmes d'alcool de Jean, il va sans dire que ceux-ci ne s'étaient qu'aggravés avec les années, au grand désarroi de tous les gens qui l'entouraient et qui cherchaient des solutions, tout aussi différentes les unes des autres, pour contrer sa dépendance. Madame Bouchard, par exemple, eut l'idée d'organiser une soirée de cartes chez Jean tous les vendredis soirs en compagnie d'Adrien, de Denise, de Lili et de son époux.

« Au moins, avait dit madame Bouchard à Lili, on va être certaines que les vendredis, il traînera pas dans les bars saoul comme un cochon. »

Lili était revenue dans l'entourage de Jean depuis quelques années déjà. Tombée amoureuse de son médecin traitant, elle avait téléphoné à mon vieil ami pour lui annoncer son mariage prochain, tout en insistant sur le fait qu'elle tenait absolument à ce qu'il soit présent. Ému par la voix de Lili qui émanait un bonheur et une joie de vivre l'ayant désertée depuis longtemps, Jean avait accepté d'assister au mariage et la relation frère-sœur ayant précédé l'attentat reprit comme si elle n'avait jamais cessé. Au grand bonheur de madame Bouchard, d'ailleurs, dont le contact avec Lili ne fut jamais rompu. Je serais d'ailleurs prêt à parier gros qu'au départ, Jean avait accepté de renouer avec Lili simplement parce qu'il savait que madame Bouchard en serait ravie. Au fil des années, celle-ci était devenue, pour Jean, aussi indispensable que le soleil du matin et lorsqu'elle se résolut enfin à prendre sa retraite, Jean loua l'appartement adjacent au sien pour continuer de la voir tous les jours.

Enfant, Jean ne fut certes pas en manque d'amour de la part de ses parents. Mais cet amour était tordu, malsain et, surtout, conditionnel à ce que Jean se soumette à cette vision qu'ils avaient de ce que leur fils était appelé à devenir. Madame Bouchard, pour sa part, aimait Jean comme celui-ci aurait dû être aimé lorsqu'il était enfant. De sérieux dommages ayant tout de même été faits, jumelés à l'alcool qui lui brûlait le foie, Jean n'arrivait malheureusement pas à prendre la pleine mesure de ce dévouement exceptionnel. Pas par égoïsme mais plutôt par incapacité chronique de reconnaître que cet amour était pour lui.

Quelquefois, il m'arrive de me dire que nous avons longtemps, tous les deux, souffert du même mal.

La soirée du 12 novembre 1976, comme tous les vendredis depuis les dix-huit derniers mois, fut dédiée aux cartes. Ce soir-là, les habitués étaient tous présents — à l'exception, évidemment, d'Adrien, retenu ailleurs — et avaient convenu de consacrer quelques heures au poker. Malheureusement pour Jean, les élections qui devaient avoir lieu trois jours plus tard monopolisaient sérieusement la discussion.

«Dans notre comté, lança Lili, installée aux côtés de son époux, c'est Lise Payette qui se présente pour le PQ.

— La pauvre madame Payette!... s'exclama madame Bouchard. J'étais la fan numéro un d'*Appelez-moi Lise*.

Mais quand j'ai su qu'elle se présentait pour le PQ…

— Moi, je vais voter pour elle, révéla Yves Lajoie, l'époux de Lili.

— Je sais pas comment vous faites, poursuivit madame Bouchard. Je serais jamais capable de donner mon vote à un parti qui veut couper mon pays en deux.

— Enfin! s'exclama Denise. Un peu de bon sens! J'espère seulement que lundi, dans les bureaux de vote, les gens vont penser comme vous, madame Bouchard.

— Ouin… répliqua Lili. Je veux pas te faire de peine, ma Denise, mais as-tu remarqué que la très grande majorité des artistes s'affichent pour le PQ?»

Malgré sa carrière de comédienne ayant pris fin en raison de l'attentat, Lili ne s'éloigna jamais du milieu culturel. Recyclée en impresario, elle s'était servie de ses nombreux contacts dans l'entourage de la télévision et de la radio pour se bâtir un réseau impressionnant de clients, se démontrant ainsi à elle-même qu'elle était capable de bien d'autre chose que de faire la folle, comme elle l'avait d'ailleurs dit à Jean quelques minutes à peine avant l'attentat.

«C'est quoi le rapport avec les artistes? demanda Denise.

— Le rapport, c'est que quatre-vingt-dix-neuf pour cent de mes clients seraient prêts à vendre leur mère pour être vus en public avec René Lévesque. Ça trompe pas, ça. Prends-en ma parole: lundi soir, le party va être pogné au Centre Paul-Sauvé. Je te gagerais ma chaise roulante là-dessus.»

Roulant les yeux d'impatience, avalant une gorgée de brandy, Jean demeura muet. Un peu plus tôt dans la journée, il avait reçu la visite d'un inspecteur de police du nom de Raymond Forget, venu lui dire que l'enquête portant sur la tentative d'assassinat dont il fut victime, huit ans auparavant, n'avançait pas du tout et que le dossier serait probablement fermé — ce qui ne fut pas le cas, comme nous allions l'apprendre bien plus tard. Secoué, Jean regarda cependant l'inspecteur de police comme si l'enquête était le dernier de ses soucis, avant de se verser un verre de vodka pour oublier le visage de Lili lui étant subitement venu à l'esprit.

Mon inconfort, lorsque je me trouvais en présence de Lili, n'est un secret pour personne. Et si j'ai tenté à plusieurs reprises de changer la donne, je me dois d'avouer que je n'y suis jamais parvenu, incapable de me débarrasser de cette impression de me trouver en présence d'un camion de pompiers lorsqu'elle était à moins de cent mètres de moi. À peu près à la même époque — trois ou quatre mois, je crois, précédant l'arrivée de René Lévesque au pouvoir —, je tombai face à face avec elle et son époux, alors que je marchais sur la rue Saint-Denis. Lili m'a regardé, non pas comme la bête de cirque oubliée que je m'étais permis de devenir avec les années, mais comme un visage faisant irruption de son passé, tout simplement. Son sourire fut sincère, chaleureux; je ne trouvai quand même rien d'autre à faire que de l'ignorer et de supposer que ce sourire n'était pas pour moi. Ce fut à ce moment précis que mon talent extraordinaire — probablement hérité de ma mère — à ne m'attarder qu'au côté sombre de la vie, à ne voir le verre qu'à moitié vide, me rendit tout à fait incapable de supporter un personnage comme Lili. Son optimisme m'aveuglait. Surtout à cette époque.

Jean, pour sa part, l'avait laissée revenir vers lui, apprenant à la regarder sans ne jamais voir le fauteuil roulant, tout en sautant sur la moindre occasion de faire comme si non seulement le fauteuil n'existait pas mais qu'il n'avait, en fait, jamais été là. Toutefois, la visite de l'inspecteur Forget vint lui jeter au visage une réalité de Lili à laquelle il refusait d'adhérer et, alors que tous jouaient au poker en commentant la campagne électorale, Jean se retenait pour ne pas ordonner à sa vieille amie de partir.

L'épisode disgracieux de Saint-Germain-de-Grantham, au soulagement de tous, ne s'est pas répété. Toutefois, son souvenir n'était jamais bien loin.

« Les artistes !… s'exclama Denise, essayant d'ignorer la sobriété déclinante de Jean. Y'ont tout le temps la tête dans les nuages ! Jamais je croirai qu'ils sont représentatifs de quoi que ce soit !

— Merci, répliqua Lili, sourire en coin.

— Je m'excuse… Encore une fois, je me suis ouvert la trappe avant de penser.

— Excuse-toi pas, pardonna Lili en riant. Je suis imprésario, maintenant. J'ai vendu mon âme au diable ! Mais ça m'empêchera quand même pas de voter PQ.

— Pis vous, Yves ? demanda madame Bouchard. Qu'est-ce que vous en pensez ?

— Ben franchement, y'a deux semaines, j'aurais gagé mon sarrau que Bourassa allait être réélu. Mais là, je le sais pus.

— Dites-moi quand même pas que vous pensez que c'est Lévesque pis sa gang qui vont rentrer ?!

— Hier, je jasais avec un collègue à l'hôpital. Il me disait que son beau-père, qui va mourir du cancer d'un jour à l'autre, lui a fait promettre de s'arranger pour que son vote aille quand même au candidat péquiste de son comté.

— Franchement! s'écria Denise.

— Ben quoi?... renchérit Lili. Un vote, c'est un vote.

— Coudonc! Trompes-tu ton mari avec le mien, toi?»

Alors que Lili et Denise riaient, madame Bouchard brassait les cartes tandis que Jean, cantonné dans son ivresse grandissante, ne disait pas un mot. Préoccupé par le mutisme de son voisin de table, le bon docteur Lajoie, se balançant sur sa chaise, posa une question qu'il jugeait insignifiante et qui n'avait comme but que de ramener Jean sur Terre.

Cette question, effectivement d'apparence anodine, sonna plutôt le glas de la soirée.

«Pendant que j'y pense... Le beau-père de mon collègue est un Taillon. De Verchères. As-tu de la famille dans ce coin-là, Jean?»

Le bruit d'un verre de brandy se brisant sur le plancher du salon fit sursauter Denise, tandis que Lili et madame Bouchard regardèrent Jean silencieusement pendant de longues secondes, attendant une réaction, n'importe laquelle, qui ne vint malheureusement pas.

«Quoi?... demanda le pauvre Yves. Est-ce que j'ai dit quelque chose qui fallait pas?»

Un Taillon de Verchères... Ç'aurait pu être n'importe qui. Pourtant, Jean fut instantanément convaincu qu'il s'agissait bel et bien de son père. Sa journée avait débuté d'une trop mauvaise façon et sa vie était sens dessus dessous depuis trop longtemps pour qu'il se permette de croire que l'innocente question du docteur Lajoie n'était pas une tuile de plus, s'ajoutant à toutes les autres ayant formé son existence misérable des dernières années.

Mourant, monsieur Taillon l'était pour Jean depuis si longtemps qu'il fut sidéré par ce besoin soudain de revoir son père avant qu'il meure vraiment. Et pourquoi donc, au fait ? Dès le lendemain matin, Adrien et Lili tentèrent de le convaincre qu'un retour au royaume de Jean Iᵉʳ ne lui apporterait que des misères, mais Jean refusa obstinément de les écouter. Quelque part, l'être complètement perturbé qu'il était à cette époque ressentait le besoin de tomber encore plus bas, de payer davantage pour les souffrances qu'il s'était lui-même infligées. Alors, forcément, le retour des Taillon dans sa vie représentait une occasion qu'il ne put laisser passer.

Nul besoin d'affirmer qu'Adrien, Lili et madame Bouchard eurent à ramasser Jean — enfin, ce qu'il en restait — pendant longtemps. Et à l'époque, j'étais beaucoup trop imbibé de ma propre souffrance pour me préoccuper de ce frère qui aurait eu bien besoin de ma présence.

Mon comportement, j'en suis pleinement conscient, relevait d'une triste ironie lorsque l'on considère que je consacrai plusieurs années de ma vie à dénoncer l'égoïsme de toute une population.

# 5
## Jean... à propos de Patrick

«T'as du front, Flynn, de m'appeler pour me demander de t'ouvrir la porte de ton logement! s'exclama le propriétaire de l'immeuble où Patrick habitait. Ça fait deux mois que tu paies pas ton loyer!»

Heu... Disons, ici, que «loyer» était un bien grand mot. «Taudis» aurait mieux décrit l'état des lieux. «Trou» aussi. Mais pas «loyer», qui comporte, tout de même, un élément de dignité et de stabilité faisant cruellement défaut à l'horreur habitée par Patrick et Judith. Les rats auraient eux-mêmes appelé des exterminateurs pour se débarrasser des deux locataires que je n'aurais pas été surpris du tout.

«J'ai oublié mes clés, répondit Patrick à son propriétaire. Soit je vous appelais, soit je brisais une fenêtre pour entrer. Je me suis dit que vous aimeriez mieux que je vous demande de m'ouvrir la porte.

— Tu pouvais pas rejoindre ta femme?»

Le pétard n'étant pas joignable la plupart du temps, Patrick était allé frapper chez un voisin pour lui demander s'il avait le numéro de téléphone du propriétaire.

«Judith est pas souvent chez nous, ces temps-ci. Pis pour ce qui est des loyers en retard, je vais vous payer ça bientôt.»

Franchement! Le propriétaire n'allait jamais voir la couleur de cet argent et le savait très bien. Pourquoi Patrick est allé dire ça, je n'en ai aucune idée. À ce stade-ci de l'histoire, je pouvais déjà imaginer son déménagement, vers deux ou trois heures du matin, alors que lui et

Judith fuiraient leur troupeau de rats pour un tout nouveau nid de coquerelles, sans les loyers en retard qui leur pendraient au-dessus de la tête.

« Je suis bon prince, je vais t'ouvrir la porte. Mais si j'ai pas de tes nouvelles le 1er décembre, t'auras affaire à te trouver un nouveau logement.

— Mettre du monde à la rue pendant le temps des Fêtes... C'est beau, l'esprit chrétien.

— Mon esprit chrétien vous accompagne chaque premier du mois, toi pis ta femme, quand vous encaissez votre chèque de bien-être social. »

Patrick ne dit rien, regardant plutôt son propriétaire avec les lèvres plissées, ce qu'il faisait dorénavant presque toujours. Comme s'il mordait perpétuellement dans une pomme au goût un peu trop suret...

Après avoir déverrouillé la porte, le propriétaire jeta un dernier regard à Patrick avant de retourner à sa voiture et de prendre le chemin de son bungalow de Greenfield Park. S'il avait eu envie d'entrer à l'intérieur pour apprécier l'état des lieux, la forte odeur d'excréments qui lui monta au nez aussitôt la porte ouverte le fit changer d'idée et il s'éloigna sans même entendre les remerciements que son locataire lui envoya.

« Patrick ?... »

Lorsqu'il entendit la voix de sa douce qui semblait provenir d'outre-tombe, Patrick se mit à sacrer comme il ne le faisait que très rarement. Deux mois s'étaient écoulés depuis la surdose de Judith et le regret de ne pas l'avoir laissée mourir à ce moment-là se faisait de plus en plus violent. Pourquoi ? Patience. Vous comprendrez bien assez vite.

« Je suis là. »

Lorsque Patrick l'aperçut, Judith était nue — rien de nouveau sous le soleil, me direz-vous —, suait de partout, avait le souffle saccadé et tenait une seringue dans sa main droite. En la voyant, Patrick eut un mouvement de recul, comme s'il était en présence d'un cadavre ayant déjà commencé à se décomposer.

« Tu m'embrasses pas ?... » demanda Judith, sarcastique.

Ouf ! Judith était dans un état si épouvantable que même moi paqueté comme dix je ne lui aurais pas touché ! Sincèrement, qui aurait été prêt à embrasser, même du bout des lèvres, quelqu'un pouvant faire passer Maggie Flynn pour le sosie de Jayne Mansfield ?

« Veux-tu ben me dire où t'as pris l'argent pour t'acheter ta cochonnerie ? demanda Patrick, l'air dégoûté.

— Je suis une fille travaillante, répliqua Judith d'un ton laissant sous-entendre ce que personne, moi le premier, ne voulait savoir. Ça fait que je me suis finalement décidée à exploiter mes talents. »

Re-ouf !

Ici, je tiens absolument à m'excuser — même si je ne suis responsable de rien — pour cette vision à faire lever le cœur d'une femme ayant décidé de vendre ses charmes — hum ! — afin de se payer son héroïne. Et dites-vous bien que votre frustration est la mienne. Au cinéma, les prostituées ont toujours le visage de Shirley MacLaine ou de Catherine Deneuve. Est-ce que j'ai besoin de vous dire que Judith n'avait absolument rien ni de l'une ni de l'autre ? Non, mais !... C'est de la fausse représentation, à la fin ! Les producteurs n'ont pas le droit ! Ça mériterait des poursuites !

« Laisse-moi deviner, poursuivit Judith, le ton toujours sarcastique. Pendant que moi, je me tuais à la tâche, toi, tu continuais de faire de l'obstruction, un peu partout, dans les bureaux de vote ?

— Laisse faire. Parle-moi pas.

— Je passe mon temps à me demander si t'es une tête de cochon, ou si t'es tout simplement niaiseux. Honnêtement, je suis pas capable de me décider.

— Sacre-moi donc patience, Judith. »

L'effervescence de novembre 1976..., cette certitude des Québécois de l'époque de faire leur propre histoire..., Patrick ne les a pas vécues. Moi non plus, me direz-vous. C'est vrai. Mais là où je me drapais dans une totale indifférence à l'égard de tout ce qui se passait, Patrick, lui, se vidait à essayer d'arrêter le temps ; à immobiliser les gens pour les empêcher d'aller là où ils le voulaient pour les rediriger vers lui. Pas par égocentrisme — vous connaissez Patrick... — mais plutôt par peur de reconnaître qu'il avait échoué ; que le monde n'était toujours pas digne d'Agnès, que nous ne ressemblions en rien à l'idée qu'il se faisait d'une société idéale et qu'il en était le grand responsable.

En 1976, le Québec n'était intéressé que par le Québec. Alors, de voir arriver un air de bœuf de six pieds et quatre pouces, accompagné de sa greluche héroïnomane, qui s'époumonait à répéter que leur pays ne valait pas de la merde, n'était pas tout à fait ce que les gens avaient envie de voir ou d'entendre. Patrick ayant suffisamment fait suer tout le monde pendant longtemps avec ses fantaisies révolutionnaires, plus personne ne voulait lui prêter la moindre attention. Et le 15 novembre, alors qu'il cherchait à empêcher des électeurs d'aller voter, ceux-ci le regardaient en roulant les yeux et, quelquefois, allèrent même jusqu'à physiquement l'enlever du chemin tout en lui suggérant de se diriger vers l'hôpital psychiatrique le plus proche.

Plus personne ne voulait entendre parler de Patrick Flynn. Et Judith ne ratait jamais une occasion de le lui rappeler.

« T'es tellement stupide pis naïf !… Pas capable de voir la vérité, même quand elle te saute en pleine face. »

Des années plus tard, Patrick racontera qu'à cet instant précis, il eut la sensation d'entendre des voix ; que Judith avait tellement l'air d'un cadavre que de l'écouter parler donnait l'impression d'être en présence de son fantôme. Un signe de plus donnant l'impression à Patrick d'avoir échoué. Lui et Judith étaient tombés de si haut que celle-ci, visiblement, ne se remettrait pas de sa chute.

« Tu le vois pas, Patrick, que tu fais rire de toi ? Qu'est-ce que tu penses qu'ils disent, les gens, quand t'essaies de les empêcher d'aller voter ? Ils se disent pas que t'as raison… Ils se disent pas que t'es un grand homme… Ils se disent que t'as l'air d'un innocent, en se demandant pourquoi personne a pensé à appeler la police pour t'enlever de là. »

D'aussi loin que je me souvienne, je ne me suis jamais fait d'illusions sur le genre humain, et ce détachement vis-à-vis de la… noblesse de Patrick vient peut-être expliquer certains gestes posés au cours de ma vie. Bien franchement, je m'en fous comme de l'an quarante. Pour Patrick, c'était différent. Il pouvait bien nous traiter de pourris, d'égoïstes, de matérialistes finis et de tout ce que vous voudrez, ça prenait, quelque part, une extraordinaire confiance en l'humanité pour partir en croisade comme il l'a fait, en se disant qu'il arriverait à nous changer pour le mieux. Même si sa définition du mot «mieux» ne correspondait pas forcément à celle des autres. Et c'est pourquoi, à mon avis, il tomba de si haut. Oui, Patrick luttait avec cette impression d'avoir trahi la petite Agnès — comme si elle lui avait demandé quoi que ce soit —, mais il se retrouvait aussi aux prises, maintenant, avec cette toute nouvelle certitude que l'homme, bien souvent, ne s'élève jamais plus haut qu'un babouin. Pourtant, avec moi, il en avait toujours eu une preuve grandiose sous les yeux. Même chose avec le pied de céleri qui jouait le rôle de sa douce moitié.

«On n'est plus en 1968, ajouta Judith, cherchant son souffle. Le monde veut pus être changé. T'as eu ta chance, mais t'as tout raté.

— ...

— Te rends-tu compte que les gens aiment mieux continuer à vivre dans un monde qui pue la merde à plein nez, plutôt que de te suivre dans le tien ? Les gens veulent pus penser à rien, Patrick. Pis ils veulent surtout plus penser à toi. Pourtant, Dieu sait qu'au Québec, on aime ça, les *losers* ! Faut-tu que tu sois pathétique pas à peu près pour que les gens veuillent rien savoir de toi ?

— Pense ce que tu veux. Je m'en sacre. Y'est temps que je parte d'ici. J'ai assez perdu de temps avec toi.»

Enfin ! Après six ans, Patrick comprenait que Judith ne voulait pas être sauvée, et qu'il était grand temps de sacrer le camp s'il ne voulait pas y laisser sa peau. Mais Judith, elle, ne voulut pas le laisser partir. Moins par amour — êtes-vous malades ? ! — que parce qu'elle était désespérée de le ramener à son niveau à elle, imputant à Patrick l'entière responsabilité pour ce qu'elle était devenue. Si, au moins, Judith arrivait à l'humilier, à le faire souffrir comme elle souffrait, à manquer d'air comme elle en manquait, à supporter toujours plus mal le temps qui passe, alors Patrick pourrait peut-être comprendre comment elle s'est sentie le jour où il accepta d'échanger son destin contre une sortie de prison.

«Tu veux quitter notre royaume de la rue Ontario?! Pour aller où, Seigneur? T'es même pas capable de vivre dans le vrai monde, pauvre innocent!

— Vaut mieux vivre n'importe où sauf dans ton monde à toi. Ça, c'est certain.

— Te forces-tu pour être stupide, Patrick, ou si ça te vient tout seul? Ma réalité à moi, c'est ça le vrai monde. Le tien existe pus depuis longtemps. Y'en a pus, de causes à défendre! Y'en a pus, de monde à changer! Les gens veulent pus penser à rien d'autre qu'à leur petit nombril. Tout ce qu'ils veulent, c'est d'avoir du *fun*. C'est trop forçant, pour eux autres, de faire autre chose.

— C'est trop forçant pour eux autres, ou c'est trop forçant pour toi?»

À cet instant précis, Patrick marchait vers la porte de sortie, ayant mis dans un sac à poubelle le peu d'effets personnels qu'il possédait. Des disputes comme celle-ci, lui et sa biquette en avaient eu des centaines, au cours des dernières années. Mais Judith, voyant Patrick se diriger vers la porte en ne la regardant même pas, sentait que cette dispute serait la dernière. Si elle voulait écraser Patrick pour de bon, si elle voulait le ramener à son niveau, un grand coup devait être porté. Un coup énorme. Et Judith se montra, malheureusement, à la hauteur des attentes.

«Essaie pas de me blâmer pour tes erreurs, Patrick. C'est toujours ben pas de ma faute si t'as jamais été capable de voir que le monde a changé. Même ta sacro-sainte Agnès, si elle vivait encore aujourd'hui, serait prête à vendre son petit cul de négresse pour un gramme de coke. »

Oui, Judith a réussi. Pas à peu près. Et jamais Patrick ne descendit plus bas, jamais ne fut-il autant son égal que lorsqu'il s'approcha d'elle et se mit à la rouer de coups. Une claque au visage… Un coup de poing au ventre… Un coup de poing au menton… Un coup de genou aux côtes… Et des hurlements, terribles, de part et d'autre : Judith criant de douleur. Et Patrick qui jurait la détester plus qu'il n'avait jamais détesté personne dans sa vie.

« Tu veux mourir ? ! cria-t-il en lui assénant un dernier coup. C'est ça que tu veux ? ! Accroche-toi, parce que ça s'en vient ! »

Patrick ne l'a pas tuée. Heureusement. Mais il laissa Judith inconsciente, le sang pissant de sa bouche, avec quelques côtes fêlées et un bras cassé.

Il ne la revit jamais. Pas vivante, en tout cas.

Au fil des années, je me suis souvent fait regarder de travers pour avoir souvent dit ce que je m'apprête à dire mais malgré l'aspect offensif de mes propos, je persiste et je signe : ce jour-là, Patrick s'est bêtement fait piéger et Judith, victorieuse, eut exactement ce qu'elle recherchait.

Je me souviens très bien de cette première fois où je me suis permis de dire tout haut ce que je pensais depuis longtemps à propos de cet incident. Lili m'avait fusillé du regard, tandis que maman Muriel avait mis la main sur son cœur en s'écriant que j'allais la faire mourir. Adrien, pour sa part, m'avait regardé sans rien dire, en secouant la tête. Pas parce qu'il était en désaccord avec moi mais plutôt parce que j'avais osé admettre, devant Lili et maman Muriel, qu'une femme impliquée dans un cas de violence conjugale n'était peut-être pas aussi innocente qu'elle voulait le laisser croire.

Comprenez-moi bien : je ne prône la violence d'aucune façon. Et si je suis le premier à me réjouir d'un uppercut judicieusement placé au cours d'un combat de boxe ou d'un film de Charles Bronson, je ne suis pas particulièrement friand de la violence dans la vie de tous les jours. Encore moins entre un homme et une femme. Mais si un juge ou jury peut acquitter une personne accusée de meurtre en raison de circonstances atténuantes, alors pourquoi ne pourrais-je pas accorder le même bénéfice du doute à Patrick ?

En invoquant le nom d'Agnès, en lui donnant les traits de la prostituée héroïnomane qu'elle-même était devenue et que Patrick détestait, Judith s'attaquait aux fondements mêmes de ce qu'il était, de la raison lui ayant permis de survivre aux douleurs du Cameroun et à sa lâcheté, au départ, de ne pas avoir protesté lorsqu'il y fut catapulté. De plus, la manière presque indécente de Judith à utiliser le souvenir d'Agnès pour nourrir la révolte de Patrick et le pousser vers ses sommets à elle devenait rien de moins que révoltante alors qu'elle s'en servait maintenant pour l'écraser. Encore aujourd'hui, je n'arrive pas à croire que je suis le seul suffisamment lucide pour le comprendre.

Judith voulait voir Patrick crever comme lui-même l'avait fait mourir et elle savait que la meilleure façon d'y arriver était de briser le souvenir d'Agnès. C'est exactement ce qu'elle a fait. Et en poussant Patrick à la frapper, Judith réussit le tour de force de le faire tomber à son niveau à elle, de le diminuer, de le rendre petit et tordu. En gros, la vraie victime ne fut pas celle qui reçut les coups. De ça, je resterai convaincu jusqu'au jour de ma mort.

Ces propos me valurent, une fois de plus, d'être regardé par Lili et maman Muriel comme si j'étais tout d'un coup devenu un danger public.

« Je peux pas croire, me reprocha Lili, que tu juges correct de frapper une femme ! »

À cela, j'ai répliqué que ce n'était pas du tout le cas ; que Judith Léger, à ce moment-ci de sa vie et malgré la présence d'un vagin entre ses deux jambes, n'était plus une femme depuis longtemps. Qu'elle n'était plus rien d'autre qu'un cadavre en attente, espérant avec impatience la dose d'héroïne, ou de cocaïne, qui lui ferait enfin lever les pattes. Ni plus ni moins. Et à cette époque-là, personne n'était mieux placé que moi pour bien le comprendre.

Ce n'est pas une femme que Patrick frappa, ce jour-là, dans son trou à rats de la rue Ontario. Ce n'était rien du tout. Que du vide dopé à l'héroïne et qui s'offrait au premier venu pour être en mesure de se payer sa prochaine dose.

À ça, vous n'avez pas besoin d'ajouter que j'ai l'air de vouloir justifier Patrick ; donner un sens à ses gestes. Je sais très bien que c'est ça que je fais. Que je fais depuis trente ans, en fait. Mais mettez-vous à ma place, trente secondes. N'importe qui aurait fait la même chose. Parce que je ne pouvais me résoudre à croire que le Patrick que j'avais connu, le fils à maman de Marie-Yvette Flynn et l'ami d'enfance de la rue de la Visitation ait été capable d'envoyer une femme à l'hôpital sans y avoir d'abord été poussé.

Oui, il avait changé depuis son retour du Cameroun. Mais pas à ce point-là. Je ne le crois pas. Je ne le croirai jamais. Et pensez ce que vous voulez.

# 6
## Paul-Émile... à propos d'Adrien

Bon. Je n'étonnerai personne en disant que le 15 novembre 1976 ne fut pas le soir le plus mémorable de ma vie. C'est peu dire que d'affirmer que je ne fus pas enchanté par la victoire du Parti québécois. Cela étant dit, je savais tout de même ce qui s'en venait depuis longtemps. J'avais les chiffres sous la main, je sentais la vague venir et je rageais. Alors qu'Adrien ait manifesté la moindre marque de surprise devant les résultats de l'élection du 15 novembre m'apparut d'un ridicule consommé. Étant le stratège principal de la campagne du PQ, c'était impossible qu'il n'ait pas accès aux informations que je détenais, et qu'il se soit mis à trembler comme une feuille lorsqu'il apprit que René Lévesque était maintenant premier ministre ne fut rien de moins que risible. Il savait ce qui était sur le point de se produire. Il savait que le PQ allait former le prochain gouvernement. Alors pourquoi avoir réagi comme un enfant de huit ans apprenant qu'il s'en va passer une journée à La Ronde ? Qu'avait-il prévu, exactement ? Une défaite de dernière minute ? Un ruban de participation ? Quand on prend part à une compétition, ce n'est pas pour viser la médaille de bronze. On n'a pas cinq ans. L'important, ce n'était pas de participer. Surtout en politique.

Pourtant, à mesure que la campagne avançait, j'observais Adrien — de loin, évidemment — et je ne pouvais qu'admirer le travail accompli. Il aurait eu la grosse tête et personne ne l'aurait blâmé. La somme de travail qu'il accomplit fut colossale. Et très bien exécutée, aussi. Pourtant, il réagit à l'élection de son parti comme s'il s'était fait mettre une boîte à surprise sous le nez.

Si l'histoire avec un grand H aura retenu le discours de René Lévesque et les célébrations au Centre Paul-Sauvé, l'histoire personnelle d'Adrien, ce soir-là, fut marquée par ses retrouvailles avec Alice. Retrouvailles momentanées, dois-je préciser. Pour être franc, je n'ai pas très envie d'en parler — les histoires de couchette, moi... — mais je ne crois pas avoir le choix. Comment faire autrement ? Il m'est toujours apparu bizarre que mon ami ait consacré l'entièreté de sa carrière à donner tous les pouvoirs à ses concitoyens, alors que lui-même faisait preuve d'une scandaleuse impuissance dans sa vie personnelle.

Mais, bon...

Au fil des années, Alice et Adrien n'ont jamais réussi à couper complètement les ponts. Alice put donc regarder Adrien s'enfoncer avec Denise, tandis que lui devait supporter les copains occasionnels qu'il voyait poindre aux bureaux de la permanence. Le menton lui tomba particulièrement bas, d'ailleurs, le jour où il aperçut Alice au bras d'un chanteur très connu à l'époque — non, je ne le nommerai pas — et dont la grosseur des biceps avait autant de notoriété que sa voix feutrée. C'était une chose de voir la femme qu'il aimait au bras de cavaliers lui ressemblant comme à un jumeau. C'en était une autre, par contre, de la voir avec un homme qui participa à quelques reprises au gala des plus beaux hommes du Québec organisé par Lise Payette. De toute façon, avec les burgers qui s'empilaient dans le bas de son ventre et le pourcentage croissant des cheveux gris qu'il avait sur la tête, nul besoin de dire qu'Adrien était loin de se sentir comme le sosie de Richard Garneau ou de Léo Ilial. Autres « réguliers » du même gala, pour ceux ignorant de qui il s'agit.

De toute façon, Adrien se rongea les ongles pour rien parce que cette relation-là, comme toutes les autres, ne dura pas. Pour le plus grand malheur d'Alice, le chanteur aux gros biceps n'était pas Adrien. Dans le cœur de celle-ci, il avait pris toute la place. Elle le lui prouva amplement, d'ailleurs, le soir des élections, alors que quelques verres de champagne aidèrent à faire sortir la vapeur et que tous les deux se retrouvèrent dans une chambre d'hôtel.

Beaucoup de bruit pour rien.

Dès le lendemain, tout fut terminé. L'amour entre les deux était toujours là. La complicité aussi. Mais Claire et Daniel également. Rien n'avait changé. Surtout pas Adrien, dans sa logique inexplicable, qui croyait dur comme fer devoir gagner son ciel pour l'amour de ses enfants.

Au bout du compte, les retrouvailles d'Alice et d'Adrien firent plus de mal que de bien. Le cœur devint plus lourd et la souffrance, plus vive. De cette aventure, Adrien sortit le dos plus courbé qu'il ne l'était déjà.

Je me suis souvent demandé comment Adrien s'y prenait pour avoir un regard lucide dans toute son incohérence. Il m'est difficile de croire qu'il y soit jamais parvenu. Mais quand on se met en tête de croire quelque chose... Pourtant, Claire et Daniel, au bout du compte, allaient sortir aussi marqués par la cacophonie guerrière de leurs parents qu'Adrien le fut lui-même par le silence de monsieur Mousseau. Et si je me suis souvent fait reprocher d'avoir renié mes racines, je préfère mes choix, de beaucoup, à ceux d'un petit garçon forcé de vivre perpétuellement en réaction à ceux-ci pour être en mesure d'avancer et de se convaincre qu'il n'était pas une copie de son père.

De cette passade avec Alice, Adrien se releva en plongeant, encore une fois, dans le travail. Honnêtement, le moment n'aurait pu mieux tomber. Le PQ venait d'être élu et Adrien dut prendre le chemin de Québec pour travailler aux côtés de monsieur Lévesque. Sur ce point, j'étais bien placé pour savoir qu'avec le boulot qui s'annonçait, il n'aurait même pas le temps de se souvenir de la couleur des cheveux d'Alice. Quelques jours plus tard, il entreposa, effectivement, quelques vêtements dans sa voiture avant d'embrasser femme et enfants et de rouler sur l'autoroute 40, en direction est, pour aider à mettre sur pied le premier cabinet péquiste de son histoire.

Bon. D'accord. Il embrassa seulement les enfants.

# 7
## Adrien... à propos de Paul-Émile

Ça me fait sourire que Paul-Émile se permette des commentaires sur la manière dont je gérais ma vie personnelle. Pas que ces commentaires ne fussent pas mérités. Au contraire. Toutefois, c'est la personne les ayant émis qui me cause problème, Parce qu'en ce qui concerne des vies personnelles plus ou moins bien réussies, Paul-Émile jouissait d'un portfolio assez bien fourni, merci. Je lui en fais souvent la remarque mais il se contente toujours de me regarder en haussant les épaules. Et je tiens à préciser que ces remarques ne sont jamais faites dans un esprit revanchard, ou dans le but de démontrer qu'il n'était pas, contrairement à ce qu'il croyait, meilleur que moi. Le retour de Paul-Émile parmi nous — qui n'aura lieu que dix ans plus tard, si l'on se situe par rapport à l'histoire — me rendit trop heureux pour que je me permette de dire quelque chose qui aurait pu l'éloigner. Et comme il fut toujours suffisamment fort pour accepter de se faire dire ses quatre vérités sans péter les plombs...

Aussi, nul besoin d'un cours universitaire de niveau supérieur pour comprendre que ledit résumé de Paul-Émile, en matière de relations interpersonnelles, était surtout truffé de références à son comportement envers Suzanne. Même si Mireille ne fut pas en reste, personne n'expérimenta davantage l'intransigeance de Paul-Émile que sa maîtresse des quinze dernières années. Suzanne habitait maintenant avec Guy Drouin, fortement pressée par sa famille et ses amis de franchir l'étape du mariage et des enfants.

« Veux-tu ben me dire ce que t'attends pour faire des

petits ? lui avait demandé sa mère, madame Desrosiers. Ça fait deux ans que j'achète des pyjamas pis des bavettes ! Viens quand même pas me dire que j'ai tout acheté ça pour rien ! »

À sa très grande surprise, Suzanne se démenait pour ne pas changer les choses. Elle qui était allée jusqu'à risquer sa relation avec Paul-Émile pour la liberté de se donner la vie de famille dont elle rêvait, réalisait maintenant qu'elle ne voulait du mariage et des enfants que si c'était lui qui les lui donnait. En ce sens, elle admettait que Guy Drouin, qui était pourtant prêt à lui donner tout ce qu'elle désirait, n'était rien de plus qu'un extraordinaire bouche-trou en attente de son quatre pour cent le jour où Paul-Émile se déciderait enfin à agir intelligemment.

Le comportement de Suzanne envers Guy Drouin était d'un égoïsme fini — son amie Rolande le lui faisait souvent remarquer —, mais elle en était venue à trop détester sa solitude pour agir autrement.

« Pourquoi tu te fais pas faire un petit par Paul-Émile pis que tu l'élèves pas avec Guy ?

— Franchement, Rolande ! Tu trouves pas que la situation est déjà assez compliquée comme ça ? !

— Ben, quoi ?… Tout le monde serait content.

— Guy pis moi, on a tous les deux les yeux bleus. Si le petit a les yeux bruns, je fais quoi, moi, pour expliquer ça ?

— Guy s'apercevrait peut-être de rien.

— …

— Pourquoi tu le laisses pas partir, Suzanne ? Pauvre lui ! Je le regarde jouer avec ma plus jeune, quand vous venez chez nous, pis y'en fait quasiment pitié tellement c'est clair qu'il veut des enfants ! Guy, c'est un homme bon pis il mérite pas de se faire jouer dans le dos comme tu le fais.

— Je le sais, Rolande, répliqua doucement Suzanne. Je le sais…

— Pis pourquoi tu préfères Dracula à quelqu'un de bon comme Guy, je le saurai jamais !»

Paul-Émile réagit très mal en apprenant que Guy avait emménagé chez Suzanne. Je n'ai jamais eu la confirmation de ce que j'avance mais je le soupçonne fortement d'être à l'origine des deux pneus crevés du camion de déménagement, ce jour-là. Paul-Émile n'a jamais voulu l'avouer, mais sans rien démentir non plus. Pour moi, ça veut tout dire.

Forcément, les rencontres entre Suzanne et Paul-Émile s'espacèrent. Paul-Émile travaillait toujours autant et la présence de Guy sur la rue Étienne-Bouchard rendait les voyages de Suzanne à Ottawa plus difficiles à expliquer. Bien malgré elle, Rolande servit d'alibi à deux ou trois reprises, avant de faire savoir à son amie — de manière plutôt expéditive, d'ailleurs — que non seulement elle ne mentirait pas pour cacher ses infidélités, mais que des mammouths allaient tomber du ciel le jour où elle accepterait d'aider Paul-Émile de quelque manière que ce soit.

Paul-Émile, fidèle à lui-même, ne se forçait pas pour arranger les choses. Depuis quelque temps, Suzanne lui interdisait formellement de se pointer chez elle lorsque Guy était ailleurs — après la fermeture de son affreux restaurant, celui-ci ouvrit un bar qui connut un immense succès — parce que tout, dans ses agissements, laissait paraître une volonté évidente de saboter le ménage Drouin-Desrosiers. La rutilante Jaguar que Paul-Émile stationnait dans l'entrée de garage… Sa porte d'auto, qu'il refermait avec toute la force d'un lanceur de poids… Sa manière de demeurer immobile, pendant de longues secondes, en jouant avec ses boutons de manchette et en regardant autour de lui, histoire de s'assurer que tout le monde le verrait entrer dans l'immeuble… Tout, chez lui, semblait chorégraphié pour prouver à tous qu'il était le véritable maître des lieux, ce qui venait lui donner, comiquement, l'air d'un rottweiler levant allègrement la patte pour bien délimiter son territoire.

Suzanne, furieuse et inquiète à l'idée que Guy ne découvre ce qui se passait dans son dos — et devant, en plus, supporter les regards accusateurs de ses voisins —, réagit aux enfantillages de Paul-Émile en lui interdisant formellement de se pointer sur la rue Étienne-Bouchard. Ce qu'il fit, d'ailleurs, en affichant la moue d'un enfant contrarié de s'être fait confisquer son Slinky.

Mais à la fin de 1976, Paul-Émile commit une gaffe monumentale.

Peu de temps avant Noël, après s'être assuré que Guy était ailleurs et qu'il y resterait pour les prochaines heures, Paul-Émile se pointa chez Suzanne sans s'annoncer, lui disant qu'il voulait lui montrer quelque chose.

«Je t'ai déjà dit, Paul-Émile, que je voulais pas que tu viennes ici!

— Bof… Une fois est pas coutume. Dépêche-toi. Je veux t'emmener quelque part.»

Il arrivait quelquefois à Suzanne, malgré tout l'amour qu'elle lui portait, de vouloir catapulter Paul-Émile à Outremont, tout en lui hurlant l'ordre de ne plus en revenir. La manie de celui-ci d'ignorer carrément ses volontés et de n'en faire qu'à sa tête la rendait folle et elle devait souvent se retenir — quoique pas toujours — pour ne pas lui balancer les pires injures par la tête.

« On va où, Ô grand vizir ? lui demanda-t-elle sarcastique.

— Je te le dis pas. C'est une surprise. »

Une demi-heure plus tard, la voiture de Paul-Émile s'immobilisa devant une jolie petite maison de la rue Côte-Sainte-Catherine. Confuse, Suzanne regardait Paul-Émile, cherchant à comprendre ce que tous les deux faisaient là.

« C'est quoi, cette maison-là ?

— C'est chez nous. »

Sur le coup, Suzanne se contenta de soupirer d'impatience. Tant de fois, Paul-Émile et elle s'étaient disputé en raison de son désir à lui de vouloir l'entretenir qu'elle regardait cette maison et n'y voyait rien d'autre que le thème principal de leur prochaine chamaille.

« Pis ? demanda Paul-Émile. Comment tu la trouves ?

— Inutile. Est-ce que tu pourrais me ramener chez moi, s'il te plaît ?

— C'est tout ce que tu trouves à dire ?

— Oui. Pis compte-toi chanceux. J'ai trop mal à la tête pour t'engueuler.

— Je t'annonce que je viens d'acheter une maison où on va vivre tous les deux pis tu veux m'engueuler ?

— Comment ça, "tous les deux" ? »

En seulement quelques secondes, le mal de tête disparut, cédant sa place à un état d'incertitude dont Suzanne ne voulait pas sortir. Valait mieux rester confuse, j'imagine, plutôt que de réaliser qu'elle avait mal compris. Mais ce n'était pas le cas.

« C'est fini avec Mireille, expliqua Paul-Émile. Elle est déménagée la semaine passée. »

C'est vrai qu'avec le recul, c'est facile à dire mais à la place de Suzanne, j'aurais posé des questions, demandé des explications. Qui avait pris l'initiative de la séparation ? Qu'allait-il devenir de la résidence de la rue Pratt ? Et madame Marchand ?... Comment allait-elle réagir en voyant poindre à l'horizon sa toute nouvelle bru ? Était-elle même au courant des fréquentations de Paul-Émile et Suzanne ?

Malheureusement, Suzanne n'a rien demandé, trop occupée à essayer de demeurer consciente. Après quinze ans passés à aimer Paul-Émile dans l'obscurité, le soleil venait, tout à coup, de faire son apparition. Guy Drouin n'existait plus ; n'avait jamais existé, en fait. Pas plus que la douleur associée aux longues soirées vécues toute seule. À cet instant précis, Suzanne avait encore vingt ans et Paul-Émile la choisissait, elle. Seulement elle. Et ils avaient l'avenir devant eux.

« Paul-Émile, je... Mon Dieu ! Je sais pas quoi dire ! T'aurais pas pu me faire de plus beau cadeau !

— C'était le but. »

Suzanne riait, sautait sur place comme une enfant, regardait autour d'elle et serrait Paul-Émile dans ses bras. Rare moment de pure béatitude entre un homme et une femme habitués à s'aimer en se disputant, la plupart du temps.

Perdant la retenue dont elle faisait preuve depuis son arrivée, Suzanne sortit de la voiture, entra dans la maison et la visita de fond en comble. La cuisine, les chambres à coucher, les trois salles de bains... Elle alla même jusqu'à inspecter la boîte électrique et la plomberie. En l'espace de quelques minutes, cette maison, qu'elle avait au départ refusé de regarder, était maintenant la sienne. Celle où

Paul-Émile et elle s'enracineraient. Celle où ils pourraient voir leurs enfants grandir.

« C'est tellement grand ! C'est tellement beau ! Je regarde les pièces pis il me semble que tout est déjà meublé. Que tout est à sa place.

— T'es contente ?

— Pour pouvoir t'aimer sans avoir à me cacher, Paul-Émile, je me serais contentée d'une cabane à moineau. Ça fait que pour moi, cette maison-là est rien de moins qu'un château !

— Je suis content que tu l'aimes.

— Fie-toi sur moi : je vais en faire la plus belle maison en ville !

— Budget illimité.

— Ça va être chaleureux, chez nous. Accueillant. Il faut bien, de toute façon, avec des enfants.

— Des enfants ?…

— …

— De quoi tu parles ? »

Dring. La fin de la récréation venait de sonner sans point d'exclamation. Et le retour à la normale allait s'avérer plutôt brutal.

« Tes enfants, Paul-Émile. Aux dernières nouvelles, t'en avais trois. Pis étant donné qu'ils vont passer du temps ici, c'est important, pour moi, qu'ils se sentent les bienvenus.

— Suzanne… Mes enfants viendront pas vivre avec nous. »

Cet épisode-là, dans la vie de Suzanne, me fait toujours penser à un château de sable démoli, attaqué par la marée haute, presque au ralenti alors que l'on ne peut rien faire d'autre que de le regarder disparaître.

« Comment ?… Je comprends pas.

— Mireille pis moi, on a fait un arrangement : les petits vont vivre une semaine avec moi, pis une semaine avec elle. On va alterner. Quand les enfants vont être avec moi, on va vivre dans la maison de la rue Pratt, histoire qu'ils soient pas trop dépaysés.

— Pis cette maison-là ? demanda Suzanne, en pointant les murs de la maison. Elle va servir à quoi ?

— Ça va être notre maison à nous deux. Celle où je vais vivre quand les enfants seront pas avec moi. »

Que Paul-Émile ait cru que Suzanne allait accepter un arrangement pareil, bien docilement, relevait presque du vaudeville. Comment aurait-elle pu, après s'être contentée de restants pendant si longtemps ? Mireille n'étant plus dans le portrait, la situation n'était plus la même et le *statu quo,* forcément, devenait inacceptable. Et alors que Paul-Émile attendait que Suzanne réplique quelque chose, celle-ci, nageant dans le bonheur quelques minutes plus tôt, luttait contre cette certitude s'imposant rapidement en elle et qui cherchait à lui faire comprendre que mon vieil ami entendait se servir de sa séparation d'avec Mireille pour tasser Drouin et délimiter son terri-toire.

La pression de Suzanne montait inexorablement mais elle essayait néanmoins de se calmer. Il devait y avoir une explication, se dit-elle. Une autre que celle qui s'imposait et que Suzanne ne voulait pas reconnaître.

« OK, inspira-t-elle profondément. Je veux bien attendre encore un peu en attendant que tes enfants digè-rent ta séparation.

— ...

— Mais pourquoi, d'abord, acheter une deuxième maison ? Je peux très bien continuer à vivre dans mon logement, moi, en attendant. Je pourrais renouveler mon bail, le temps que tes enfants s'habituent à moi, pis emménager avec vous autres au bout d'un an. J'ai attendu tout ce temps-là. Je peux encore attendre une couple de mois. »

Paul-Émile prit quelques secondes à répondre. S'il avait été trop stupide, au départ, pour comprendre que Suzanne n'accepterait plus de se cacher maintenant qu'il était séparé, il fut, par contre, extrêmement rapide à saisir qu'elle cherchait à l'emmener en terrain glissant, histoire qu'il confirme ce qu'elle était en train de comprendre. Stoïque, Paul-Émile ne chercha pas à se défiler.

« Ma mère aussi vit dans cette maison-là, Suzanne. Elle va dire quoi si elle te voit arriver ? »

Et voilà ! Sans vouloir être cliché, le chat venait de sortir du sac. La honte de Paul-Émile vis-à-vis de ses origines, de ce qu'il était et qu'il n'avait jamais voulu devenir faisait, maintenant, un retentissant retour en force.

Honnêtement, Paul-Émile avait tellement bien répondu aux attentes que sa mère avait mises en lui, avait de façon si grandiose ramené 1929 au centre de sa vie que celle-ci n'aurait probablement même pas remarqué la présence de Suzanne chez elle. Au fond, la mère de Paul-Émile ne lui servait que de prétexte pour ne pas avoir à réunir les deux pôles de sa vie venant définir tout ce qu'il était et ce qu'il faisait : ce qu'il voulait devenir — madame Marchand — et ce qu'il ne voulait pas reconnaître chez lui — Suzanne. Ayant passé sa vie à brûler temps et énergie pour garder ces pôles aux antipodes l'un de l'autre, faire demi-tour, à ce moment-ci, signifierait qu'une erreur avait été commise au départ ; que tous ses efforts ne représentaient rien du tout. Ce constat, Paul-Émile fut incapable de le faire. Pas pour l'instant. Et Suzanne perçut cette incapacité comme une claque en plein visage.

«Tu me proposes quoi de différent, au juste, Paul-Émile? Une semaine sur deux, tu vas être avec tes enfants pis ta mère. L'autre semaine, tu vas probablement la passer à Ottawa, à travailler seize heures par jour. Pis moi, je vais encore passer après tout le monde, sans que jamais personne entende parler de moi. Pis faudrait surtout pas! Qu'est-ce que maman s'imaginerait?!

— Les semaines où je suis à Ottawa, tu pourrais venir avec moi.

— Pour faire quoi, Paul-Émile? Me limer les ongles en regardant mes histoires à'télé? Laisse donc faire. Pis en passant, ç'a l'air de te passer cent pieds par-dessus la tête, mais j'ai une job, moi. Je peux pas m'absenter aux deux semaines pour aller me jouer dans le nez à Ottawa. Je vais me faire mettre dehors.

— T'as juste à la lâcher, ta job. Je suis là. T'as pus besoin de travailler.

— Je suis pas une putain, Paul-Émile! J'ai refusé de l'être pendant quinze ans, je commencerai certainement pas aujourd'hui.

— Veux-tu ben me lâcher avec le féminisme, trente secondes? Le jour, toi, où t'as commencé à lire Kate Millett...

— Pour ce que ça me donne! Ça fait quinze ans que je gâche ma vie à coucher avec un homme marié! Parle-moi d'un six piasses jeté par la fenêtre!

— Simonac, Suzanne... Je te demande pas de me faire à manger, de laver mon linge pis de me donner mon bain! Je te demande juste de me laisser prendre soin de toi, un peu.

— Pis après quinze ans, il faut que je te dise comment faire ?!

— Mais t'as pas besoin de me dire comment faire! Je t'offre de passer plus de temps ensemble. Je t'offre une belle maison avec tout ce que tu veux! Y'est où, le problème ?!

— Choisis, Paul-Émile: soit que t'es un crétin fini; soit que tu me prends pour la dernière des innocentes! »

Encore une fois, Paul-Émile et Suzanne s'aimaient et communiquaient en se disputant. Comme ils l'avaient toujours fait et comme ils le feraient jusqu'au bout. Et si Suzanne en souffrait, je crois que Paul-Émile, pour sa part, en avait profondément besoin. Comme si aimer Suzanne à ce point, sans le moindre obstacle, lui aurait imposé cette partie de lui-même qu'il cherchait à renier. Et comme si grâce à ces disputes, Paul-Émile réussissait à se convaincre que cet amour, tout comme le faubourg à mélasse, ne lui venait pas naturellement; qu'il devait se battre pour l'obtenir et qu'il ne lui était surtout pas inné.

Comment Suzanne put vivre humiliée de la sorte pendant des années, je ne l'ai jamais su. Comment tous deux pouvaient avoir autant besoin l'un de l'autre, en dépit des engueulades, je ne le sus pas davantage. Denise et moi avons passé vingt ans constamment sur le pied de guerre et, à la fin, je grinçais des dents à la seule pensée de la savoir à moins d'un kilomètre de moi.

« Suzanne…

— Penses-tu que je suis trop nouille pour comprendre ce que t'essaies de faire, Paul-Émile ? En achetant cette maison-là — que tu peux revendre, soit dit en passant —, tu faisais une pierre, deux coups: tu gardais un œil sur moi, pis tu te débarrassais de Guy en même temps.

— Pourrais-tu, s'il te plaît, ne pas me parler de Art-Ross'57 ?

— Pourquoi je m'en empêcherais ? Lui, au moins, se comporte pas avec moi comme si j'étais une guidoune de la Main ! »

Paul-Émile, qui ne s'était jamais défilé devant une bonne bataille, que ce soit contre Suzanne, contre nous, contre le Parti conservateur ou contre les souverainistes, parut tout d'un coup vidé, complètement épuisé. Comme s'il n'avait soudainement voulu rien d'autre que de laisser Suzanne derrière lui, après quinze ans passés à se battre mais que l'arbitre, faisant fi de sa fatigue, lui ordonnait de poursuivre le combat. Alors Paul-Émile demeura immobile. Malsaine ou non, sa relation avec Suzanne lui était trop nécessaire, trop vitale pour qu'il vive autrement.

« C'est une chose, Paul-Émile, de vivre cachée pendant quinze ans parce que tu voulais te bâtir une vie ailleurs. Mais c'en est une autre, par exemple, de continuer à t'aimer en sachant que t'as honte de moi. »

Pauvre Suzanne…

« Veux-tu que j'aille te reconduire chez toi ? lui demanda Paul-Émile, penaud.

— Non. Je vais prendre l'autobus.

— Voyons, Suzanne… Ça va te prendre une heure et demie pour retourner chez vous… On gèle, dehors.

— Je veux pas te voir, Paul-Émile. Pas maintenant. »

Le lendemain, Paul-Émile téléphona à Suzanne. Celle-ci lui demanda, calmement, de ne plus la contacter, avant de lui raccrocher carrément la ligne au nez. Paul-Émile fut complètement démoli. Pas par les propos de Suzanne — c'était loin d'être la première fois que celle-ci lui jurait ne plus vouloir de lui —, mais plutôt par le ton employé ;

par cette assurance tranquille, cette irrévocable stabilité dans la voix faisant clairement savoir à Paul-Émile qu'elle était sérieuse, cette fois-ci. Comme je l'ai déjà dit, Suzanne et lui n'arrivaient, la plupart du temps, qu'à communiquer en se disputant; à avancer en défonçant des portes. Alors d'entendre Suzanne lui dire qu'elle déposait les armes pour de bon eut, sur Paul-Émile, un effet dévastateur.

Évidemment, il n'en a rien dit à personne. Et pour les prochains mois, sa vie n'allait tourner qu'autour du travail et de ses enfants.

Malgré ce que certains seraient portés à croire, je ne me suis jamais réjoui des déboires de Paul-Émile. Avec le recul que procurent les années, je ne peux que déplorer l'incapacité chronique d'un homme à être heureux et en paix avec l'essence même de ce qu'il était. Ayant toujours su à quel point Paul-Émile était un homme aux habiletés exceptionnelles — là-dessus, j'étais cent pour cent d'accord avec madame Marchand —, je suis convaincu qu'il aurait abouti là où il est aujourd'hui, professionnellement, sans avoir eu à sacrifier ses racines pour redonner à sa mère une vie qui n'existait plus. Malheureusement, madame Marchand réussit au-delà de toute espérance à faire croire à Paul-Émile qu'il était meilleur que nous; qu'il devait nous répudier pour mieux se rebâtir ailleurs même si, à plusieurs reprises, les circonstances lui montrèrent que sa place était à nos côtés. Aux côtés de Suzanne, aussi. Mais trop endoctriné par sa mère, il a toujours tout fait pour lui prouver à quel point il la vénérait en se persuadant, entre autres, que chacune des fibres lui rappelant notre présence n'était rien d'autre que de la chimère. Et malgré Mireille, malgré ses enfants, malgré Jean,

Patrick et moi, personne ne paya de prix plus élevé, pour cette dénégation chronique, que celle qui demeurera toujours le grand amour de sa vie.

# 8
## Patrick... à propos de Jean

« À Verchères, le 14 novembre 1976, est décédé de corps monsieur Yoland Taillon, fils de feu Jean Taillon, après que son âme se soit envolée le 14 mars 1910. Monsieur Taillon laisse dans le deuil son épouse bien-aimée, Lucille, ses filles, Gisèle (Charles Lapalme), Pierrette (Réjean Laberge) et Blanche (Dr Laurent Renoir), ainsi que de nombreux petits-enfants, parents et amis. »

Non, ce n'est pas une blague. Je le jure sur tout ce que je suis et tout ce que je possède. Jamais je ne me permettrais de blaguer sur une situation aussi triste et absurde. Et si personne ne me croit en dépit de mes serments, je suis prêt à fournir l'avis nécrologique paru dans la *Presse* du 16 novembre 1976. Cet avis m'apparaissant comme la cause la plus probante de tous les maux ayant affligé mon ami Jean au cours de sa vie, je n'ai jamais voulu m'en départir.

Personne, vraiment, ne sut comment se comporter avec Jean, à la suite de l'annonce du décès de son père. Son mutisme tout imbibé de brandy, toutefois, n'était absolument d'aucune aide à tous s'étant portés volontaires pour l'aider à traverser cette épreuve. Mais, en dépit de son silence — ou, peut-être, à cause de lui —, Adrien et madame Bouchard prirent instinctivement la décision d'être avec Jean, le jour des funérailles de son père. Histoire, évidemment, de s'assurer que sa douleur ne fut pas engourdie par des quantités supérieures de vodka et de brandy à celles qu'il avalait habituellement.

À leur arrivée chez Jean, non seulement celui-ci n'était-il pas ivre mais Adrien et madame Bouchard le trouvèrent vêtu de son plus beau complet, et coiffé comme s'il sortait tout droit de chez le barbier. Aucun verre de brandy vide ne traînait dans l'appartement. Aucune inconnue ne gisait nue, dans son lit, avec Jean la regardant comme s'il semblait vouloir lui demander pourquoi elle y était encore.

« Doux Jésus ! s'exclama madame Bouchard. Veux-tu ben me dire où tu t'en vas, habillé de même ? Même quand tu vas plaider, t'es pas beau comme ça. »

Adrien se tourna vers madame Bouchard, l'air perplexe. Pourquoi s'était-elle permis un commentaire aussi creux alors qu'elle savait très bien que Jean s'apprêtait à prendre le chemin de Verchères ?

« J'ai téléphoné au bureau, répondit Jean en nouant son nœud de cravate. J'ai annulé mes rendez-vous pour la journée. »

Rendez-vous fort peu nombreux, au demeurant. Les problèmes d'alcool de Jean avaient, comme je l'ai si souvent répété, pris une telle ampleur avec les années que sa réputation professionnelle s'en trouvait sérieusement entachée. Un vieux juge de la Cour d'appel — un monsieur Ross, si ma mémoire est bonne — ayant toujours eu beaucoup d'affection pour mon ami avait d'ailleurs affirmé à madame Bouchard qu'il lui était devenu trop difficile d'assister à sa déchéance et qu'il vaudrait peut-être mieux, pour Jean, de réorienter sa carrière. Lorsqu'il fut mis au courant des propos du juge, Jean partit se réfugier dans sa voiture et sanglota pendant de longues minutes, avant de prendre le chemin d'une quelconque taverne d'où il ressortit à quatre pattes.

S'il peut sembler répétitif d'affirmer que je cherchais désespérément, à cette époque, un sens à ma vie, cela l'est presque tout autant d'avancer que Jean s'était perdu depuis longtemps et qu'il tentait d'oublier son indifférence, toujours plus tenace, à l'égard de sa propre existence en regardant autour de lui à travers l'embrouillement de ses verres de brandy vides. Alors qu'est-ce qui aurait bien pu expliquer ce désir soudain de Jean à vouloir saluer un homme qui était allé jusqu'à le renier dans son avis nécrologique? Malheureusement, je n'ai jamais su trouver de réponse satisfaisante à cette question. Mais bien avant tout le monde, Adrien avait compris que cette visite au salon funéraire se voulait moins, pour Jean, une ultime tentative de faire la paix avec sa famille qu'un ardent désir de recevoir une claque de plus en plein visage; d'exprimer encore ce profond besoin de souffrir afin de payer de sa vie le mal causé à d'autres. Des excuses en bonne et due forme, dans sa logique malade, n'auraient pas suffi alors que Jean se croyait devoir descendre encore plus bas que Lili, mademoiselle Robert et tous les autres. Et en ce sens, ses retrouvailles avec la famille Taillon s'avérèrent être une idée de génie dont la réussite s'étendit bien au-delà de la mienne lorsque je m'étais pointé aux funérailles de mon propre père, afin de pouvoir renier ma famille sans avoir à faire la sale besogne, m'assurant que mes frères et sœurs ne voudraient jamais plus rien savoir de moi.

Bien évidemment, tous les yeux se tournèrent vers Jean lorsqu'il fit son entrée au salon funéraire. Pas de manière estomaquée, comme l'on aurait été en droit de s'attendre, mais plutôt comme si tous les gens présents s'étaient attendus à cet ultime coup bas d'une pourriture comme mon ami envers cette personnification de la vertu qu'avait toujours représenté monsieur Taillon. Comme si ce dernier, maintenant qu'il n'était plus, devenait tout à coup l'égal de Jean I$^{er}$. Et en dignes défenseurs de leurs morts, tous les Taillon se sont regroupés, ameutés, comme s'ils avaient voulu donner encore plus de force à leur haine face à un Jean sans défense — Adrien étant demeuré dans la voiture — qui arrivait à peine à se tenir debout devant eux.

Cette haine, comme l'avait craint Adrien alors qu'il roulait sur la route 132, ne fut rien de moins que foudroyante et Jean n'eut pas à attendre longtemps le prolongement de l'excommunication qu'il était venu chercher. En fait, il n'eut même pas la chance d'accorder un dernier regard à la dépouille de son père. Madame Taillon — je refuse de parler d'elle comme de sa mère — alla tout de suite à sa rencontre et ne lui en laissa jamais l'occasion.

«Bonjour, salua-t-elle Jean, sa voix frôlant le point de congélation.

— Bonjour.

— Vous connaissiez mon mari?»

Le rejet se fit de manière si sournoise, si inattendue et fut si catégorique que Jean, muet comme une taupe, se mit à trembler de tout son être. Et madame Taillon — la vieille chipie! — regarda mon ami s'écrouler sans manifester la moindre trace de compassion; sans jamais chercher à lui porter secours. Tout ça sous les yeux débordant de haine et de mépris des autres membres de la famille.

«C'est drôle, ajouta-t-elle. Votre visage me dit rien du tout. J'étais pourtant au courant de toutes les connaissances de mon mari. C'est quoi, déjà, votre nom?»

Pour Jean, l'humiliation fut terrible et profonde, laissant des cicatrices qui, à mon avis, s'avérèrent encore plus douloureuses que ne l'avait été le rejet de son père. Personne ne l'insulta, personne ne lui proféra d'injures

mais sa mère l'observait d'un sourire si doux qu'il en frô-
lait presque la méchanceté, accompagnée de tous les
autres qui ne se gênèrent pas pour exprimer une hostilité
si forte que Jean, déjà fragile, n'eut pas la force de
demeurer debout. En cela, il venait d'obtenir très exactement ce qu'il était venu chercher : une souffrance infinie.
Et les Taillon, dans toute leur folie, se firent une joie de la
lui accorder.

À l'époque de notre jeunesse, dans les rues du faubourg
à mélasse, les Taillon avaient la réputation d'être de bons
catholiques, mais sans plus. Présents tous les dimanches à
l'église Saint-Pierre-Apôtre, ils donnaient à la quête un
montant d'argent jugé acceptable, tout en écoutant d'une
attention polie le curé débiter son sermon. Cela étant dit,
jamais personne n'aurait cru voir en eux une famille d'intégristes religieux, prêts à se martyriser pour prouver leur
foi et étaler leurs croyances. Jamais personne ne les aurait
imaginés se rendre à l'église trois fois par jour, tout en faisant cinq pas dans la rue en levant les yeux vers le ciel
pour demander à Dieu si ces pas furent faits correctement. Seulement, les Taillon étaient bel et bien une
joyeuse meute d'intégristes. Aucun doute là-dessus.
Toutefois, leur dieu à eux n'était pas le même que le nôtre.
Et lorsqu'il fut clair que Jean était incapable de vivre sa
vie selon les règles fixées par sa famille, qu'il ne se résou-
drait jamais à mettre en pratique le droit canon de Jean I$^{er}$,
il fut tout bonnement et irréversiblement excommunié.
Et d'une manière si mesquine, si détestable que ma
propre mère, qui ne fut pourtant jamais reconnue pour sa
douceur et sa compassion, en ressortait grandie.

Quelquefois, il m'arrivait de me dire que Jean I$^{er}$
devait regarder sa descendance avec un air franchement

découragé. Tout comme le Bon Dieu, s'il existe, doit sûrement le faire avec nous, la plupart du temps.

«Je pense que vous vous êtes trompé de salle, Monsieur », ajouta madame Taillon

Malgré la froideur de sa voix, le sourire de madame Taillon était profondément doux, maternel, comme s'il cherchait à rappeler à Jean la chaleur perdue que celle-ci croyait lui avoir un jour donnée, tout en venant souligner à gros traits le vide de son existence actuelle. Mais Jean — qui sut trouver chez madame Bouchard ce que sa mère, peu importe ce qu'elle croyait, ne lui donna jamais — ne sut retenir de ce sourire que le vide, l'insignifiance qui, effectivement, le démolissait sans qu'il lève le petit doigt en guise de protestation. Tout en sachant parfaitement qu'il serait mort étouffé, probablement à trente-quatre ans, s'il s'était plié à l'intégrisme de sa famille.

Le cercle vicieux était parfait. Aucune issue n'existait. Et Jean, dans toute sa détresse et sa solitude, allait devoir trouver en lui-même la force de se bâtir une porte de sortie.

Une demi-heure plus tard, Adrien fit son entrée à l'intérieur du salon funéraire, inquiet de ne pas voir Jean revenir et fut perplexe de constater que celui-ci ne s'y trouvait pas. Blanche, la fille cadette des Taillon qu'Adrien ne reconnut pas du tout, s'approcha doucement de lui et l'entraîna à l'écart, loin du regard de sa mère, de ses sœurs et du reste de la famille.

«Jean est déjà parti, apprit Blanche à Adrien.

— Depuis combien de temps ?

— Depuis longtemps. Y'est resté cinq minutes, peut-être. Pas plus. Et que ma mère ait permis cinq minutes, c'est déjà beau »

Adrien, se retenant de tout son être pour ne pas dire à

Blanche que sa famille n'était rien de plus qu'une bande d'abrutis profonds, se contenta de hocher la tête avant de se retourner pour quitter les lieux. Étonnamment, Blanche chercha à le retenir.

« Jean était pas bien quand il est parti. »

Adrien, perplexe, ne sut que faire de l'inquiétude exprimée par la sœur de Jean. Et cette fois, il ne chercha aucunement à censurer ses propos.

« Ça fait des années qu'il est pas bien, Blanche. Viens-tu juste de t'en rendre compte ?

— J'ai entendu dire qu'il buvait beaucoup...

— À cause de qui, tu penses ? Ce que tes parents ont fait à Jean, c'est rien de moins que criminel. Pis dire que je pensais que mon père, à moi, était malade !...

— Je veux pas que tu penses que j'aime pas mon frère, Adrien. Y'a pas une journée où je pense pas à lui. Mais y'a fait tellement mal à mon père !...

— Pourquoi ? Pour avoir voulu vivre sa vie ? ! Pour pas être la copie carbone d'un grand-père qu'il a jamais connu ? !

— Est-ce que tu penses qu'il est mieux, maintenant ?

— Non. Mais il serait probablement jamais devenu ce qu'il est devenu si ton père s'était pas obstiné à vouloir en faire un squelette. »

Impatient, Adrien rejeta du revers de la main les inquiétudes pour le moins déplacées de Blanche. Elle, comme tous les autres, s'était tenue debout près du cercueil de monsieur Taillon en pulvérisant son frère du regard avec toute l'hostilité dont elle était capable. Et Adrien, pour sa part, n'eut pas la patience, et encore moins la volonté, de séparer l'hypocrisie de la lâcheté d'une pauvre femme incapable de tenir tête à sa famille.

Notre ami se trouvant dans un état lamentable dont il ne semblait pas vouloir se sortir, Adrien ne fut que trop heureux de faire comprendre à la famille Taillon, ne serait-ce qu'à travers ce qu'il dit à Blanche, sa très grande part de responsabilité dans les misères du fils renié.

Laissant derrière lui une Blanche paralysée et au bord des larmes, Adrien quitta le salon funéraire pour partir à la recherche de Jean. Parti à pied, celui-ci ne pouvait sans doute être bien loin. Et il ne l'était effectivement pas. Une heure plus tard, Adrien le retrouva enfin, inconscient et une bouteille de vodka vide à ses côtés, près d'un mur de pierres, très exactement à l'endroit où Jean Ier était décédé dans une mare d'urine, soixante-six ans auparavant.

Alerté, un passant s'approcha pour porter secours à Jean alors qu'Adrien, complètement dépassé, s'assit sur le sol, enfouissant sa tête entre ses mains.

« Qu'est-ce qui se passe ? » demanda le passant, grimaçant devant les fortes odeurs d'alcool émanant du corps de Jean.

Adrien, poussant un très long soupir, mit plusieurs secondes à répondre, comme s'il cherchait les mots exacts pour bien résumer cette impuissance qui l'animait, lui, mais qui venait également tous nous caractériser, Jean, Paul-Émile et moi, comme jamais ce ne fut le cas jusqu'à ce moment.

Dans la splendide ignorance de notre jeunesse, lorsque nous avions quinze ou seize ans, nous avions tous l'habitude de regarder vers l'avant, souriant presque avec arrogance, convaincus que les désagréments de notre présent ne parviendraient jamais plus à se rendre jusqu'à nous. Paul-Émile aurait laissé derrière lui la rue Wolfe pour de bon ; je ne laisserais plus jamais ma mère avoir une quelconque mainmise sur ma vie; le silence du père Mousseau serait devenu sourd aux oreilles d'Adrien et Jean, enfin, allait sortir de l'ombre d'un mort que sa famille s'acharnait à faire revivre.

Tout cela serait derrière, nous en étions convaincus. Comme nous étions également convaincus que la quarantaine serait douce, bonne, ayant exactement les airs que nous lui aurions donnés.

Alors comment en étions-nous arrivés là? Cette impuissance était-elle le fruit des décisions prises au cours de notre vie? Cette vision de la quarantaine était-elle, effectivement, celle que nous avions nous-mêmes bâtie, ou plutôt un triste cliché, vécu par quatre hommes incertains d'avoir emprunté le bon chemin et qu'aucun d'entre nous n'a su ou voulu voir venir?

«Qu'est-ce qui se passe?» répéta le passant, regardant cette fois-ci Adrien directement dans les yeux. Comme si, sans le savoir, il l'obligeait à répondre à ma propre question sur la trajectoire tortueuse que nos vies avaient prise.

«Je sais pas, répondit Adrien, épuisé. Je sais plus.»

## 9
## Adrien... à propos de Paul-Émile

Avec les années, les relations entre Rolande et Paul-Émile furent loin de s'améliorer. Au grand dam de Suzanne, d'ailleurs. Rolande considérait l'amant de son amie comme un « moron fini, avec l'égoïsme directement proportionnel à la grosseur de sa bedaine », alors que Paul-Émile, pour sa part, voyait en Rolande une Attila le Hun[31] en jupon, à la différence que le chef médiéval, lui, n'embêtait personne avec ses histoires de varices.

Pourtant, au fil des années, jamais Paul-Émile n'exigea de Suzanne qu'elle mette fin à son amitié avec Rolande. Pas par esprit de générosité, dois-je le souligner. Mais plutôt parce que, quelque part, Paul-Émile comprenait que Rolande, malgré les insultes à son endroit et sa fâcheuse manie à inciter Suzanne à le passer à la guillotine, lui était plus utile que n'importe qui d'autre. Étant la seule personne au courant de la relation entre Paul-Émile et Suzanne, c'était chez Rolande, inévitablement, que celle-ci allait se réfugier pour passer ses moments de solitude. C'était chez Rolande que Suzanne allait pleurer son incompréhension de voir Paul-Émile choisir Mireille plutôt que de faire preuve de bon sens et de revenir vers elle pour de bon. Comme c'était chez Rolande, surtout, que Suzanne allait engourdir sa peur de gaspiller sa vie en aimant un homme qui la traitait — comme il nous traitait tous — de la même manière que si elle lui avait refilé une chaude-pisse. Bref, Rolande était

---

31  Roi des Huns de l'an 434 à l'an 453 ; l'histoire lui donna la réputation d'être sanguinaire, cruel et rusé.

la soupape de Suzanne; la seule lui permettant de passer ses frustrations tout en en connaissant véritablement les causes. De manière très rusée, Paul-Émile comprenait que sans Rolande, Suzanne l'aurait effectivement guillotiné depuis longtemps. Alors il passait outre les insultes et les moqueries occasionnelles — Rolande et Paul-Émile devant tout de même se côtoyer quelquefois; lors de l'anniversaire de Suzanne, par exemple — afin de pouvoir continuer à mal aimer une femme qui représentait, bien malgré lui, une énorme partie de ce qu'il était. Et quelque part, je crois que Rolande l'avait compris depuis longtemps. Ce qui, bien sûr, ne faisait que nourrir une haine pour Paul-Émile déjà assez bien portante, merci.

Alors nul besoin de dire que Rolande eut des airs de Mohammed Ali après un KO passé à Joe Frazier lorsque Suzanne lui apprit, à la fin de l'année 1976, qu'elle ne voulait plus rien savoir de Paul-Émile.

«YYYEEEAAAHHH! Enfin, Jésus, Marie! ENFIN!!!»

Et pour bien s'assurer que Suzanne interpréterait correctement sa petite danse de la victoire, Rolande choisit de mettre sur pied une chorégraphie complète en invitant tous leurs amis à une grosse soirée dont le but officiel était de célébrer l'arrivée prochaine de 1977.

«Tu sais, Rolande... T'es vraiment pas obligée de faire tout ça...

— Enlève-moi pas mon *fun*, OK, Suzanne? Ça fait quinze ans que j'attends que tu te réveilles pis que tu te débarrasses de ton gorille. C'est long, quinze ans. Tu penses pas que je mérite une récompense pour ce que j'ai enduré pendant tout ce temps-là?»

Suzanne ne se donna pas la peine de répliquer quoi que

ce soit. Son visage fermé disait parfaitement tout ce qu'il y avait à dire.

« Je m'excuse. C'était pas la chose la plus sensible à dire. Mais je suis juste contente que tu te sois enfin décidé à penser à toi. Honnêtement. »

Et honnêtement, je ne suis pas certain que c'est précisément ce que Suzanne faisait. Tout, dans ses moindres gestes, trahissait un besoin profond de se convaincre qu'elle avait pris la bonne décision, qu'elle était parfaitement capable de vivre sans Paul-Émile et qu'elle n'aurait aucune difficulté à se remettre de la fin d'une relation vieille de quinze ans. Dans sa façon de gérer sa rupture, de se remettre de sa peine, Suzanne s'appliquait minutieusement à faire comme si Paul-Émile n'existait tout simplement pas, le rendant ainsi, par le fait même, encore plus présent qu'il ne l'avait jamais été. Même Rolande, dans toute sa joie juvénile, ne pouvait faire autrement que de s'en rendre compte.

Le soir du 30 décembre 1976, en revenant de la soirée plutôt bien arrosée donnée par Rolande, Suzanne annonça à un Guy Drouin saoul comme une botte qu'elle était enfin prête, après des années passées à l'avoir fait poireauter, à fonder une famille avec lui.

« Es-tu… Hic ! Es-tu sérieuse ?

— Oui, Guy. Je suis sérieuse.

— Ah ! Ben !… Hic ! Ah ! Ben ! Batèche ! Depuis le… Depuis le temps que j'attends ça ! Tu peux… Hic ! Tu peux pas savoir comment tu… Comment tu me fais plaisir ! »

Pour la petite histoire, retenons ici que Guy Drouin, le soir du 30 décembre, s'envoya un lot impressionnant de verres de bière derrière la cravate mais pas au point de ne plus se souvenir de rien puisque dès le lendemain matin, il sauta sur Suzanne en lui annonçant son intention de repeupler le Québec. Et un mois plus tard, son ambitieux projet fut d'ailleurs rendu public, alors que lui et Suzanne annoncèrent aux Desrosiers la venue prochaine de leur premier enfant. Monsieur Desrosiers, de manière aussi comique que très peu subtile, ne se fit pas prier pour crier sur tous les toits qu'il allait devenir, dans huit mois, le grand-père d'un enfant dont le père était membre en règle du Temple de la renommée du hockey. Ses voisins, qui s'étaient fait une joie presque maline, plus de quinze ans auparavant, d'envoyer promener madame Marchand lorsqu'elle s'était vantée d'avoir ses entrées dans la famille Doucet, furent les premiers à féliciter le père de Suzanne pour l'arrivée prochaine de celui qui, bien évidemment, ne serait rien d'autre que joueur de hockey dans la LNH. Comme quoi tout est dans la manière de dire les choses.

Et parlant des Marchand, la nouvelle de la grossesse de Suzanne finit par se rendre jusque sur la rue Pratt. S'étant rendu à Outremont avec madame Rudel pour l'anniversaire de son petit-fils Louis-Philippe, monsieur Marchand apprit à tous ceux présents, entre deux bouchées de gâteau au chocolat, que la plus jeune des filles Desrosiers attendait son premier enfant.

«Mirande doit être aux anges, sourit la mère de Paul-Émile. Depuis le temps qu'elle l'espérait…

— Je te le fais pas dire.

— Et qui est l'heureux papa?

— Guy Drouin, évidemment. Qui d'autre?»

À ces mots, madame Rudel administra sous la table un coup de pied à son mari afin de lui signifier qu'il devait changer de sujet. Paul-Émile, assis face à son père à la table de la salle manger, réagit à la nouvelle comme s'il venait tout juste de recevoir un coup de poing à l'estomac.

Dans mon livre à moi, monsieur Marchand demeurera toujours l'un des hommes les plus gentils et aimables qu'il m'ait été donné de rencontrer. Mais personne n'étant parfait, je demeurerai convaincu, jusqu'au jour de ma mort, que l'annonce de la grossesse de Suzanne, ce jour-là, fut faite par monsieur Marchand dans le but avoué de blesser Paul-Émile. L'avenir me donnera d'ailleurs raison à ce sujet et j'y reviendrai plus tard. Par contre, le coup de pied sous la table donné par madame Rudel fit aussitôt regretter à monsieur Marchand d'avoir ainsi piégé son fils. Peu importe la vie que Paul-Émile avait voulu se bâtir en tentant de se faire croire que ses vingt-cinq premières années n'avaient jamais existé, celui-ci, de toute évidence, n'était pas un homme heureux. Et monsieur Marchand, l'espace de quelques secondes, se culpabilisa d'avoir délibérément empiré les choses pour son fils. Paul-Émile, par sa vie personnelle, y arrivait très bien tout seul.

Madame Marchand, quant à elle, s'approcha de son fils, l'air inquiet, en lui conseillant d'appeler au plus tôt un médecin pour soigner ses problèmes d'ulcères. Comme quoi qu'en matière de leurre, personne n'y trouvait mieux son compte que la mère de Paul-Émile.

Jean, un jour, m'avoua, l'air presque coupable, qu'il aurait probablement ri à en mourir en voyant la réaction de Paul-Émile, ce jour-là. Pour ma part, je ne l'ai jamais cru. Si Jean riait volontiers devant un homme fonçant sur un poteau, ou en voyant une femme rougir après avoir laissé échapper un pet bien malgré elle, il était cependant celui d'entre nous avec la plus grande capacité de com-

passion et de compréhension devant la douleur provoquée par nos propres erreurs. Sa façon de raconter les
misères de Patrick vient d'ailleurs en témoigner de la plus
belle manière. Paul-Émile, d'accord, souffrait par sa
propre faute. Mais si l'annonce de la grossesse de Suzanne
ne fut pas suffisante pour provoquer, chez lui, un sérieux
examen de conscience — qui viendra quelques années
plus tard — elle fut, néanmoins, une source de souffrance
assez grande pour que Paul-Émile comprenne enfin qu'il
avait perdu la seule et unique femme qu'il eût vraiment
aimée. Cela, en soi, était suffisant pour enlever l'envie de
rire à qui que ce soit.

Suzanne, pour sa part, s'accrocha à ce bébé à venir
comme je m'étais moi-même accroché à mon fils lorsque
sa venue m'imposa sa mère sur une base permanente: en
se persuadant que cet enfant n'était rien de moins que sa
raison de vivre, sa ligne conductrice qui saurait lui dicter
que sa place n'était pas auprès de Paul-Émile. Ce sentiment d'illusion, par contre, ne dura pas très longtemps.

Le 1$^{er}$ avril — entre toutes les dates, il fallait que ça
tombe sur celle-là —, alors qu'elle magasinait aux
Galeries d'Anjou avec sa belle-sœur Mary, Suzanne dut
être transportée d'urgence à l'hôpital, où un médecin lui
apprit qu'elle venait de faire une fausse couche. Poisson
d'avril! Mais la pauvre Suzanne, en larmes, crut plutôt
que c'était sa propre vie qui n'était rien d'autre qu'une
mauvaise blague.

Au grand désespoir de sa famille, de Rolande et du
pauvre Guy, qui la regardait dépérir sans pouvoir faire
quoi que ce soit, Suzanne maigrissait à vue d'œil et pleurait sans arrêt. Refusant catégoriquement de quitter son
appartement, ne se levant de son lit qu'en de très rares

occasions, elle ne s'alimentait qu'en avalant un petit bol de soupe aux légumes, une fois par jour.

« Elle qui a jamais été pressée d'avoir des enfants, confia madame Desrosiers à son époux, j'aurais jamais pensé qu'elle réagirait comme ça à une fausse couche.

— Qu'est-ce qu'on fait, maintenant ?

— Je le sais pas. J'ai tout essayé. Guy a tout essayé. Y'a rien qui marche. Je suis à court d'idées. Elle va pas bien, Roger. »

Au bout du compte, ce fut Rolande — la seule, encore une fois, à connaître la cause réelle de la détresse de Suzanne — qui dut se résoudre à prendre les choses en mains. Sa meilleure amie allait trop mal et l'heure n'était pas, comme elle le comprenait très bien, aux batailles inutiles et aux insultes juvéniles.

« J'ai jamais été capable de te sentir, Paul-Émile. Tu le sais. Mais elle a besoin de toi. »

Suzanne attendait impatiemment l'arrivée de son bébé pour que celui-ci lui permette de ne pas faire face ; pour que cet enfant l'empêche de se regarder, à l'âge où elle était rendue, tout en se disant qu'elle était à des années-lumière d'où elle aurait voulu se trouver. Toutefois, Suzanne craignait comme la peste que cet enfant ne soit pas suffisant, que Paul-Émile ne lui laisserait jamais de paix et qu'elle n'aurait d'autre choix que de passer sa vie à se noyer dans les regrets. Et sa fausse couche, en l'espace de quelques minutes, vint tout lui enlever d'un seul coup : l'espoir, même futile, d'arriver à se bâtir une vie à elle, loin de Paul-Émile ; la force de croire, à travers la réalité qu'elle voulait se bâtir, qu'elle viendrait à bout de ses regrets. Dorénavant, alors qu'elle refusait de sortir de sa chambre à coucher, il ne restait plus à Suzanne que la cuisante impression, même dans la négation, que sa vie n'avait tourné et ne tournerait toujours qu'autour de Paul-Émile. À trente-huit ans, elle faisait du surplace et ce constat, pour elle, était infiniment pire que de reculer. Au moins, en faisant un pas en arrière, elle aurait pu prendre son élan pour mieux bondir en avant. Mais ce n'était jamais le cas. Même lorsqu'elle essayait d'avancer.

Paul-Émile, pour sa part, ne se questionna absolument pas sur la nécessité d'avancer ou de reculer. Lorsqu'il s'agissait de Suzanne, il n'avait jamais su — ou si peu — rationaliser ses émotions comme il arrivait à le faire dans tous les autres aspects de sa vie. Près de six mois s'étaient écoulés depuis le fiasco de la maison achetée sur la rue Côte-Sainte-Catherine et en dehors du travail et des enfants, Paul-Émile fut incapable de se bâtir un semblant de vie à lui. Et une heure après le coup de téléphone de Rolande, il stationnait une Mercury de location sur la rue Étienne-Bouchard, avant de mettre le doigt sur la sonnette, de grimper au deuxième étage et d'attendre que Rolande lui ouvre la porte. Celle-ci, d'ailleurs, le fit entrer sans dire un seul mot. La situation allait bien au-delà de leurs puérils combats de coqs et tous les deux, dans un rarissime moment d'harmonie, le savaient très bien.

Lorsqu'elle aperçut Paul-Émile dans l'embrasure de la porte de sa chambre à coucher, Suzanne, amaigrie et cernée, lui sourit tristement. Comme si elle l'avait attendu, une fois de plus, et qu'il venait enfin d'arriver. Paul-Émile, fortement remué, réussit à lui rendre son sourire et partit s'allonger auprès d'elle, la serrant dans ses bras. En guise de seule réplique, Suzanne poussa un long soupir, comme si, après six mois d'absence, elle était enfin à la maison. Pas celle de la rue Côte-

Sainte-Catherine. Pas celle de Rockliff et surtout pas celle de la rue Pratt. Plutôt celle que tous les deux s'étaient bâtie au fil des années et qu'ils étaient les seuls à pouvoir y entrer.

À ce moment précis, pour la première fois depuis ce jour où elle était revenue de Québec, Paul-Émile et Suzanne communiquaient et, surtout, s'aimaient autrement qu'en se disputant. Librement.

Je me souviens avoir lu, il n'y a pas très longtemps, un article de journal portant sur les années soixante-dix où l'auteur, dès le premier paragraphe, écrivait qu'à l'époque, la plupart des nouvelles étaient de mauvaises nouvelles. En analysant les années ayant précédé les années soixante-dix et celles qui les ont suivies, je ne suis pas d'avis, personnellement, que cette décennie fut pire que les autres. Je crois plutôt qu'une très grande majorité de baby-boomers étant devenue adulte à ce moment-là et, surtout, en prenant conscience que le monde ne serait jamais comme cette majorité l'avait rêvé, les années soixante-dix nous sont apparues pires parce que, comme n'importe quel enfant prenant conscience que la vie n'est pas forcément un film de Walt Disney, nous y avons laissé une grande partie de nous-mêmes. Que si nos parents ont eu à faire ce constat dans les années trente, notre tour, à nous, est venu une quarantaine d'années plus tard. Et comme nous fûmes nombreux à nous plaindre, la douleur parut, peut-être, plus grande qu'elle ne l'était en réalité.

Pour Paul-Émile — comme pour Patrick et Jean, aussi —, la douleur est arrivée par un profond sentiment d'impuissance; par une perception, implacable dans son intransigeance, que personne n'était aussi libre que certains d'entre nous avaient bien voulu croire. Ce sentiment d'impuissance, pour mon vieil ami, ressemblait en tous points au visage de Suzanne.

Si Jean et Patrick, à leur façon, réussirent à se relever de ce constat d'impuissance et à le briser, aussi, en quelque sorte, je ne crois pas que ce fut jamais le cas de Paul-Émile, bien étrangement.

À moins qu'il n'ait lui-même pris la décision de ne rien faire et de se laisser porter par le courant. Peut-être bien. Après avoir passé sa vie à la modeler comme lui-même l'entendait et en l'entendant rager, encore maintenant, sur mon supposé complexe du petit pain, je ne peux me résoudre à croire qu'il s'est écrasé sans la moindre résistance.

Le jour des retrouvailles de Suzanne et Paul-Émile, Rolande, en retrait, les observa pendant plusieurs secondes. Malgré son mépris toujours aussi virulent pour mon copain, elle savait avoir fait la bonne chose en lui demandant de revenir vers Suzanne. Sa meilleure amie était en train de sombrer et il fallait agir vite pour être en mesure de la ramener. Rolande, ce jour-là, donna également à Suzanne une preuve d'amitié absolument phénoménale, devinant que les prochaines années, pour elle, seraient encore passées à tendre la main, à fournir des mouchoirs et à offrir une épaule pour pleurer et se défouler. Seulement, à ce moment-là, Rolande ignorait encore que la personne qu'elle aurait éventuellement à consoler dans les pires moments de sa vie ne serait pas Suzanne, mais bien Paul-Émile.

*À suivre...*

## Traduction des dialogues en anglais

Pages 141-142
Ambassadeur Quinlen: Monsieur Marchand, j'ai l'impression que votre pays se trouve dans une situation pour le moins compliquée.

Paul-Émile: Et pourquoi donc?

Ambassadeur Quinlen: Premièrement, je ne crois pas que le mouvement séparatiste disparaîtra, comme le premier ministre Trudeau — et vous aussi, probablement — le croit. Ce René Lévesque... Je crois fortement qu'il représente une menace pour l'unité de ce pays.

Page 142
Ambassadeur Quinlen: Vous possédez un très bon sens de la réplique, Monsieur Marchand. Et puis-je me permettre de dire que votre épouse est tout à fait resplendissante?

Pages 142-143
Paul-Émile: Mireille, tu te souviens de l'ambassadeur Benjamin Briar Quinlen?

Mireille: Bien sûr. Comment allez-vous, Monsieur l'ambassadeur?

Ambassadeur Quinlen: Appelez-moi Benjamin. Et permettez-moi de vous dire que vous êtes tout à fait resplendissante, ce soir.

Mireille: Je vous remercie. C'est très flatteur.

Ambassadeur Quinlen: Je vous présenterais bien mon

épouse mais j'ignore où elle se trouve, la pauvre…

Paul-Émile : Plus tard, peut-être. Le premier ministre Trudeau vient tout juste de faire son entrée.

Recyclé
Contribue à l'utilisation responsable
des ressources forestières
www.fsc.org  Cert no. SGS-COC-003153
© 1996 Forest Stewardship Council

Marquis imprimeur inc.

Québec, Canada
2010

Imprimé sur du papier Silva Enviro 100% postconsommation
traité sans chlore, accrédité Éco-Logo et fait à partir de biogaz.